매
운
눈
꽃

매운 눈꽃

이동하 소설집

H
현대문학

차례

천수 아재를 추억함

~

그 시절을 돌아보면 무엇보다 먼저 떠오르는 기억이 있다. 우리들이 툭하면 곧잘 합창하곤 하던 노래가 그것이다.

갓댐 구루마 발통 누가 돌렸노
집에 와서 생각하니 내가 돌렸네

그랬다. 무슨 신명나는 놀이판이 벌어지기만 하면 우리는 약속이나 한 듯 곧잘 입을 맞추어 이 노래를 불러대곤 했었다. 하지만 그게 무슨 소리인지, 노랫말에는 도통 관심이 없었다. 아이들에게 노래는 그저 노래일 뿐, 그 이상도 이하도 아니었던 것이다. 그러나 이제 와서 곰곰 생각해 보면, 일견 수수께끼 같기도 한 저 노랫말은, 어쩌면 그 시대를 여는 암호문일 수 있다는 기분이 든다. 적어도 나에게는 그렇다. 다시 말해, 이제는 아득한 세월 저쪽의 추억이 되어버린, 그러니까 1950년대를 대입하지 않고는 결코 해독되지 않는 노랫말인 것이다.

유엔군이 우리 학교에 진주한 것은 여름방학이 끝나고 2학기가 막 시작되고 나서였다. 따라서 우리가 난생 처음으로 이국 병사들을 본 것도 그 무렵이었다. 어느 날 등굣길에 우리는 그들과 마주쳤다. 그들은 우리가 처음 보는 자동차들과 진기하고 어마어마한 장비들로 중무장한 채 국도를 따라 북행 중이었다. 비포장의 벌거숭이 길바닥에서 황토 먼지가 구름처럼 일어났다. 그들 행렬이 다 지나갈 때까지 도리 없이 길섶으로 내려선 우리는 콧구멍을 틀어막으며 내내 캑캑거렸다. 그 후속 부대 중 일부가 우리 학교 운동장에 텐트를 치고 주저앉았던 것이다.

그날 이후 우리는 주로 야외수업을 했다. 덩치 큰 애들 몇이 소형 칠판을 떠메고 갯가 자갈밭이나 산자락 풀밭 같은 곳을 찾아다니면서 공부를 했다. 날씨가 궂은 날은 당연히 휴업이었다.

아이들은 수업이 없을 때나 하학길에 자주 학교 운동장을 기웃거리곤 했다. 하루아침에 빼앗겨버린 공간이 아쉽기도 했지만, 그보다는 낯선 이국 병사들과 그들의 문물에 대한 맹렬한 호기심 때문이었다. 다행히 그들도 아이들을 좋아했다. 덕분에 우리는 그들 곁에서 때로는 한나절씩 알짱대면서 주체할 수 없는 호기심을 달래기도 하고 또 더러는 껌이나 초콜릿 따위를 맛보기도 했다. 그믐밤에 마주친 도깨비처럼 온통 새까만 병사나 폐병쟁이처럼 하얀 얼굴에 온통 털북숭이 손발을 한 병사나 간에 아이들을 턱없이 좋아하고 곧잘 싱거운 장난질을 걸어오는 점은 똑같았다. 하지만 어느 순간에는 또 느닷없이 불같이 화를 내거나 짐승처럼 마구 소리를 처지르는 통에 아이들은 이따금씩 간덩이가 오그라들거나 혼쭐나게 도망질하는 경우도 없지 않았다. 그러니까 저 노랫말은 그런 사정을 잘 담고 있는 셈이다.

'구루마 발통'이란 '달구지의 바퀴'를 가리키는 경상도 사투리다. 그러므로 '갓댐!'이나 '누가 돌렸노?' 같은 앞뒤 문맥을 고려할 때 그 말은 자동차의 핸들을 뜻함이 분명하다. 모양이 흡사하기 때문이다. 그러니까 아이들이 핸들에 함부로 손을 댔거나 아니면 멋모르고 클랙슨 같은 걸 눌렀는지도 모른다. 어쨌거나 이국 병사가, 그때까지만 해도 덩치만 커다란 애처럼 순진하고 장난스럽기만 하던 녀석이, 갑자기 빽 소리쳤을 것이다.

갓댐!

그러자, 자동차 주변에 엉겨 있던 아이들은 혼비백산 달아난다. 저 낮도깨비 같고 폐병쟁이 같은 놈들의 기분은 도무지 종잡을 수가 없다고 새삼 투덜대면서 말이다. 그런데 도대체 어느 놈이 겁도 없이 구루마 발통을 돌렸단 말인가? 집에까지 똥줄 빠지게 도망쳐 온 아이들은 참새가슴을 할딱거리며 그제야 생각해 본다. 그중 한 아이가 뒤늦게 깨닫는다. 무심중에 내 손이 가 닿았던 거라고.

집에 와서 생각하니 내가 돌렸네!

그랬다. 이 구절 속에 당시 아이들의 놀란 마음이 고스란히 담겨 있는 것이다. '구루마 발통'으로 상징되는 새로운 문물, 새로운 세계에 대한 저 천진스러운 놀라움 말이다.

그렇다고는 해도 아이들의 관심이 온통 그런 것에만 팔려 있었던 건 아니었다. 아이들의 마음은 여전히 낯익은 세계, 친숙한 사물들에 중심이 가 있지 않았나 싶다. 말하자면 천수 아재에 대한 관심도 그런 예 중의 한 가지라 할 수 있으리라.

봄날 아침, 잠에서 깨어나자마자 뒤란 감나무 아래로 나가보면 밤새 떨어진 감꽃이 땅바닥을 하얗게 뒤덮고 있었다. 아이들은 작은 대바구니나 꼴망태를 끼고 다니며 그것들을 열심히 주워 담았다. 감꽃은 갓난애의 볼처럼 보드랍고 정갈하다. 자그마하면서도 탐스러운 꽃잎을 씹으면 여린 향기와 더불어 달콤한 물이 혀를 적신다. 그래서 아이들은 아침 한때 일삼아 고샅을 뒤지고 다녔다. 담 밖으로 떨어져 있는 감꽃을 줍기 위해서였다.

지금 생각해보면, 그 무렵이 춘궁기이기도 했다. 아이들에게 감꽃줍기는 재미있는 놀이이기도 하지만 또한 만성적인 허기를 달래는 데에도 일조를 했다. 허기진 나무꾼들이 흔히, 산비탈을 붉게 물들이며 지천으로 피어난 진달래 꽃잎을 한 줌씩 훑어 입에 넣고 씹듯이 말이다.

그런 어느 날 아침나절이었다고 기억된다. 우리는 마을 앞 배꼽마당에서 천수 아재를 만났다. 마을에서 가장 긴 고샅을 막 빠져나오던 참이었는데 뜻밖에 마주오던 그와 맞닥뜨린 것이었다. 그는 늘 보던 그대로 추레한 몰골이었다. 일 년에 고작 한두 차례 갈아입는 듯싶은 입성은 각설이에 진배없이 남루했고, 봉두난발한 머리통에는 참새가 여남은 마리쯤 숨어 있을 듯싶었다. 게다가 이제 막 게으른 잠에서 깨어난 듯 퀭한 두 눈엔 아직 안개 같은 것이 끼어 있었다.

누가 먼저 시작했는지 모른다. 뚱한 얼굴로 우리를 내려다보고 있는 천수 아재를 향해 애들 중 한 녀석이 가만히 중얼거렸다.

천수 똥구멍엔 노랑물이 잴잴
천수 똥구멍엔 노랑물이 잴잴

그것은 하나의 신호탄 같은 것이었다. 여기저기서 키득키득 웃음이 터져 나왔고 그것은 금방 합창으로 변했다. 아이들은 여차하면 달아날 채비로 엉덩이를 조금씩 뒤로 빼고 서서 그를 쳐다보며 입을 모아 소리쳤다.

천수 똥구멍엔 노랑물이 잴잴!
천수 똥구멍엔 노랑물이 잴잴!

갑작스러운 사태에 천수 아재는 잠시 멍청하게 서 있기만 했다. 하고 있는 꼬락서니도 그렇지만, 무엇보다 그 우람한 덩치가 마침 떠오르는 해를 등지고 서 있었기 때문에 그 모습은 꽤나 괴기스러워 보였다. 나는 새삼스레 그와 나 사이의 거리를 은연중 가늠해보며 다음 사태에 대비하는 마음이 되었다.

천수 아재의 눈에서 나는 첫 반응을 읽어냈다. 먼저, 안개가 싹 걷혔다. 다음엔, 어둡고 퀭하던 두 눈에 반짝 불이 켜졌다. 나는 잔뜩 긴장했다. 내 입은 아이들을 따라 똑같은 소리를 외쳐대고 있었지만 가슴은 심하게 뛰었다. 도망쳐야 할 순간이 닥쳐오고 있었다. 결정적인 순간을 놓치지 않으려고 아이들은 한결같이 긴장해 있었다.

그가 두 팔을 앞으로 천천히 내밀었다. 우리는 그 동작이 무엇을 뜻하는지 익히 알고 있는 터였다. 소의 그것처럼 미련스러운 눈알도 좌우로 천천히 움직였다. 먹잇감을 신중하게 고르고 있음이 분명했다.

그의 동작이 마침내 정지했다고 판단한 순간이 바로 그가 행동을 개시하는 순간이기도 했다. 덩치가 커다란 그가 믿기지 않을 만큼 날렵한 동작으로 우리들 중 누군가를 향하여 첫발을 내딛는 것과 동시에 아이들은 자지러지게 비명을 지르며 일제히 흩어져 달아났다. 그다지 넓지 않은 공간인 동구의 배꼽마당에선 느닷없이 격렬한 추격전이 벌어졌다. 하지만 그것도 잠시, 천수 아재는 금방 사냥감을 포획했다. 우리들 중에서도 가장 어리고 유약한 계집애 하나를 독수리가 병아리를 채듯 서너 걸음 만에 냉큼 덜미를 잡아챈 것이었다. 그 애의 자지러지는 듯한 비명소리가 동구의 아침을 흔들어 놓았다.

필사적으로 도망치던 아이들은 즉시 발길을 세웠다. 사냥은 그것으로 끝났음을 알고 있기 때문이었다. 더 이상 쫓고 쫓기는 일은 없으리라. 아이들은 돌아서서 그의 다음 행동을 지켜보았다. 천수 아재의 표정은 우정 험악했다. 털북숭이 얼굴에 사납게 쩍 벌리고 있는 커다란 입만 보였다. 한 입에 냉큼 삼킬 듯 그는 손아귀에 든 먹잇감을 향해 누른 이빨을 들이대고 있는 중이었다.

점순이 저 가시나 인자 큰일 났다! 큰일 났다! 아이들은 작은 주먹들을 쥐고 발을 동동거렸다.

그러나 그 애는 정작 키들키들 웃기만 했다. 잔약한 두 팔로 천수 아재의 얼굴을 밀어내는 일방 윗몸을 외로 잔뜩 젖힌 채 마구 웃어 댔다. 더 이상 참을 수 없다는 듯 천수 아재가 계집애를 머리 위로 높이 쳐들더니 익숙하게 무동을 태웠다. 그러고는 얼쑤얼쑤 춤을 추며 배꼽마당을 가로질러 갔다. 놀이 한 마당이 이제 막 끝난 것이었다. 아이들은 그의 뒤를 따르면서 또다시 외쳐대기 시작했다.

천수 똥구멍엔 노랑물이 잴잴!
천수 똥구멍엔 노랑물이 잴잴!

내가 알고 있는 바로는, 그는 전쟁이 난 이듬해 1월부터, 날마다 남쪽으로 밀려가던 저 후송 장정 대열에서 낙오한 인물이었다. 나중에 마을 어른들로부터 들은 얘기다.

그들은 전황이 극도로 불리해진 1951년 1월에 급조되었다가 무수한 희생자를 내고 이듬해 5월에 해산한 국민방위군 소속의 후송 장정들이었다. 피난민들과 함께 밤낮없이 마을로 밀려닥친 장정들은 혹한 속에도 한결같이 헐벗고 굶주린 몰골들이었다. 기록에 의하면 남으로의 후송 중에 많은 장정들이 얼어 죽고 굶어 죽고 병들어 죽고 매 맞아 죽었다고 한다. 그중에서도 추위와 굶주림이 그들을 가장 괴롭힌 적이었다.

밤낮없이 포성이 초가지붕을 들썩거리는 속에서도 마을 사람들 중에는 그들을 상대로 음식 장사를 벌이는 사람들도 있었다. 좁쌀로 만든 떡이나 찐 고구마 따위였다고 기억된다. 먹을거리를 담은 함지박을 길가에 내다놓고 앉아 있으면 후송 장정들의 대열이 천천히 다가온다. 거래는 눈 깜짝 할 새에 이루어진다. 값을 묻고 말고 할 겨를조차 없다. 기회를 엿보다 대열에서 튀어나온 장정들은 숨겨온 비상금을 내던지기가 무섭게 떡이나 고구마를 움켜잡아 곧바로 입속에 쑤셔 넣으며 재빨리 대열로 돌아갔다. 그러다가 불행히도 인솔자에게 들키기만 하면 무자비한 폭행을 당하게 마련이어서 거래 당사자는 그만두고라도 구경꾼들조차도 매번 손바닥에 땀이 날 정도로 긴장할 수밖에 없었다.

천수 아재는 그 살벌한 거래에서 불행히도 덜미가 잡힌 후송 장정 중 한 사람이었다. 더더욱 불행한 사실은, 그의 규율 위반을 적발한 인솔자가 유별나게 포악한 성정의 인간이었다는 점이었다. 그 인솔자가 원래부터 포악한 인간이 아니었다면 전쟁이라는 특수 상황이 그런 괴물 같은 인간을 만들어냈는지도 모를 일이다. 구경꾼들 속에서 아이들도 그 끔찍한 일을 목격한 바이지만, 하여간 인솔자의 무자비한 구타를 견디다 못한 장정이 마침내 성난 멧돼지처럼 돌연 상대방을 머리로 받아넘긴 다음 말라죽은 갈대숲이 싯누렇게 굼실거리고 있는 산발치를 향해 도망치기 시작했던 것이다.

인솔자는 서둘지 않았다. 서녘으로 설핏 햇살이 비껴 내리는 시각이었다. 황토 바닥에 벌렁 쓰러진 채 인솔자— 그 역시 남루한 입성에 계급장조차 달지 않은 사내였는데 —는 잠시 무연한 시선을 무한 천공에 던져두고 있는 듯싶었다. 문득 고향을 생각했거나 어머니 얼굴을 떠올렸는지도 모른다. 그러다 그는 천천히 일어섰고, 그리고 필사적으로 달아나고 있는 장정의 뒷모습에 한동안 눈을 주었다. 그랬다. 나 역시 그의 시선을 좇았다. 그토록 잔약한 뒷모습이라니! 작은 산짐승 한 마리가 야트막한 내를 건너 잔솔가지 듬성듬성한 산기슭으로 허위허위 기어오르고 있었다. 하지만 장정은 너무 지쳐 있었다. 경사가 비교적 완만하고 누렇게 말라죽은 잡초가 발목을 겨우 잠기게 할 정도인데도 그는 몇 차례나 넘어지고 다시 일어났다가 금방 또 쓰러지고 하여 지켜보는 사람들의 마음을 더없이 안쓰럽게 만들었다. 아이들 중에는 자기도 모르게 주먹을 불끈 쥐고 응원하듯 뭐라 소리치는 녀석도 있었다.

순간 우리는 총소리를 들었다. 그리고 흡사 마른 검불처럼 허공으로 풀썩 퉁겨 올랐다가 곧장 땅바닥으로 떨어져 눕는 사내를 보았다. 단 한 발의 총성이었다. 타는 듯한 열기와 팽팽하던 긴장감을 그것은 일거에 제압했다. 인솔자는 M1 소총의 총신을 어깨에서 천천히 내려놓았다. 잠시 멈추어 섰던 대열이 포복하듯 다시 느릿느릿 움직이기 시작했다.

황토 먼지가 자욱한 들녘 저 너머로 그들이 사라진 다음에야 마을 어른들 몇이 이장을 앞세우고 산기슭으로 다가갔다. 처음 겪는 일도 아니었다. 그 불행한 사내를 거적으로라도 싸서 땅속에 묻어줄 작정이었다. 한데 사내는 명줄이 아직 붙어 있었다. 그래봤자 소생할 가망은 없다 싶었지만 그대로 흙구덩이 속으로 내던질 수도 없는 노릇이었다. 하는 수 없이 업어다 이장네 헛간에 던져놓고 하룻밤만 더 두고 보자던 것이 사흘이 되고 그 사흘은 또 열흘을 채웠다.

"참말로 질긴 목숨이제. 요행히 목심은 건졌다마는 고마 얼이 빠진 기라." 어른들은 말했다. "그래서 맛이 좀 마이 갔부렀다 아이가!"

어쨌거나 마을 사람들의 도움으로 건강을 회복한 사내는 그날부터 이 집 저 집 불려 다니며 일손을 거드는 것으로 연명했다. 그의 노동력을 어느 한 집에서 독점하지 않고 두루 공유하기로 은연중 묵계가 이루어짐으로써 그는, 그러니까 마을 공동의 머슴이 된 셈이었다. 새경을 매놓고 한 집에서 부리기엔 그가 도무지 미덥지 않는 인물이었으리라. 게다가 그는 농사일을 제대로 해본 것 같지도 않았다. 어차피 허드렛일이나 맡길 거라면 그쪽이 편하다고 다들 셈했을 것이다. 그래서 마을 사람들은 허드레 일손이 필요하거나 무슨 궂은 일이 생기면 그를 찾곤 했다.

마을 사람들의 속셈은 그렇다 치고, 지금 생각해 보면 천수 아재의 태도에는 불가해한 면이 없지 않다. 그는 무슨 일을 맡기건 도무지 거절할 줄을 모르는 위인이었다. 뿐더러 지성스럽기도 했다. 누가 챙겨주지 않으면 끼니도 잊은 채 열심이었다. 물론 그 지성스러움과 열성이 늘 좋은 결과를 낳는 것은 아니었지만 말이다. 일을 더 엉망으로 만들어 놓는 수도 종종 있었던 것 같다. 그런데 정작 이상한 것은 보수를 제대로 챙길 줄 모른다는 점이었다. 하루 종일 땀을 흘리고도 보리쌀이나 감자 한 됫박 들려주면 꾸뻑 절하고 돌아서는 위인이던 것이다. 인색한 주인을 만나는 날은 고작 끼니 때운 것만으로도 별로 불평하지 않았다. 그러다보니 농한기인 겨울철에는 굶기를 예사로 했다. 이를 딱하게 생각한 이장님의 발의로, 가가호호마다 보리걷이 때는 보리, 벼걷이 때는 벼 두어 됫박씩 내놓기로 했으나 그것도 별로 도움이 되지 않았다고 했다. 마을 사람들이 인색해서라기보다 천수 아재 쪽에 더 문제가 있었다. 그는 그나마 제대로 갈무리할 줄을 몰랐던 것이다. 아무한테나 퍼주기 일쑤였고, 성냥이나 양초 같은 것과 물물교환을 할 때도 늘 바가지를 썼다. 요컨대 경제관념이라는 것 자체가 그에게는 없었던 것이다.

그랬다. 천수 아재는 기본적으로 자기 것과 남의 것도 제대로 분별하지 못했다. 때문에 여러 번 경을 치기도 했었다. 그에게는 소유의 개념 같은 게 없었으므로 모든 재화는 필요에 따라 취하면 되는 것으로 알았는지도 모른다. 거듭된 징벌 끝에 그의 의식은 간신히 교정을 받았지만 그러나 완전한 학습이 이루어진 것은 아니었다. 말하자면 남의 물건에 함부로 손을 댔다가는 혼이 난다는 사실 정도가 머릿속에 겨우 심어졌을 따름이었다. 하지만 세상 물건에는 왜 주인이 있는지, 아무나 필요할 때 가져다 쓰면 왜 안 되는지는 여전히 이해하지 못했다.

이장님을 위시한 몇몇 마을 사람들의 후한 인심이 없었던들 천수 아재는 살아남기 어려웠으리라. 더구나 전후의 궁핍한 시대가 아니던가. 그럼에도 불구하고 마을 사람들 대다수는 그를 야박하게 대하지 않았다. 그가 마치 제 것인 양 무엇을 집어가도 웬만하면 문제 삼지 않았던 것이다. 덕분에 천수 아재는 그럭저럭 목숨을 이어왔다. 부뚜막 부지깽이도 일을 거든다는 농번기야 말할 것도 없었고, 농한기에도 그를 필요로 하는 일들은 자주 있었다. 특히 상을 당했을 때엔 천수 아재의 손이 절대적으로 필요했다. 장례에 따른 온갖 궂은일들은 모두 그의 몫이었기 때문이다. 그 밖에도 겨울에는 땔나무를 한 짐씩 해다가 이 집 저 집 부려주는 것으로 입을 살았다. 그러니까 소위 경제관념이라곤 전무한 천수 아재였지만, 비록 그런 식으로나마 전후의 저 궁핍한 시대에도 그럭저럭 살아갈 수 있었던 것이다. 천수 아재는 늘 바보천치 같은 웃음을 수염투성이의 얼굴 한가득히 담은 채로 마을을 어슬렁거리며 돌아다녔고, 우리 아이들은 또 그와 마주치기만 하면 으레 저 신명나는 놀이판을 벌이곤 했던 것이다.

천수 똥구멍엔 노랑물이 쟬쟬

천수 똥구멍엔 노랑물이 잴잴

　언젠가 아침 밥상머리에서 나는 문득 생각이 나 이렇게 불쑥 물었다가 따끔하게 뚝밤을 얻어맞은 기억이 있다.
　"와 천수 아재 똥구멍은 맨날 노랑물을 흘리노?"
　나의 질문이 불러일으킨 충격이 어느 정도였던지 생각하면 지금도 피부에 가시가 돋는다. 하나의 두레상에 삼대가 둘러앉아 말없이 열심히 수저질을 하고 있던 중이었다. 갑자기 동작 그만! 상태가 연출되고, 수십 개의 눈알들이 일제히 나를 향해 활짝 열렸던 것이다. 순간 나는 등줄기를 차갑게 훑어 내리는 한기를 느꼈다.
　"뭐라꼬?"
　아버지의 얼뜬 목소리였다. "야가 시방 뭐라카노?"
　못지않게 얼이 빠진 나는 고지식하게 되풀이했다. "천수 아재 똥구멍엔 와 노랑물이……."
　하지만 미처 말을 끝낼 수가 없었다. 정수리에 매운 뚝밤이 떨어졌기 때문이었다. 이어 아버지의 노한 음성이 귀청을 후려치듯 했다.
　"니 자다가 봉창 뚜들기나? 얌전히 밥이나 묵으라 그마!"
　뚝밤맛이 너무 매워서 금방 눈물이 그렁그렁 차올랐지만 자존심 때문에 나는 울음보를 터뜨릴 수가 없었다. 고개를 팍 꺾고 숟갈질 시늉만 하고 있는데 옆자리의 누나가 가만가만 속삭였다. "밥 묵고 나서 내가 얘기해주께."

나중 누나의 설명인즉 그랬다. 천수 아재는 세상에 둘도 없는 바보 천치라서 하루 세 끼 끼니도 제대로 챙겨먹지 못한다는 것, 그래서 남의 일을 해주고 밥을 얻어먹을 때면 배가 터지게 잔뜩 먹어둔다는 거였다.

"그러이꺼네 똥구멍에서 노랑물이 쟬쟬 안 하겠나 그자?"

천수 아재는 그렇게밖에는 부나 재화를 축적할 줄 모르는 위인이었던 것이다. 때문에 그가 당한 고통은 결코 가볍지 않았으리라. 실제로 아사 상태에서 헤매고 있는 그를 아이들이 발견하고 구한 적도 있었다. 어느 해든가, 겨울이 끝났나 싶은 때에 느닷없이 여러 날 폭설이 쏟아지고 난 후였다. 눈 속에 갇혀 있던 아이들이 모처럼 동구 배꼽마당에 모여 한바탕 난리법석을 떨고 난 뒤였다. 한참 춘궁기여서 다들 뱃속이 비어 있었기 때문이리라. 마을의 사십여 가호 중 절반은 끼니를 잇기가 힘겨운 보릿고개였다. 기운이 달린 아이들은 양지바른 곳을 찾아 잠시 해바라기를 하고 있었다. 그때 한 녀석이 갑자기 말했다.

"천수 아재는 와 안 보이노?"

그러자 너도나도 왁자지껄 마구 떠들어대기 시작했다. 요지는 하나였다. 천수 아재를 못 본 게 여러 날 되었으니 지금 당장 찾아가보자는 거였다. 우리는 그의 외딴 오두막으로 몰려갔다. 삽짝도 울타리도 없는 그의 오두막은 무거운 눈 속에서 고즈넉했다. 길에서 뜨락에 이르는 공간은 사람 발자취는커녕 새 발자국 한 점 없이 깨끗했다. 여러 날째 전혀 기동이 없었다는 증거였다. 앞마당의 눈을 헤치고 길을 연 우리는 하나뿐인 방문을 조심스럽게 열어보았다. 그리고 누더기를 둘둘 감고 누워 있는 그를 발견했다. 너무나 반가운 마음에 우리는 우르르 방 안으로 뛰어들었다. 하지만 천수 아재는 아무런 반응을 보이지 않았다. 그는 이미 의식을 잃은 상태였던 것이다. 방구들이 냉골이었다. 나중에 확인된 바이지만, 부엌에는 땔감 한 단 변변히 없었다.

천수 아재가 죽었다! 아이들은 혼비백산 그곳을 뛰쳐나왔다. 그러고는 고샅길을 숨차게 달려 어른들을 찾았다. 천수 아재가 죽었다카이!

한바탕 소동을 치른 다음에 그는 이번에도 요행히 목숨을 건졌다. 읍내서 왕진 온 의사의 진단에 의하면, 그에게 특별한 병은 없고 단지 극도의 영양실조 상태에 빠져 있다는 것이었다. 십 리가 넘는 눈길을 헤쳐 온 그 인정 많은 의사가 왕진비조차 굳이 사양하고 돌아서면서 던진 말 한마디 때문에 이장님 이하 마을 어른들은 낯을 들 수가 없었노라고 했다.

"이 동네는 그래 사람이 없소? 멀쩡한 장정이 코앞에서 굶어죽어도 모르게……."

그날 이후로 마을 어르신들, 특히 체면을 중시하는 이장님께서는 종종 천수 아재의 오두막을 기웃거리거나 아니면 아랫사람을 보내사는 형편을 확인하곤 하셨다. 행여 근동에 망신 살 일을 당하지나 않을까 염려해서였다. 아이들은 아이들대로 천수 아재의 외딴 오두막을 종종 드나들곤 했다. 특히 밤이 긴 겨울 저녁에, 아이들은 약속을 하고 그곳에 모였다. 그러고는 저마다 호주머니에 한 줌씩 담아온 곡식들을 꺼내어 군용반합에 담았다. 쌀, 기장, 좁쌀, 콩 등 그렇게 모은 곡식으로 밥을 지어 먹으며 밤늦도록 놀았고 때로는 함께 뒹굴다가 거기서 잠들기도 했다.

이 모든 일들이 열 살 전후의 일이니 자그마치 오십 년 세월 저쪽의 이야기다. 모든 게 철부지 코흘리개 시절의 일임에도 불구하고 나는 종종 천수 아재의 일들을 기억 속에서 떠올리곤 했다. 내가 고향을 떠난 것은 초등학교를 졸업하고 이웃 도시의 중학교로 진학하면서부터였으니 나이로는 열서너 살 전후가 아니던가 싶다. 그 뒤로는 두 번 다시 천수 아재를 볼 기회가 없었다. 고교 시절도 지나 대학을 다니던 무렵에 나는 문득 천수 아재가 생각나서 한 차례 수소문한 끝에 고향 사람들로부터 그가 이미 고인이 되었다는 사실을 알았다. 천수 아재는 우리 가족이 고향을 떠나고 나서 불과 서너 해 뒤 어느 겨울에 그 외딴 오두막에서 운명했다고 했다. 혼자였다. 임종의 순간을 지켜본 사람은 아무도 없었다는 것이다. 때문에 그가 언제 숨을 거두었는지 정확한 날짜는 알 수 없다고 했다. 꽁꽁 얼어붙은 물사발을 머리맡에 둔 채 시신은 흡사 덕장의 황태처럼 바짝 말라 있었다고 했다.

세상에! 도시도 아니고 겨우 사십여 호 될까 말까 한 시골 마을에서 그런 죽음이 있었다니…… 그것도 헤아려보니 오십 년대 후반의 일이었다. 나로서는 몹시 충격적인 사건이었다. 그 동네엔 그래 사람이 없었나? 불쑥 내뱉고 본즉 언젠가 왕진 왔던 읍내 의사가 던지고 간 말이었다. 그러자 그간 잊고 있었던 다른 기억들이 떠올랐다.

그랬었다. 어느 해 여름, 배꼽마당에서 벌어진 일이었다. 불볕더위 속에 마을 사람들이 그곳에 모여 있었다. 뭐하는 거지? 우리는 필통을 딸랑거리면서 그쪽으로 뛰어갔다. 개라도 잡는 건가? 이런 복더위에 마을 사람들이 그곳에 모일 일이란 그것밖에 없다고 우리는 생각했다. 아니나 다를까, 다가가본즉 몽둥이를 꼬나 쥔 사람도 있고 물양동이를 든 사람도 있었다. 그런데 분위기가 좀 별스럽다 싶어 아이들은 우선 어른들의 눈치부터 살폈다. 한결같이 노한 얼굴들이어서 우리는 깜짝 놀랐다. 그것도 살기등등한 분위기였다. 복달임을 위한 일이 아니라는 것을 우리는 직감했다.

그랬다. 두터운 멍석 하나가 둘둘 말린 채로 땅바닥에 놓여 있었고 그 위에 물을 퍼부은 듯 주변이 온통 젖어 있었다. 다시 도끼질을 하듯 몽둥이가 그 멍석 위에 떨어지기 시작했다. 몹시 살벌한 사매질이었다. 어느 순간 짐승의 고통스러운 비명 같은 것을 우리는 들었다. 그러고 보니 둘둘 말린 멍석의 양쪽 끝으로 검은 머리와 맨 발바닥이 보였다. 그것을 발견한 순간 아이들은 놀란 입을 다물지 못했다. 그런데 그가 왜 천수 아재라고 생각했을까? 나중에 확인된 바지만 그 순간 우리는 거의 동시에 그렇게 생각하고 단정했던 것이다. 천수 아재가 아니라면 마을 사람 중 누가 저렇듯 참혹한 일을 당하랴 싶었고, 그러자 참을 수 없는 동정심이 치밀어 올라 금세 울음을 터뜨린 아이도 있었다. 하지만 그가 왜 그토록 가혹한 징벌을 당해야 했는지에 대해서는 도무지 짐작이 가지 않았고 어른들도 말해주지 않았다.

그날 저녁이었나 아니면 다음 날 아침이었나, 하여간 궁금증을 더 이상 참지 못한 내가 언젠가처럼 밥상머리에서 불쑥 그 일을 입에 올렸다.

"천수 아재가 머를 잘못했노?"

딴은 옆에 앉은 누나를 향해 내던진 물음이지만 그 답은 아버지의 입에서 나오기를 나는 내심 기대했다. 왠지 아버지가 사정을 가장 잘 알고 있을 것이라 믿어졌기 때문이었다. 나로서는 단단히 각오를 한 바였지만 의외에도 내 말의 충격은 그다지 크지 않았다. 뚝밥도 없었다. 그렇다면 천수 아재가 별로 크게 잘못한 것도 아닌가보다고 나는 생각했다. 그런데 어른들은 왜 그렇게 무지막지하게 천수 아재를 두들겨 팼을까? 나는 아버지의 입을 지켜보았지만 끝내 아무 말이 없었다. 괜한 헛기침 두어 번으로 아버지는 짐짓 나를 외면했다.

나는 누나를 돌아보았다. 귓불이 이상스레 발그레해졌을 뿐 누나 역시 가타부타 말이 없었다. 좀 있다 말해줄 건가고 물어보고 싶었지만 왠지 입이 떼어지지 않았다. 도대체가 이 집안엔 나 말고 천수 아재 편은 한 사람도 없다고 나는 결론지었다.

그해 겨울이든가, 아이들 몇이 천수 아재의 그 오두막에서 예의 잡곡밥을 지어 먹으며 밤늦도록 놀다가 그대로 잠이 든 적이 있었다. 좁은 방에 네댓 명이 얽혀 잠이 들었는데 잠결에 문득 이상한 소리를 듣고 나는 눈을 떴다. 천수 아재였다. 벽 쪽으로 돌아누운 채 그가 몸을 꼬며 끙끙 앓고 있었다. 어딘가 몹시 아픈가 보다고 나는 생각했다. 두 손으로 사타구니를 잔뜩 움켜쥐고 있는 품으로 보아 아마도 거기 남모르는 상처가 있나 보다고 나는 생각했다.

"어디 아파?"

나는 친구에게 하듯 걱정스레 물어보았다. 그가 손을 내저었다.

"아니야, 아니야. 아픈 거 아니야."

그러나 천수 아재가 정상이 아님은 분명했다. 그는 땅벌에 쏘인 듯 살을 틀어쥔 채 끙끙거리면서 자꾸만 좁은 구석 쪽으로 파고들었다. 어느 순간 밖에서 인기척이 들려온 듯싶었다. 나는 살그머니 다가가 문구멍으로 밖을 내다보았다. 울타리도 사립도 없는 오두막이다. 텅 빈 들판에 푸르스름한 달빛만 자우룩하게 내려앉고 있었다. 여기저기 헐벗은 나무 몇 그루가 눈에 띌 뿐이었다. 나는 다시 천수 아재를 돌아보았다. 흡사 신열을 앓듯 끙끙대며 안절부절못하고 뒤척이던 그는 한참 만에 탈진하여 늘어져버렸다. 끈끈한 땀으로 이마를 흠씬 적신 채 그는 깊은 한숨을 토해냈다. 그러고 나서는 곧바로 잠에 드는 듯싶었다. 그제야 나는 안심하고 잠을 청했다.

하지만 나는 금방 또 깨어나고 말았다. 천수 아재의 상태는 더 심해 보였다. 그는 흡사 똥이 몹시 마려운 개가 배설할 자리를 찾지 못해 끙끙거리듯 좁은 방 이 구석 저 구석을 마구 헤매고 있었다. 몹시도 격정적인 몸짓이었다. 무섬증이 왈칵 든 나는 아이들을 흔들어 깨

웠다. 하지만 다들 놀란 눈알만 커다랗게 치떴을 뿐 대책이 없기는
마찬가지였다. 서로의 얼굴만 멀거니 바라보고 있다가 기어이 내가
또 물었다.

"천수 아재, 어디가 아파?"

놀랍게도 이번에는 그가 딱 부러지게 대답했다. "응, 많이 아파!"

"어디가 아픈데?"

상처 입은 개가 한사코 어두운 대청마루 밑으로 파고들 듯 방모서
리에 머리를 처박은 채 신음하고 있던 천수 아재가 갑자기 벌떡 몸을
일으키더니 바지를 확 까 내렸다. 벌거벗은 아랫도리가 덜렁 드러났
다. 맹세코 그처럼 흉측한 물건을 우리는 그때 처음 보았다. 어둠 속
에서도 그것은 독 오른 살모사처럼 대가리를 빳빳이 치켜든 채 뜨거
운 독기를 뿜어내고 있었다.

"너무 많이많이 아파……."

그 순간 나는 또 인기척 같은 것을 느꼈다. 반사적으로 나는 문구
멍에 눈을 가져갔다. 이번에는 무언가 보였다. 깊은 바닷속처럼 푸르
스름한 어둠 속에서도 분명 길 저쪽 관목 숲 그늘 뒤쪽에 희끄무레하
게 떠 있는 물체를 나는 발견했다. 물속처럼 흐릿한 그림이었지만 그
게 아낙네의 저고리임을 나는 분명히 식별할 수 있었다. 누구야 저
게? 등 뒤에서 누군가 소곤댔다. 하지만 얼굴을 알아볼 만큼 가까운
거리는 못 되었다. 그때다. 문을 벌컥 열어젖히고 누군가 밖으로 뛰쳐
나갔다. 천수 아재였다.

이날 일을 우리는 함구하기로 했다. 왜인지 그래야만 할 것 같았기 때문이었다. 새벽녘에야 돌아온 천수 아재는 어쩐지 시무룩한 얼굴이었다. 그는 잠이 든 척하고 있는 우리들을 말없이 한참을 내려다보고 섰다가 구석자리로 가더니 풀썩 드러누웠다. 그러나 좀처럼 잠을 이루지 못하고 내내 뒤척거리기만 했다. 간신히 잠에 들었나 했지만 느닷없이 비명을 지르며 네 방구석을 벌벌 기어 다니기까지 했다.

멍석말이는 그 후에도 두어 차례 더 있었다고 했다. 그때마다 천수 아재는 매번 반죽음이 되도록 흠씬 매타작을 당한 끝에 마을에서 내쫓겼지만 며칠 뒤에 보면 또 그 외딴 오두막 속에서 기어 나오곤 했다는 것이다. 그 대신 마을의 과수댁 둘이 보따리를 쌌는데 그중 한 여인은 이장님 댁 며느리라고 했다. 스물셋 꽃다운 나이에 전쟁미망인이 된 그 아낙은 한바탕 눈물바람을 하며 친정으로 쫓겨 갔다는 얘기였다.

나는 비로소 천수 아재의 외로운 죽음이 이해되었다. 그는 마을 사람들의 냉대 속에 외로이 생을 마감할 수밖에 없었던 것이다. 전쟁이 수많은 사람들에게 엄청난 고통을 안겨주었다고는 해도 천수 아재에게는 유독 더 가혹했던 게 아닌가 하는 생각이 들었다. 왜냐하면 그를 그런 죽음으로 내몬 고통은 너무나 강렬하고 뿌리 깊은 거라는 생각 때문이었다. 그것은 추위나 굶주림이나 징벌의 공포를 훨씬 넘어서는 것인 까닭에서다.

갓댐 구루마 발통 누가 돌렸노
집에 와서 생각하니 내가 돌렸네

어린 한 시절 우리에게 무시로 놀이의 즐거움을 안겨주곤 했던 이
노래가 이제는 더 이상 흥겹지가 않다. 그렇다고 영혼 깊이 새겨진 가
락을 지워버릴 도리도 없다. 그러므로 어느 날 문득 등 뒤에서 날아
온 돌팔매처럼 이 노래가 떠오를 때마다 나는 아마도 무릎이 풀썩 꺾
이는 듯한 절망감에 떨어지곤 하리라. 실은 오늘 아침에도 그랬다. 하
지만 그럴 때 내가 고작 할 수 있는 일이라곤 마치 시치미 떼듯이, 또
는 화두를 던지듯이, 이렇게 뚱딴지같은 소리를 중얼거리는 것뿐이다.
　그때 구루마 발통을 돌린 녀석이 혹 내가 아니었을까? (2007)

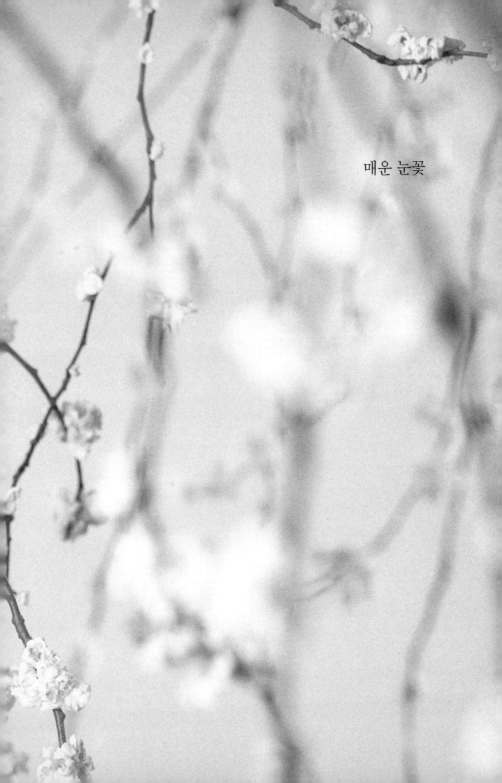

매운 눈꽃

대학 시절을 회상하면 미아리 돌산부터 먼저 떠오른다.
지금은 넓은 도로와 고층 아파트와 학교 건물들이 흡사 강과
숲처럼 뒤덮고 있지만 내가 때늦게 대학을 다니던 그 육십 년대 중반
까지만 해도 그 돌산은 황량하기 짝이 없는 모습을 하고 거기 있었
다. 우리가 먹빛 세느강이라고 불렀던 그 정릉천변에서부터 시작된
무허가 건물들이 산 정상까지 다닥다닥 기어오른 달동네 풍경이나
특히 대학 건물 뒤쪽의 버려진 채석장 풍경은, 그 무렵 우리들이 걸
핏하면 '사월은 잔인한 달' 어쩌고 하며 읊조리곤 하던 엘리엇의 시를
곧잘 연상하게 만들었다. 우리 학과의 전용 강의실이던 제4강의실 창
으로 언제나 내다보이던 그 돌산의 풍경은, 그러니까 그 무렵, 우리들
의 내면 풍경이기도 했다.

　그날의 강의가 다 끝난 뒤에도 우리는 자주 그 강의실에서 시간을
죽이곤 했다. 다방과 술집을 빼고는 달리 갈 데가 없던 시절이었다. 무
시로 다방을 드나들기에는 눈치가 보이고 막걸리가 주종목이던 술집
으로 기어들기에는 해가 남아 있었다. 2본 동시상영의 극장은 주말

에 혼자서나 기웃거릴 장소로 남겨두어야 했다. 딱한 것은, 그러면서도 다락방 같은 학교 도서관과는 거의 담을 쌓고 지냈다는 점이었다. 물론 사정은 있었다. 읽고 싶은 책은 신통하게도 없는 대신에 읽고 싶은 생각이 손톱만치도 느껴지지 않는 책들만 주로 쌓여 있기 때문이었다. 그 한심한 책들을 뒤적이며 먼지를 마시느니 차라리 화장실 낙서를 읽는 편이 낫다는 게 우리의 생각이었다. 실제로 우리 패거리 중 한 녀석은 그 무렵에 그런 이야기를 써서 등단하기도 했다.

이야기의 요지는 이렇다. 할 일도 없고 갈 곳도 없는 한 사내— 그러니까 우리들 중의 하나다 —가 거리를 배회하다가 공중변소를 찾게 된다. 그 시절 그런 화장실의 시설이나 청결에 대해서는 굳이 말하지 않겠다. 사내는 발끝으로 대충 바닥을 정리한 다음 엉덩이를 까고 앉았지만 뒤가 쉽지 않다. 고질적인 변비다. 무작정 기다려볼밖에 달리 뾰족한 수가 없다. 금방 오금이 저리고 무료해진다. 그 순간 앞의 낙서가 눈에 뛴다. 옆을 보시오! 꽤나 얌전을 떨고 있는 필체다. 화살표를 따라 옆벽을 본다. 뒤를 보시오! 억지로 몸을 틀어 뒷벽을 본다. 다시 옆을 보시오! 또 화살표를 좇아간다. 뭘 봐? 똥이나 싸! 웃음 대신에 사내는 슬며시 화를 낸다. 그건 뭐 쉬운 줄 아냐? 결국 눈만 피로해졌을 뿐이다. 그래서 제목이 〈눈이 피로한 자여〉*다.

잠시 엇길로 빠졌지만, 학교 도서관은 총체적인 시설 불량 상태였다. 나지막한 천장에 띄엄띄엄 박혀 있는 형광등 중 반은 이미 수명

---

* 최범서의 단편 「눈이 피로한 자여」, 《문학》 1966년 10월호.

을 다한 것이어서 독서를 하기에는 턱없이 어두웠고, 실내 공기는 늘 퀴퀴한 곰팡이 냄새를 풍겼다. 물론 더운 날에는 냉방이 되지 않았고 추운 날은 난방이 되지 않았다. 이래저래 우리는 빈 강의실에 죽치고 앉아 있는 시간이 많을 수밖에 없었던 것이다.

그리고 무엇을 했던가?

그랬다. 우리는 질 낮은 담배— 필터 없는 '백양'이다! —를 빨면서 주로 말장난으로 그 많은 시간을 채웠던 것 같다. 그럴 수밖에. 온통 결핍뿐이던 그 시절에 말, 즉 언어야말로 우리가 소유한 것들 중에서 가장 넉넉한 자산이었고, 우리의 공통 관심사 역시 그것을 특별하게 부리는 작업에 있었던 것이다. 절망은 기교를 낳고 기교는 다시 절망을 낳는다고 했던가. 우리의 말장난은 으레 강의실에서의 요설과 허언으로 시작되어 종종 술자리에서의 욕설과 폭언으로 끝나곤 했다. 그렇다고 우리들끼리 자주 드잡이를 했다는 소리는 아니다. 좀 막연하게 들리겠지만, 우리는 도무지 돼먹잖은 세상을 상대로 그렇게밖에는 달리 참견하고 시비할 방법을 알고 있지 못했던 것이다.

지금 생각해보면, 그랬다, 태우가 늘 그 중심에 있었다. 왜 그랬는지 모르겠다. 시를 빚어내는 솜씨가 우리들보다 좀 앞서 있었다고는 해도, 그래서 이른바 '학원문단'에 두루 이름이 나 있던 위인이라고는 해도 그것만으로는 썩 납득이 되지 않는다. 그보다는 차라리 그가, 우리 중 누구보다 가슴은 뜨겁고 발끝은 시린 사내였기 때문이 아니었나 싶다. 그는 편모슬하의 외동으로 부산 자갈치시장을 제 집 앞마당으로 알고 자란 녀석이었다. 그래서 그가 구사하는 남도 사투리는 투박한 어투와 질펀한 욕으로 늘 활기가 넘쳤다. 조선말은 육두문자로 버무려야 제 맛이 난다고 그는 주장했고, 그 근거로 판소리 사설을 예로 들기도 했다. 주리를 틀 놈! 오살할 놈! 난장을 칠 놈! 젖 담을 놈! 놈! 놈! 놈!

어쨌거나 요설과 허언과 욕설과 폭언이 일용할 양식이던 그 시절, 그의 언어는 곁에 사람을 불러 모을 만큼 매양 신선하고 매력적이었다. 그는 요설의 대가였고, 언어의 자객이었다. 아이들이 공깃돌을 가지고 놀듯이 그는 누구보다 잘 말을 가지고 놀았고, 때로는 사무라이가 검을 다루듯 말을 잘 다루었다. 우리는 그의 요설과 허언에 언제든 배꼽을 잡고 웃을 준비가 되어 있었고, 마찬가지로 그의 욕설이나 폭언에도 이의 없이 맞장구를 치고는 했다. 하지만 더러는 엉뚱하게 상처를 입기도 했는데, 그것은 아마도 말의 저 불가피한 속성 탓이 아니었나 생각된다. 즉, 입을 벗어나는 즉시 그 주인을 곧잘 배반하는, 양날의 검 같은 성질 말이다. 그로 인해 종종 마음을 다치면서도 그러나 우리는 한사코 태우의 주위를 맴돌곤 했다. 돌아서면 온통 황량하고 암담한 현실과 마주서야 했기 때문이었는지 모른다. 그보다는 태우와 어울리며 독한 술기운에 휘둘리듯 그의 요설과 폭언에 무방비로 노출되는 쪽이 더 좋았다. 자학이었다고 해도 할 말이 없다.

그 무렵 내 마음속에는, 미구에 연정이라 이름 붙일 수도 있을 법한 어떤 은밀한 감정이 싹트고 있었던 듯싶다. 이웃 학과의 그림 그리는 여자애를 두고서였다. 이제는 이름을 밝혀도 무관할 법하다. 박선희라는, 성씨도 이름도 평범하기 그지없는 그녀는 용모나 성품 역시 별난 데가 없어 어디서나 있는 듯 없는 듯하던 그런 애였다. 시화전을 계기로 그녀가 우리와 이따금씩 어울리곤 했던 것은 워낙 책 읽기를 좋아한데다 문학에 대한 막연한 동경 같은 것을 품고 있었기 때문으로 짐작된다.

내가 그녀를 마음에 두기 시작한 것은 3학년 가을, 국전에 그녀의 그림 한 점이 내걸리고 나서부터였다. 〈나의 구두〉란 제목의 그 작품은 그해 많은 입선작들 중의 한 점이었다. 덕수궁이었나? 참 엉뚱하고 미심쩍은 기억이다. 어쨌거나, 전시 장소는 분명치 않다. 기대했던 것만큼 마음에 썩 와닿는 그런 그림은 아니어서 나는, 꼭 자기 같은 그림을 그렸구먼 하고 혼자 중얼댔을 따름이었다. 어쨌거나 우리는 함께 몰려가 국전을 관람했고, 점심은 건너뛰고 늦은 저녁에 명동 칼국수집에서 허기진 배를 채웠고, 그리고 다시 전차를 타고 돈암동 종점까지 왔는데 내리고 본즉 달랑 그녀와 나 둘뿐이었다.

우리는 천천히 걸어서 고개를 넘었다. 나눈 이야기도 별로 없었다. 동부극장인지 동북극장인지가 있던 삼거리 앞에서 걸음을 멈추고 우리는 서로를 멀거니 바라보았다. 굳이 얼굴을 쳐다본 것도 아니었다. 둘 다 눈길을 내리깔고 무릎 아래쪽을 넌지시 살피고 있었다. 날씨가 궂은 편이어서 저녁 무렵부터 한차례 찬비가 긋고 난 뒤였다. 내가 신은 낡은 구두는 물론이고 그녀의 예쁜 에나멜 구두마저 흙물이 튀어 지저분했다. 길거리의 헌 구두 가게에서 사 신은 내 구두 중 한 짝은 진작부터 물이 스며들어 발을 내딛을 때마다 찔꺽거리는 소리를 내고 있었다. 나는 그 젖은 발을 감추고 싶었다. 그녀의 구두는 새 것이었고, 흰 양말에 감싸인 두 발은 보송보송해 보였다.

내가 고흐의 〈구두〉를 불쑥 떠올린 건 바로 그 순간이었다. 그리고 뒤이어, 낮에 본 그녀의 그림이 생각났다. 작업을 하면서 그녀가 고흐의 저 '구두'를 염두에 두고 있었는지 아닌지를 물어보고 싶었지만 나는 잠자코 서 있기만 했다. 뒤늦게 그녀의 마음을 읽어낸 기분이 들었다. 그랬다. 그림 속 그녀의 구두는 깨끗했다. 끝이 약간 모지라진 솔과 구두약이 묻은 헝겊이 옆에 놓여 있는 것으로 보아 정성스레 닦아서 방금 내놓은 게 분명했다. 유리알처럼 맑은 구두코에는 구름일 듯 혹은 주인의 얼굴일 듯싶게 모호한 상이 얼비치고 있었다. 나는 그제야 그림이 마음에 들었다. 이제 막 길을 나서려는 주인의 순정한 마음을 담고 있다고 느껴졌던 것이다. 두말할 것 없이 그 마음은 그녀의 것일 터였다.

이심전심이었나. 비로소 눈을 맞추고 우리는 동시에 소리를 내어 웃었다. 하지만 웃음의 의미조차 동질적인 것이었다고는 믿지 않는다. 나의 웃음은 분명했다. 그것은 낡은 구두와 젖은 발이 부끄러웠기 때문이었다. 그것은 또한, 그녀의 그림이 연상시킨, 너무도 대조적인 저 고흐의 구두에도 조금은 근거한 것이었다. 하이데거가 '황량한 바람과 비옥한 땅, 그리고 들판의 고독'을 발견했노라고 말했다는 그 낡고 해진 한 켤레의 구두 말이다. 그녀는 나의 낡은 구두와 젖은 발에서 무엇을 발견하고 웃음 지었을까? 그러나, 나는 묻지 않았다. 대신에 극장 간판 그림을 힐끗 쳐다보았다. 〈맨발의 청춘〉이 〈햇빛 쏟아지는 벌판〉과 2본 동시상영으로 내걸려 있었다. 신성일 같고 황해 비슷한 상반신의 사내 둘이 먼 곳에 시선을 두고 서 있었다.

그러고 나서 우리는 곧 갈라졌다. 그녀는 자기 화실이 있는 정릉 골짜기로 길을 잡았고 나는 다리를 건너 길음시장 안쪽에 박혀 있는 자취방으로 돌아왔던 것이다.

곰곰 생각해봐도 그게 다였다. 그것을 연정의 시작이라고 말할 수 있을까. 그날 이후로 나는 문득문득 그녀의 구두를 떠올리고는 혼자 즐거워했다. 얼굴이 아니다. 앞쪽에 리본이 붙어 있고 약간 통통한 느낌을 주는 에나멜 구두! 마음을 두고 있어서인지 그녀의 모습이 부쩍 더 자주 내 눈에 띄었다. 우리 학과의 전공 강의 시간에도 더러 보였고 이따금씩은 밤늦은 술자리에서도 있는 듯 없는 듯 그녀가 끼어 있곤 했다.

그해 겨울방학 중에 나는 그녀와 여러 통의 편지를 주고받았다. 그녀는 작업실이 있는 서울에 머물고 있었고 나는 원고지와 책 몇 권만 들고 시골집으로 내려와 있었다. 어느 쪽이 먼저 시작했는지는 분명치 않다. 하여간 한 주에 한 번꼴로 오간 우리들의 편지를 지금은 내가 전부 가지고 있다. 그러나 그 서간문 어디에서도 사랑이란 단어를 찾아낼 수는 없다. 주로 그림 이야기며 책 이야기를 지치지도 않고 늘어놓고 있는 것이다. 그것도 나는 주로 박수근의 그림이나 폴 고갱의 산문집 이야기를 늘어놓았고, 반대로 그녀는 주로 버지니아 울프의 소설과 김수영의 시를 이야기 했다. 그런 식으로 그녀와 나는 내내 문학과 예술에 대해서 토로했던 것이다.

그렇다고는 해도 개강을 기다리는 내 마음은 좀 유별났다. 제4강의실 멤버들을 다시 만난다는 기대와 더불어 내 마음속에는 그녀와의 해후에 대한 설렘도 적지 않았다고 기억된다. 그런데 이 기대와 설렘은 개강 즉시 무참히 학살당하고 만다.

개강 첫 주의 일이었다고 기억된다. 그날따라 말의 성찬이 술자리에까지 풍성하게 이어졌다. 오랜만의 만남이 빚어낸 분위기 때문이었으리라. 대일 굴욕 외교 반대 시위에서부터 영화 〈안개〉의 신인배우 윤정희에 이르기까지, 김동리의 소설 「까치소리」부터 남정현의 소설 「분지」까지 중구난방 돌아친 다음이었다. 그제야 아직 얼굴을 내밀지 않고 있는 녀석들을 도마 위에 올려두고 잠시 씹어대던 어름에 어쩌다 박선희란 이름도 등장했다. 방학 중에 작업을 좀 했는지 모르겠다고 누군가 말했고, 웬걸, 겨우내 작업실이 닫혀 있더라고 다른 녀석이 대꾸했다. 나는 잠자코 입을 다물고 있었다. 그때 누군가 또 말했다.

"가아 억시기 화사해졌다 아이가. 마, 이쁘게 꾸민 꽃돼지더라."

그게 태우였다. 녀석은 무심히 담배 연기를 토해내고 있었다.

나는 태우를 쏘아보았다. 그러나 녀석은 내 시선을 전혀 의식하지 못했다. 자신이 방금 내뱉은 말이 양날의 검처럼 무엇을 베어 쓰러뜨렸는지조차 도무지 알지 못하고 있는 얼굴이었다. 녀석의 낯짝이 그렇게 미련스러워 보일 수가 없었다. 그 아둔함 속에 감추어진 폭력성을 나는 실감했다. 한데도, 잘난 듯이 녀석은 또 말장난을 이었다.

"뚱뚱이와 뚱뚱이 사이에 뚱뚱이가 있는 기라. 그리고, 뚱뚱이들 중에 달거리하는 짐승이 바로 꽃돼지꽈 아이것나."

나는 내 앞에 놓인 막걸리 잔을 집어 들어 단숨에 비웠다. 그러고는 아무 말도 않고 자리를 떴다.

그 학기를 어떻게 보냈는지 확실하게 남아 있는 기억이 별로 없다. 그 대신 대학의 마지막 여름방학은 내 머릿속에 깊이 각인돼 있다. 한달 넘게 여행을 했기 때문이다. 그것도 혼자서 나선 무전여행이었다.

그랬다. 도보와 무임승차를 번갈아 하고 굶기와 노숙을 예사로 하면서 나는 서해안을 따라 목포까지 내려갔고, 거기서 꼬불쳐 두었던 비상금을 털어 제주행 카페리를 탔다. 난생 처음 겪어보는 긴 항해였다. 갑판 한쪽 구석자리에 아무렇게나 몸뚱어리를 구기고 앉은 채 나는 밤새 검은 밤바다만 내려다보고 있었다. 도무지 잠이 오지 않았다. 마침내 제주항에 닿았을 때는 이른 새벽이었다. 왠지 낯익은 마을로 돌아온 기분이었다. 여기 아무 집에나 기대어 평생을 살아도 좋으리라 생각했다.

나는 어찌어찌 서귀포까지 갔다가 다시 제주항으로 되돌아왔다.

하지만 생각처럼 쉽게 몸을 기댈 곳은 없었다. 또, 배표를 손에 넣기까지는 우여곡절도 많았다. 하지만 여기서는 생략하기로 한다.

2학기 개강과 거의 동시에 나는 취업을 했다. 주로 무협소설을 번역 출판하는 곳이었다. 번역자들은 거의가 환갑을 지난 노인네들이어서 한글 문장에는 서툴렀기 때문에 나는 주로 그것을 다듬고 교정을 보는 일을 했다. 때로는 노벨상 수상 작가들의 소설 중에서 이미 번역 출판된 것을 수사들만 조금씩 바꾸는 식으로 몽땅 베껴먹기도 했다. 사무실은 충무로 뒷골목의 낡아빠진 건물 2층에 있었다. 명함을 찍기도 실로 난처한 직장이긴 했지만, 그러나 나는 그곳에 틀어박힌 채 학교와는 우정 등을 지고 살았다. 아침저녁으로 만원 버스에 실려 미아리 고개를 오르내리면서도 가급적 그쪽을 내다보지 않았다. 나중에 졸업식에만 잠시 얼굴을 내밀었을 뿐이었다.

이듬해 봄에 나는 결혼했다. 아마도 우리 동기들 중에서는 가장 발빠른 결혼이었을 것이다. 상대는 내 책상과 마주앉아 교정쇄와 회계장부를 번갈아 뒤적이던, 직장 경력이나 나이가 나보다 좀 윗길인 여직원이었다. 시간외수당도 없는 야근이 코피 나게 거듭되던 어느 날 늦은 귀갓길에 나는 어쩌다 그녀의 자취방까지 묻어갔고(아마도 된장찌개와 구운 생선토막이 한두 가지 나물 접시와 함께 놓여 있는 밥상이 그리워서였을 것이다), 이튿날 아침에 시치미 떼고 나란히(그러나 약간의 시차를 두고) 출근한 것을 계기로 피차 걸리적거리는 것 없이 단출한 살림을 결국 합쳤던 것인데 그 얼마 후 그녀의 임신 사실을 확인하고는 곧바로 결혼식을 치렀던 것이다. 말하자면, 그 무렵에 흔했고 나 또한 익숙해져 있던, 가불인생 같은 결혼이었다.

우리 패거리들은 꽤나 놀라워했다. 하지만 내게는 지극히 자연스러운 귀결이었다. 그만큼 객지 생활이 곤고하여 누군가에게 기대고 싶은 갈망이 강했기 때문이었으리라. 신혼여행 길에서 나는 문득 선희를 떠올렸다. 신혼여행지로는 제주도 외에는 별로 갈 데가 없던 때였다. 카페리 대신에 칼을 타고 바다를 건너다 말고 나는 눈 아래 불쑥 나타난 제주항을 발견하고 문득 그녀를 기억해냈던 것이다.

언젠가 긴 항해 끝에 맞닥뜨렸던 그날의 아련한 풍경처럼 구름과 파도를 헤치며 바다 쪽으로 하얗게 팔을 뻗은 부두를 내려다보면서 나는 어느새 그녀를 그리고 있었다. 이번에도 그 예쁘고 통통한 에나멜 구두가 먼저였지만 그러나, 이윽고 몸매와 얼굴까지 천천히 그려졌다. 그랬다. 통통한 몸매에 약간 짧은 목, 그리고 볼우물이 깊게 파인 발그레한 뺨과 크고 순한 눈…… 어떤 아련한 감정 때문에 나는 아, 하고 속으로 나지막이 탄식했다. 기어이 속에 있는 말을 토해냈다.

꽃돼지라니!

그녀의 신체적 특징을 드러내는 말이 하필이면 꽃돼지란 말인가…….

태우 녀석이 특별히 악의를 가지고 한 말은 아니었다고 나는 믿는다. 녀석의 말대로 똥똥은 넘고 뚱뚱에는 한참 미달인, 그래서 뚱뚱한 그녀의 몸매를 그는 단지 꽃돼지란 말로 표현했을 뿐 굳이 비아냥

거릴 마음은 없었으리라. 어쩌면 그 무렵 창작 실습 시간마다 귀에 딱지가 앉을 만큼 자주 듣곤 하던 저 일물일어설—物—語說에 그는 충실했을 뿐인지도 모를 일이었다. 하지만 그 말은 당장 좌중의 폭소를 불러일으키고도 남았던 것이다. 그 순간의 곤혹감과 수치심을 나는 잊지 않고 있었다. 마치 몸에 꼭 죄는 무용복을 입은 뚱뚱한 그녀가 커다란 리본을 머리에 꽂은 채 발그레 물이 든 얼굴, 그러니까 영락없는 돼지볼을 하고 우리 앞에서 우스꽝스럽게 손짓발짓 춤추고 있는 꼴을 지켜보는 기분이었던 것이다.

새삼스레 곰곰이 따져본즉 태우의 그 문제 발언 이후부터 나와 그녀의 사이가 점점 멀어진 게 분명하다고 생각되었다. 굳이 의도한 것도 아닌데 그녀와의 사이는 점점 더 소원해졌다. 어쩌다 강의실이나 술자리 같은 데서 어깨를 나란히 하게 될 경우에도 나는 그녀와의 사이에 끼어든 그 서먹서먹한 거리감을 극복할 수가 없어 이렇다 할 말 한마디 변변히 건네지 못했다. 그녀 역시 달라진 분위기를 감지하고 있었다. 처음에는 크게 당황하는 듯싶었고, 다음에는 까닭을 알고 싶어하는 눈빛을 자주 나에게 보내곤 했다. 하지만 그 무언의 질문을 받고도 나는 입을 굳게 다물고 있었다. 나 자신에게도 해명할 말을 나는 찾지 못하고 있었던 것이다. 그녀를 보면 녀석의 말이 생각났고, 그때마다 그녀에 대한 나의 환상은 여지없이 박살나곤 했던 것이다. 그녀는 마침내 자신을 닫아걸었다. 더 이상 나를 의식하지 않으려 했고, 자연히 우리 패거리로부터도 천천히 떨어져 나갔다. 나는 졸업 후에는 어느덧 그녀를 잊고 살았다.

　사십 줄에 들어선 어느 해 겨울이었다.

　나는 우연히 그녀를 만났다. 그 무렵 내가 근무하고 있던 여성잡지
사가 광화문 부근에 있었는데 맨 마지막으로 현관 셔터를 내리고 돌
아선 순간 나는 뜻밖에도 그녀의 모습을 발견했던 것이다. 그녀는 머
플러로 머리를 감싸고 검은 코트 깃을 바짝 세운 채 맞은편에 있던
책방을 나와 길을 휘적휘적 건너오고 있었다.

　저 미아리 시절로부터 그새 십오 년 이상의 세월이 흐른 뒤였다. 그
럼에도 불구하고 나는 단번에 선희를 알아보았다. 서둘러 다가간 나
는 막 길을 건너온 그녀의 앞을 가로막고 섰다. 그녀는 몹시 놀란 표
정을 지으며 나를 쳐다보았다. 나는 주저하지 않고 그녀의 두 손을
움켜잡았다. 이 우연한 만남을 그냥 흘려보낼 수 없다는 분명한 의식
이 처음부터 무작정 나를 내몰았던 것이다.

　생각해보면, 내 인생에서 그날 밤처럼 단호했던 적은 다시 없었다.
나는 그녀를 단골 맥줏집 '낭만'으로 끌고 갔고, 거기서 평소보다 갑
절 많은 양의 술을 마셨다. 그녀가 술을 마셨는지 어쨌는지는 기억에
없다. 어떤 열정이 진작 나를 마셔버린 때문이었는지도 모른다. 어쨌
거나, 통금시간이 임박해서 그곳을 나온 다음에는 막무가내로 그녀
를 가까운 여관방에 밀어 넣었다. 나는 사실 너무 취해 버려서 어차
피 그녀의 마음을 세심하게 살필 수 있는 상황이 못 되었다. 다행히

그녀가 별 저항 없이 나를 따라준 것만 기억에 남아 있다.

다음 날 아침, 나는 좀 늦기는 했지만 천천히 걸어서 출근했다. 이십 분 남짓한, 도심의 거리였다. 전날의 과음에도 불구하고 머리가 맑았다. 보도에 떨어지는 햇살이 무척 따스하고 정갈한 느낌을 주었다. 전에 없던 일이었다. 그러고 보니 첫 아내와 헤어지고 나서 갈팡질팡 헤매며 산 세월만도 벌써 여러 해째였다. 그간 일이 있건 없건 나는 늘 밤늦게까지 편집실에 남아 있었고, 귀갓길에는 취하지 않은 날이 별로 없었다. 당연히 출근길에는 머리가 무거웠고, 퇴근길에는 다리가 무거웠다. 그러나 이날만은 오랜 숙취에서 깨어난 듯 머리가 개운하고 다리도 가뜬했다.

그랬다. 나로서는 전혀 뜻밖의 우연한 만남이었다. 하지만 그녀와의 단 한 번의 만남이 그 무렵의 나에게는 커다란 위안과 힘이 되었던 게 분명했다. 그날 이후 나는 정상적인 생활을 되찾았다. 그리고 다음 다음 해 겨울에 두 번째 결혼을 하여 오늘에 이르렀고, 그런대로 안정된 인생을 살아왔다고 나는 생각한다.

그런데 얼마 전 나는 갑작스러운 기별을 받고 그녀를 만나러 나섰다. KTX로 한 시간 반쯤 걸리는 곳이었다. 역으로 마중 나온 여인을 보고 나는 한동안 혼란 속에 빠져들고 말았다. 짧은 순간의 일이긴 했지만 우리는, 그러니까 삼십 년 이상의 세월을 단숨에 건너뛰어 저 미아리 캠퍼스의 어디쯤 되는 공간에서 그렇게 마주보고 서 있었던 것이다.

　그랬다. 우리의 마음 저 안쪽 어딘가에는 빙벽에 박힌 눈꽃처럼 어느 순간 정지한 사물들이 오랜 세월에도 불구하고 여전히 하얗게 남아 있었다. 발도 입도 얼어붙어 있는 나에게 그녀는 다가와 다소곳이 머리를 숙였다. 그러고 나서 아무개 선생이 아니시냐고 물어 확인한 다음 박선희의 딸이라고 자신을 밝혔다. 참 놀랍게도 그녀 역시 왕년의 저 에나멜 구두와 모양이 똑같은 구두를 신고 있었다. 콧등에 예쁜 리본이 달린, 굽이 낮고 통통한 단화였다.

　내가 안내된 곳은 그 도시의 대학병원이었다. 볕이 잘 드는 1인실에 그녀는 누워 있었다. 의식을 잃은 지는 이미 여러 날 되었다고 했다. 어쩌다 간혹 눈을 뜨고 주위를 두리번거리는 때가 있긴 해도 묻는 말에는 별다른 반응을 보이지 않는다고 했다. 그런데 단 한 번의 예외가 있었노라고 딸은 말했다. 마침 머리맡을 지키고 있던 딸이 재빨리 물었다고 했다. 특별히 보고 싶은 사람은 없느냐고. 그러자 기적처럼 어머니의 입술이 움직였다는 것이었다. 딸은 재우쳐 물으며 귀를 갖다 댔고 그러자 어머니의 입술이 한 번 더 움직였는데 그 순간 의심 없이 알아들을 수 있었노라고 그녀는 말했다. 다시 화필을 잡으면서부터 어머니의 손에 자주 들려 있곤 하던 시집의 표지에서 본 이름이었다고 말했다.

　우리는 어느덧 과거가 더 이상 허물이 되지 않는 나이에 이른 것인지도 모른다. 그래서 이제 실토하는 바이지만, 두 번째 결혼을 하기 직전에 나는 그녀를 찾아갔었다. 그때만 해도 우등열차로 두 시간 넘게 가야 했던 그 지방 도시에서 그녀는 안정된 생활을 하고 있었다. 불과 한 해 전에 남편과 사별했으나 유산 덕분에 비교적 여유 있는 삶을 살고 있노라고 했다. 나는 그녀에게 단도직입적으로 청혼했다. 줄잡아 십오 년 이상 지각한 프러포즈였다. 그녀는 하루 동안 생각할 시간을 달라고 말했다. 그러나 다음 날, 그녀는 청혼을 받아들일 수 없노라고 했다. 남편에게 했던 말 한마디가 발목을 잡고 있어 어쩔 수 없다는 것이었다. 긴 투병 기간 중 남편은 자주 말했다고 했다. 내가 죽거든 미련 떨지 말고 개가하여 새 인생을 찾으라고. 그때마다 그녀는 다짐했다고 했다. 눈곱만치도 그럴 생각 없다, 애들과 함께 사는 것으로 만족한다. 이제 와서 본즉 그 말이 너무도 강하게 발목을 잡노라고 그녀는 말했다. 나는 하루를 더 머문 다음 마음을 접었다. 내가 어찌 그녀를 이해할 수 없노라고 투정할 수 있었으랴.

돌아오는 차중에서 나는 그녀가 건네준 봉투를 열어보았다. 저 미아리 시절에 내가 그녀에게 보냈던 편지들과 함께 쪽지가 들어 있었다. 오랜 세월에도 변치 않은 그 정겨운 필체가 말하고 있었다.

사실은, 이 편지들을 돌려드리고 싶어 찾아갔던 겁니다. 꼭 그래야 한다는 생각 때문이었지요. 하지만, 그렇게 뵙고 나니 또 마음이 바뀌더군요. 그게 여자의 마음이랍니다. 그러나 이제는 정말 돌려드리겠습니다. 대신 그 빈자리에 다시 캔버스와 이젤을 들여놓을까 합니다. 부디 건강하시고 행복하세요.

박선희 올림

무상도 하여라. 그로부터 다시 열다섯 해나 흐른 뒤에야 나는 그녀의 앞에 서 있었다.

그동안 나는 무엇을 하고 살았나? 나는 스스로 묻고 대답했다. 단지 시집 한 권을 보탰을 따름이다. 그뿐…… 다른 아무것도 생각나지 않았다. 돌아보고 싶지도 않았다. 시를 쓰고 묶고 하면서 나는 누군가 관심을 가져 주리라는 기대 같은 건 품지도 않았다. 하지만 저 세월을 넘어 그녀의 앞으로 나를 다시 불러낸 건 바로 그 시집이었다.

그녀에게 나의 시집은 무엇이었나? 어쩌면 선희는 거기서, 내 안 깊은 동토에 얼어붙어 있는 저 눈꽃 같은 것을 찾아냈던 게 아닐까? 오랜 세월 동안 내가 헛되이 그 존재를 부인하려고 애썼던 그 매운 눈꽃 말이다.

하얀 시트 위에 그녀의 손이 놓여 있다. 세월도 나이도 잊게 할 만큼 통통하고 귀여운 손이다. 나는 가만히 그 손을 잡아본다. 그러자 잠든 듯 누워 있는 그녀에게서 어떤 힘이 손끝을 타고 나에게 전해지는 것을 느낀다. 불시에 가슴이 뜨겁다.

나는 황급히 창쪽으로 돌아섰다. 정문頂門을 쪼개는 듯 하는 날카로운 통증이 등줄기를 타고 내렸다. 내 몫의 인생을 온통 잘못 살아왔다는 때늦은 회한 때문만이 아니었다. 어쩌면 남의 인생까지도 온통 그르치게 했는지 모른다는 뼈아픈 자책감 때문이었다. 그랬다. 그런 통증 속에서 나는 또, 양날의 검처럼 때로는 말 한마디가 우리의 사랑을, 그리고 인생을 뿌리째 학살하고도 남는다는 생각을 어금니로 짓씹고 있었다. (2009)

내 안의 슬픔

~

먼 대학 시절 얘기지만, 나는 술에 떡이 되게 취해보고 싶었던 적이 종종 있었다. 흔히 '필름이 완전히 끊어졌다'고 말하는, 바로 그런 상태 말이다. 그러나 내 몸이 도무지 그것을 허락하지 않았다. 작정하고 빈속에다 마구 쏟아부은 알코올이 내 지긋지긋한 자의식의 숲을 철저히 초토화시키기 전에 위장이 먼저 울컥 뒤집어져버리곤 했기 때문이다. 한바탕 구토 끝에 남는 건 으레 끔찍한 두통과 헛구역질뿐이었다.

그 시절, 무엇이 나로 하여금 종종 그런 갈증을 품게 했던가?

글쎄. 생각해 보면 실연의 아픔 같은 분명한 경우도 있었지만 그보다는, 원인조차도 모호한 때가 더 많지 않았나 싶다. 딱히 이유 없이도 때로는 꼭지가 잠기도록 술독에 빠져버리고 싶어 몹시 안달하곤 했던 것이다. 하지만 일정량 이상의 알코올을 내 몸은 어김없이 거부했으므로 나는 단 한 번도 그 욕망을 풀어 보지 못했다. 머리는 뜨겁고 발은 시리기만 하던 시절의 얘기다.

그런데 엉뚱하게도 나는 지난주에 생뚱맞게 그런 경험을 치렀다.

그 시절로부터 자그마치 삼십 년도 훨씬 넘는 세월이 흐른 다음에, 그리고 또, 어느덧 인생 갑년을 저만치 바라보게 된 이제 와서 말이다. 참 우습다고 해야 할지 어처구니없다고 해야 할지…….

내가 대학 동기 남호를 만난 것은 장례식장에서였다.

고인 역시 대학 동기여서 그 자리는 자연 오랜만의 동기들 모임이 되었다. 그러나 분위기는 썰렁했다. 그럴밖에! 그 시절만 해도 서울 변두리에 있던 신설 대학의, 그것도 흔한 영어영문학과를 나온 우리들 중에서 고인은 비교적 성공적인 인생을 만들어 가고 있던 터였다. 내가 내내 평교사로 지방 학교를 전전하다가 두어 해 전에 이른바 명퇴를 하고 물러앉은 것과는 달리, 모교에 남아 주요 보직을 두루 거친 그는 자타가 인정하고 기대하던 차기 총장 재목이던 것이다. 그러므로 그의 갑작스러운 죽음이 남긴 충격은 좀 특별할 수밖에 없었다.

상청 분위기부터가 그랬다. 무겁고 침울하다기보다, 어딘가 황망하고 어수선한 느낌을 주었다. 하나 둘 모여든 동기들의 얼굴도 그랬다. 더러는 매우 뜨악한 눈빛을 하고 있었고(다행히 자신은 아직 무사하다는 듯이), 또 더러는 고인의 멱살을 틀어쥐고 한바탕 시비라도 벌이고 싶어 하는 낯짝이었다(흡사 자신이 당하기라도 한 듯이).

상황이 그런지라 모처럼 만난 동기들 사이에도 별로 대화가 없었다. 술잔마저 오가는 일이 드물었다. 대부분 차를 핑계 댔고, 아니면 혼자서 고작 캔 맥주를 홀짝거렸다.

"진단 받고 겨우 석 달 버틴 거래. 갑자기 쓰러지기까지 전혀 모르고 있었다더군."

누군가 허전한 목소리로 말했고, 또 누군가 시들하게 토를 달았을 따름이었다.

"그렇게 사람은 병으로 죽는 게 아니라 명으로 죽는 거여."

너무나 지당한 말씀이었다. 그래서 우리는 다시 입들을 닫아걸었다. 그러고는 뻘쭘하게 웅크리고들 앉았다가 더러 화장실에 가듯 슬그머니 자리를 뜨곤 했다.

남호는 더 말이 없었다. 언제부터 그랬는지는 몰라도 어쨌거나 그는, 깜짝 놀랄 만큼 부대해진 몸집을 아무렇게나 구기고 앉은 채 소주잔만 거푸 비워내고 있었다. 그러다 자주 눈가를 훔치곤 했는데 나중에 본즉 바짓가랑이 앞쪽이 척척하게 젖어 있었다. 보다 못해 한 친구가 핀잔했다.

"얌마, 넌 왜 징징대기만 하냐? 허연 머리가 민망스럽구만."

그러나 남호의 대답은 천진스러웠다. 그는 잔뜩 젖어 있는 목소리로 어눌하게 말했다. "쟤가 불쌍해서 그래."

"불쌍하다고? 뭐가?"

공연히 발끈하며 덧붙인 말은 또 이랬다. "좀 아쉽기야 하지. 그래도 저 친구는 제 몫 인생 폼 나게 살고 간 거라고. 우리들처럼 찌질하게 오래 살면 뭐하냐. 안 그래?"

"그래도 자꾸 눈물이 나."

피차 허연 머리들을 마주하고 앉아서 주고받는 대화가 조금은 코믹스럽기까지 했다. 남호는 그러나 진지했다. 우람한 가슴패기에다 고개를 깊숙이 처박은 채로 간간이 술잔을 비웠고 그리고 틈틈이 눈물을 떨구곤 했다.

삼십 년도 훨씬 저쪽의 남호는 어떤 모습이었던가?

문득 더듬어 보았지만 또렷한 상이 얼른 그려지지 않았다. 나는 부지런히 녀석의 잔을 채워 주었다. 생각해보니 입학정원 40명 외에도 소속 불명의 청강생들이 끓었던 학과였다. 그 많은 동기들 얼굴이며 이름 대부분이 내 기억판에서 거의 까맣게 지워진 것을 깨달았다. 기억의 죽음인 셈이다. 삭막한 기분이었다. 그러다 어느 순간, '귀공자'라는 남호의 별명이 갑자기 떠올랐고, 그러자 대학 시절 그의 모습이 내 머릿속에서 천천히 복원되었다.

그랬다. 청바지에 홈스펀, 그리고 목이 긴 구두를 신은, 귀티 나는 모습이었다. 그와 더불어, 나의 초라한 행색도 떠올랐다. 봄여름 두 철엔 홑겹의 나일론 점퍼로, 가을겨울엔 후줄근한 바바리코트로 대충 몸뚱이만 가리고 살던 때였다. 동급생들, 그중에서도 사내들 대부분이 지방 출신의 가난뱅이들인 데 비해 그는 서울의 착실한 중산층 자제였다. 전화가 귀하던 시절, 그의 집에는 전화가 있었고(그래서 무시로 그를 불러내기가 좋았다), 버스나 자전거가 주된 이동 수단이던 때 그는 자주 오토바이를 타고 나타나기도 했었다.

하지만 귀공자란 별명의 근거가 단지 그런 데에만 있었던 건 아니었다. 그보다는, 순진하달까 때 묻지 않은 성품과 매사 낙천적이고 낭만적인 태도에 더 많이 근거했다고 회상된다. 핑크빛만 보면 가슴이 울렁거린다면서 그는 곧잘 여자애들을 쫓아다녔고, 우리가 어쩌다 변두리의 2본 동시상영관을 기웃거릴 때 그는 종로통의 개봉관을 매번 다른 여자애를 꿰차고 강의실 드나들 듯했었다. 졸업 후엔 또, 우리들 대다수가 안정된 생업을 찾지 못해 방황하거나 또는 직장을 얻었다고 해도 박봉에 시달리고 있을 때 그는 아버지의 금은방을 고스란히 물려받은 복 많은 친구였던 것이다. 하지만 그의 행운은 거기까지였는지 모른다. 그에 관한 나의 기억도 대체로 거기까지만 확실하다. 그 뒤로는 얼굴을 비비댈 기회가 거의 없었기 때문이다.

세월에 장사 없다는 말처럼 망가진 사람은 남호만이 아니었다. 동기 한 녀석은 멀쩡하던 입이 눈에 띄게 옆으로 돌아가 있었다. 지난해 여름, 생일상을 받은 끝에 잔뜩 취한 채로 곯아떨어졌다가 일어나본즉 입이 귀밑까지 마실 가 있더라고 했다. 찬 바닥에 낯짝을 처박은 채로 장시간 엎어져 잔 탓일 테지만 그는, 욕지거리를 하도 많이 하고 살아서 벌 받은 게지 뭐, 그래도 지금은 많이 좋아진 거라며, 속 좋게 히히거리고 웃었다. 이태 전에 가볍게 풍을 맞았다는 한 친구는 왼쪽 수족을 아직 제대로 쓰지 못했고 말조차 심하게 어눌했다. 그 밖에도, 부실한 어금니들을 솎아내고 임플란트를 해 박느라 입안에 한 재산 착실히 들어앉혔다는 동기도 있었고, 하필이면 왕년의 장발 스타가 민둥머리에 가발을 뒤집어쓰고 나타나기도 했다.

그러나, 남호 녀석보다는 다 양호하다 싶었다. 그만큼 녀석은 외모부터 왕창 망가져 있었는데(그래서 나는 처음엔 그를 알아보지 못했었다), 무엇보다 비만 상태가 가장 심각하게 느껴졌다. 체중이 아마도 백 킬로는 족히 넘어설 듯싶었다. 고작 백칠십도 안 되는 키에 말이다. 그렇듯 비대한 몸집도 몸집이지만 게다가 나를 더 질리게 만드는 것은 그놈의 눈물이었다. 커다란 몸통 안에 가득 고여 있는 듯싶은 그 눈물은 녀석이 어느 쪽으로든 약간 몸을 기울이기만 해도 금방 찔끔찔끔 쏟아지곤 했던 것이다. 정말 지겨운 노릇이었다. 귀공자는 고사하고, 젊은 날의 저 낭만이나 낙천성의 흔적은 도무지 찾아볼 길이 없었다. 연이은 불운 때문에 맛이 간 거라고들 했다.

"에이, 저 녀석 보기 싫어서 일어나야겠구먼."

마침내 한 친구가 투정하듯 자리를 차고 일어섰고, 다른 동기들 몇이 나두 나두 하듯이 뒤를 따랐다. 그들이 한꺼번에 자리를 뜨고 나자 남호 녀석만 섬처럼 외롭게 남은 꼴이 되었다. 장례식장에서 눈물 많은 게 흠이 될 것은 없는 일이다. 그런데도 남호 녀석의 눈물은 별로 공감을 얻지 못했다. 공감은커녕 공개적으로 비난받았고 급기야 왕따를 당한 꼴이었다. 왜일까?

나는 다른 녀석들처럼 냉큼 자리를 뜰 수가 없었다. 다시 남호 녀석의 빈 잔을 채우면서 나는 곰곰 생각에 빠졌다. 녀석의 눈물이 너무 헤프게 보여서인가? 그건 아니라고 나는 강하게 부인했다. 헤프다니! 타인의 눈물을 두고 누가 감히 그렇게 단정할 수 있으랴. 나는 또 생각했다. 그렇다면 우리의 눈물샘이 숫제 말라붙어 버린 탓인가? 아니다. 그런 이유만으로 우리의 저 강한 거부감을 말끔히 설명할 수야 없는 일이다. 그보다는, 나이 탓이 어쩌면 더 크지 않을까 싶었다. 아마도 우리는 은연중 눈물이 지겨워진 나이로 접어든 건지도 모를 일이었다. 생각해보면 인생이란 늘 그런 것, 새삼스럽게 무슨 눈물인가! 그런즉 죽음조차도 낯익은 일상사에 지나지 않다고 치부하고 있는지도 몰랐다.

나로서는 이래저래 남호 녀석에게 쉽게 등을 보이지 못했다. 그의 옆에서 한참을 더 뭉기적거린 다음 상청을 나서며 방향을 물었더니 녀석은 나와 같은 신도시에 산다면서 그제야 몸을 일으켰다. 참으로 힘겨운 움직임이어서 지켜보기가 몹시 불안했는데 간신히 몸의 균형을 잡은 그가 첫 걸음을 내딛었을 때 나는 그의 어깨가 한쪽으로 심하게 기운 것을 발견했다.

영안실 밖은 찬 빗줄기가 뿌리고 있었다. 게다가 금요일 저녁 시간이었다. 소통이 좋을 때라면 삼사십 분이면 주파할 거리를 무려 한 시간 반이나 지체한 끝에 나는 간신히 우리가 사는 도시에 닿았다. 자주 당하는 일임에도 불구하고 이날은 왠지 넌더리나게 지쳐빠진 기분이었다.

어쨌거나 대학병원을 나서서 우리 마을에 도착하기까지 그 긴 시간 동안 우리가 대화를 나눈 것은 불과 몇 분간에 지나지 않았다. 격심한 정체 때문에 도심에서 처음 발이 묶였을 때 나는 별 생각 없이 "요즘엔 뭐하고 사냐?"라고 물었고, 남호 녀석은 "노인네 수발하는 재미로 살지 뭐"라고 등 뒤에서 대꾸했다. 그를 조수석에 앉히기에는 너무 거추장스러웠으므로 나는 녀석을 아예 뒷자리에다 밀어 넣었던 것이다. 애당초 우정 있는 대화 같은 걸 기대하지 않았는지도 모른다.

사이를 두었다가 내가 다시 물었다. "자당께선 연세가 많으시지 아마? 건강이 많이 안 좋으신가?"

머뭇거리다가 그가 대답했다. "강보에 싸인 애기지 뭐. 아흔하나, 망백이셔……." 다시 대화가 끊어졌다가 한참 만에 녀석이 덧붙였다. "이따금씩 손주 보는 재미도 있어야……."

녀석은 킬킬거리고 웃었다. 그러나 잠시일 뿐, 그 웃음은 금방 훌쩍이는 소리로 바뀌었다.

"친손? 외손?" 하고 내가 물었고, 녀석이 또 머뭇거리며 대답했다.

"외손이야. 그때 딸 하나만 남았으니까."

나는 움찔했다. 무심결에 녀석의 묵은 상처를 찔벅거렸다는 자책감 때문이었다. 언제던가, 동기회 간사의 연락을 받고 찾았던 곳도 대학병원 영안실이었다. 대형 탱크로리가 빗길에 미끄러지면서 그의 차를 덮쳤다고 했다. 네 식구 중에서 그와 딸애만 살아남고 처와 아들은 즉사했다.

나는 묵은 기억의 갈피들을 가만히 덮어버렸다. 여간 조심스럽지 않았다. 타인의 삶에 대해 함부로 묻고 이야기하기에는 도처에 지뢰

밭이 너무 많다는 생각을 새삼 곱씹었다. 어찌 그의 인생사만 그러하랴.

그런데 의외로 녀석의 목소리가 돌연 한 옥타브 높아졌다.

"고것도 계집애야. 그나마 달랑 하나! 지 에미 애비가 말이지, 그만 땡이라는 거야, 땡!"

"이쁘디?"

"넌 그걸 지금 나한테 묻고 있는 거야?"

나는 입을 다물었다. 참 멍청한 짓이다. 그런 걸 묻고 있다니……

자괴감에 빠져 있는 내 귀에 녀석의, 또다시 눅눅해진 음성이 들려왔다.

"무지 이뻐! 헌데 말이야, 걔를 보고 있으면 왜 자꾸 슬퍼지냐? 툭 하면 눈물이 나……"

나는 고집스레 입을 닫고 있었다.

차 안에서 나눈 이야기라면 그게 다였다. 두 번째로 발목이 잡힌 곳은 한강을 건너기 직전이었는데 끝도 없이 길게 늘어서 있는 행렬 속에서 무료하게 앞만 내다보고 있던 나는 문득 등 뒤에서 코 고는 소리를 들었다.

"임마! 혼자 자는 거야?"

나는 일부러 소리쳐 보았지만 그로부터는 이미 아무런 반응도 없었다.

천신만고 끝에 우리가 사는 도시로 진입한 나는 택시 잡기 좋을 만한 곳에 차를 멈추고 뒤를 돌아다보았다. 그쯤에서 녀석을 떨궈 줄 작정이었다. 그는 뒷자리를 꽉 채우고 늘어진 채 여전히 코를 골고 있었다. 하지만 나는 그때까지도 사태의 심각성을 미처 깨닫지 못하고 있었다. 나는 한쪽 팔을 뻗어 녀석의 가슴팍을 가볍게 두들기며 약간 소리를 높여 말했다.

"어이 친구, 그만 일어나! 다 왔다고!"

역시 아무 반응이 없었다. 이번에는 녀석의 턱을 치켜들고 좌우로 몇 차례 흔들어 보았다. 그래도 마찬가지였다. 꽤나 깊은 잠에 빠진 모양이라고, 나는 생각했다. 그놈의 눈물은 다 어쩌고 이렇듯 태평하게 잠만 퍼자는 거냐, 나는 혼자서 키득키득 웃으며 차에서 내렸다. 그러고는 뒷문을 열어 젖혔다. 썰렁한 바람이 가는 빗발을 몰아 와 얼굴이며 목덜미를 시원하게 식혀 주었다. 나는 녀석의 팔 한 짝을 잡아끌며 소리쳤다.

"다 왔다니까요 손님! 어서 정신 챙기시라고요."

그러나 역시 소용없는 노릇이었다. 게슴츠레한 눈이 잠시 열리는가 싶더니 금방 닫혀버렸다. 한 번 더 팔을 잡아끌다가 나는 슬그머니 놓아버렸다. 난처한 상황에 빠졌다는 사실을 나는 비로소 깨달았다.

일단 한적한 이면도로 가에 차를 박은 다음 나는 포장마차로 기어 들었다. 그러고는 혼자서 소주잔을 홀짝거렸다. 한숨 자고 나면 정신을 좀 챙기겠지, 하고 나는 체념했다. 그리고 나니 새삼스레 술이 고팠다. 이미 안정권에 접어들었으므로 차 걱정은 접어도 되었다. 녀석이 이 도시 어디쯤 사는지는 모를 일이지만 잠이 깨는 대로 택시를 태워 보내면 되리라고 나는 생각했다. 그럼 되지 뭐. 무드 있게 비까지 뿌리지 않느냐. 이참에 한번 마음 놓고 취해보자, 하고 내 안의 목소리가 자꾸 속삭였다. 목덜미를 척척하게 적시는 비에도 불구하고 내 혓바닥은 몹시도 가뭄을 타고 있었다.

　모를 일이다. 그날 밤 내가, 바짝 마른 혓바닥에다 쏟아부은 술의 양이 얼마나 되는지, 그리고 말 없는 늙은 주모를 상대로 얼마나 오래 거기에 머물렀는지 도통 알 도리가 없다. 단지 기억나는 것은, 내가 처음 한동안은 꽤나 진지한 상념에 빠져 있었다는 사실이었다. 그랬다. 아마도 나는 눈물에 대해 딴은 깊이 명상했던 것 같다. 남호 녀석의 눈물이 아닌, 나의 눈물에 관해서 말이다. 대체 나는 어느 때 눈물을 흘렸던가? 마지막으로 눈물을 흘린 때는 언제인가? 말하자면 그런 물음을 내내 화두로 삼았던 듯싶다.
　명상의 끝은 비록 치매 같은 미망이었을망정 알코올이 내 사유하는 기계를 완전히 무력화시키기 전까지는 나는 아주 골똘히 용맹정진 했다고 확신한다. 덕분에 까맣게 잊혀졌던 기억 몇 토막을 기어이 찾아내기도 했다. 일테면 저물녘, 동구 앞에서 까치발을 하고 어둑한 들길을 내다보고 있다가 왈칵 울음을 터뜨렸던 기억 같은 게 그런 것 중 하나다. 내 유년의 끝자락에 어슴푸레 자리 잡고 있는 풍경일 뿐, 왜 그랬는지는 모른다. 단지 헛헛하게 비어 있던 길과 콧속을 맵

게 톡 쏘며 터져 나온 울음만 기억에 남아 있다. 하지만 마지막 눈물의 기억은 끝내 찾아낼 수 없었다. 내 눈물샘이 언제 바닥을 드러냈는지조차도 모르고 살아왔음이 분명했다. 아무렴! 눈물이란 단지 거추장스럽고 사치한 것일 뿐! 남호 녀석의 눈물 앞에서 이심전심 우리가 드러내 보인 거부감이 그 점을 증명하고 있다고 나는 결론지었다.

　나는 포장마차를 나섰다. 비는 오는 듯 마는 듯했지만 길바닥은 질척하게 젖어 있었다. 나는 길을 등지고 서서 노상방뇨부터 했다. 아스팔트 바닥 위로 쏟아지는 오줌발을 자동차의 전조등이 이따금씩 훑고 지나갔다. 김이 허옇게 피어올랐다. 그러고 보니 꽤 오래 참았다고 나는 문득 생각했다. 무엇을? 나는 금방 자문했다. 무엇을 참아왔다는 거냐? 조금은 별나던 상가 분위기를, 지겹고 또 지겹던 귀갓길의 정체를, 그리고 남호의 부대한 덩치와 하염없던 눈물을 차례차례 떠올려 보았다. 내가 오래 그리고 힘겹게 인내한 것이 고작 그런 것이던가? 정말 모를 일이었다. 어쨌거나 참 무던히도 버틴 거지, 아무렴! 나는 혼자서 몇 번이고 되풀이하여 중얼댔다.

　나는 몹시 진저리를 치며 허리춤을 추슬렀다. 그러자 발밑이 갑자기 허전해지면서 한 순간 칼에 베인 듯이 서늘한 느낌이 마음 한 자락을 긋고 지나갔다. 하지만 그것이 무엇인지, 나는 물론 알지 못했다. 아리다고 해야 할지 쓰라리다고 해야 할지, 아마도 오래 묵은 통증 같은 것이거니 했다. 하지만 그것과 저 배설 작용과는 또 도대체 무슨 관계가 있는지 역시 이해할 도리가 없었다.

일을 마치기까지 시비하는 사람은 없었다. 포장마차 주인이 휘장 사이로 잠시 내다봤을 뿐이었다. 하지만 그 늙은 주모 역시 말이 없었다.

나는 길가에 세워두었던 차에 올랐다. 오늘은 좀 과음한 편이다. 굳이 이유가 있다면 구질구질한 날씨 탓이다. 그러나 걱정할 일은 아니지. 우리 동네니까 말이야. 나는 혼자서 중얼대며 시동을 걸고 전조등을 켰다. 앞 유리창에 빗방울이 잔뜩 달라붙어 있었다. 윈도 브러시를 작동하자 앞이 틔었다. 전조등 불빛을 따라 안개 기둥이 길게 드러누웠고, 물기로 번들거리는 아스팔트 위를 때늦은 귀가 차량들이 드문드문 지나갔다.

나는 조심스레 액셀을 밟으려다 말고 멈추었다. 웬지 백미러가 꽉 차 있는 느낌 때문이었다. 뒤를 돌아다본 나는 화들짝 놀랐다. 남호 녀석 때문이었다. 나는 그를 잠시 잊고 있었던 것이다.

나는 실내등을 켠 다음 허리를 반쯤 틀어 뒤쪽을 향하고 앉았다. 녀석은 여전히 깊은 잠에 빠져 있었다. 잠결에도 자리가 몹시 불편했던 모양이다. 비좁은 공간에 옹색하게 구겨 넣은 몸뚱어리가 지독한 고문을 당하고 있는 것처럼 보였다. 녀석은 흡사 팔 할쯤 술이 담긴 커다란 가죽자루 같았다. 어느 쪽에 머리가 있고 팔다리는 또 어디에 달렸는지 분별하기 힘들 만큼 한 덩어리로 뭉쳐진 꼬락서니였다. 나는 뒤쪽 두 개의 창을 내렸다. 세찬 바람이 들이쳤다. 하지만 그는 전혀 반응을 보이지 않았다. 욕지기 같은 것이 왈칵 치밀었다. 나는 미친 듯이 경적을 울렸다. 예의 주모가 놀란 얼굴을 하고 다시 내다보았다.

나는 녀석에게 화를 내고 있었던가? 글쎄다. 어쩌면 그랬던 것 같기도 하다. 녀석의 잠을 깨우기 위해 실랑이를 벌일수록 나는 점점 더 격해졌던 것이다. 어쩌면 술기운 탓이었는지도 모른다. 어쨌거나 나는 녀석을 내 차에서 끌어내기 위해 격렬하게 투쟁했었다고 기억된다. 하지만 그는 요지부동이었다. 녀석은 거대한 바위처럼 잘도 버텨냈다. 필사적인 노력에도 불구하고 나는 고작 녀석의 팔 한 짝 또는 다리 한 짝을 차 밖으로 간신히 끌어내릴 수 있을 따름이었다. 반면 녀석은 너무나 쉽게 그것들을 금방 거두어 들였다. 그런 순간만은 녀석이 도무지 인사불성의 만취 상태에 빠져 있다고 믿어지지 않았다. 흡사 상처 입은 혈거인처럼 동굴 안 깊숙이 웅크리고 들어앉은 채 철저하게 자신을 방어하고 있는 거라고 생각되었다. 어쩌면 녀석은 잠을 위장하고 또 술기운을 핑계대고 있는지도 모를 일이었다. 울화통이 터진 나는 급기야 욕설을 퍼붓고 주먹질까지(비록 한두 번일망정) 하고 말았다.

동기였다고는 해도 나는 그를 잘 알고 있노라고 말할 자신은 없다. 특히 대학을 나선 이후 삼십여 년 세월을 그가 어떻게 살아왔는지에 대해서는 정말 거의 아는 바가 없다. 두어 번 대면할 기회는 있었지만 그나마 이십 년도 더 전의 일일 뿐이다. 나는 단지, 그에 대한 이런저런 소문만 들었을 뿐이었다. 소문이란 좋은 일이기보다 흔히 불행한 경우가 더 많은 법이다. 저 불행한 사건 이후 한동안 잊혀졌던 그가 또 한 번 동기들을 놀라게 한 적이 있었다. 이번은 강도 사건이었다. 종로통에 있던 그의 금은방이 깡그리 털린 건 물론이고 자칫 생명마저 잃을 뻔했다는 소식이었다. 범인이 휘두른 흉기에 그가 머리를 심하게 다쳤다는 것이었다.

그렇다고는 해도, 그가 아직도 그처럼 엄청난 양의 눈물을 가슴에 담고 있다거나 또는 그런 식의 철저한 자기방어, 아니 자기 방기를 나는 결코 용납하고 싶지 않았던 거라고 생각된다. 이날 밤 나는 격한 분노와 차가운 적의로 무장한 채 거의 무자비할 정도로 거칠게 남호 녀석을 다루었던 것 같다. 나는 녀석을 기필코 차 밖으로 끌어내려 하고 녀석은 또 한사코 끌려나오지 않으려고 완강히 버티는 실랑이를 한도 끝도 없이 계속하던 끝에 나는 결국 질척한 길바닥에 엉덩방아를 짓찧으며 나동그라지고 말았다. 그러고는 오랫동안 넋이 빠져버렸다.

그리고 어떻게 된 건가?

기억나는 것이 없다. 아마도 그쯤에서 나는 난생 첫 경험을 하고 있었던 것 같다. 드디어 필름이 끊어진 것이다. 하지만 단번에 싹둑 잘린 것은 아니었던 듯 단속적인 몇 장면이 회상된다. 그중에서도 비교적 또렷한 그림은 이렇다. 낯익은 경비원과 내가 녀석을 기어이 차에서 끌어낸다. 축 늘어진 그를 질질 끌다시피 하여 간신히 엘리베이터에 태운다. 한참을 기다리자 땡 하고 문짝이 갈라진다. 맨 꼭대기 층이다. 아내의 놀란 얼굴…… 그 뒤로 또 누군가 더 있었던 것 같다. 딸 내외? 아들 내외? 분명치 않다. 어쨌거나 합세하여 녀석을 들어다 방 안에 눕힌다. 그리고…… 비로소 나는 안방 내 침대에 얌전히 드러눕는다. 잠이 내 심장을 무자비하게 찍어 누른다…….

그 잠에서 내가 깨어난 것은 다음 날 아침이었다. 주변이 어쩐지 좀 소란스러운 느낌이어서 둘러보았더니 초등생 서넛이 바로 내 코앞에서 장난질을 치고 있었다. 이건 뭔가 좀 이상한 풍경이네 싶어 나는 벌떡 몸을 일으켰다. 하지만 생각뿐, 나는 천장에 정수리를 찧고 뒤로 벌렁 넘어지고 말았다. 뭐야! 이건 더 이상하잖아? 나는 반사적으로 다시 몸을 일으키며 투덜댔다.

상황을 이해한 것은 한참 뒤였다. 방이 아니고 차 안이었다. 나는 거의 넋을 놓아버릴 지경이었다. 나는 멍한 눈길로 창밖을 내다보았다. 우리 아파트 앞 주차장이다. 출근할 차들은 거의 다 빠져나간 모양이었다. 드문드문 남아 있는 차들 사이를, 책가방을 하나씩 둘러멘 개구쟁이들이 숨바꼭질하듯 서로 쫓고 쫓기며 멀어져 가고 있었다. 햇볕 때문에 몹시 눈이 부셨다.

남호 녀석을 떠올린 건 그러고도 한참이 흐른 뒤였다. 차 안을 둘러보았지만 녀석은 없었다. 저 뒷자리를 점거한 채 그렇게나 완강하게 버티던 녀석이 마침내 사라지고 없는 것이다. 그는 언제, 어떻게 사라진 건가?

마침 낯익은 경비원이 다가오고 있었다. 나는 창을 내리고 머리를 내밀었다. 그러나 먼저 말을 걸어온 쪽은 경비원이었다. 다급한 마음과는 달리 내 입이 도무지 열리지 않았던 것이다.

"인제 잠이 깨셨군요."

늙은 경비원은 눈을 허옇게 치뜨며 말했다. "웬 술을 그렇게나 엄청나게 드셨소? 간밤엔 정말 대책이 안 서더라구요……."

그의 말은 이랬다. 자정이 훨씬 지나서 차가 한 대 단지 안으로 들어오더라고 했다. 요행히 빈자리가 한 군데 나 있는 것을 찾아내어 얌전히 주차하는 것까지 그는 지켜보았다고 했다. 그런데 전조등이 꺼지고 엔진이 멈춘 후에도 웬지 기척이 없었다. 한참을 기다려 보아도 마찬가지였다. 참 이상도 하다 싶어 그는 다가가 차 안을 들여다보았다. 낯익은 사내가 운전석 등받이를 젖히고 길게 드러누운 채로 이미 깊은 잠에 들어 있었다.

"나 혼자였소?"

말이 끝나기를 기다려 나는 불쑥 물었다.

"그럼요! 혼자시던데요?"

나는 알겠노라고 머리를 끄덕였다. 그러자 그가 다시 물었다.

"집은 비었나요? 내선으로 여러 번 신호를 넣었지만 내내 응답이 없습디다."

나는 대답하지 않았다. 그 대신 열었던 창을 천천히 끌어올렸다. 대화를 끝내고 싶었기 때문이다. 약간 현기증이 느껴졌다. 늙은 경비원을 애써 외면하고 나는 다시 몸을 길게 뉘었다. 두 팔을 올려 머리 뒤를 받치고 눈을 감았다. 돌연 가슴이 뜨겁게 아리면서 금방 눈물이 벙벙하게 차올랐다.

그래, 참 오래 참아온 거야.

나는 내 귀에 대고 속삭이듯 말했다. 그리고 남호 녀석을 생각했다. 나는 그 친구가 몹시 보고 싶어졌다. (2007)

아름다운 환멸
—시인의 연보*

ㄱ의 연보는 이렇게 시작된다.

—1943년: 10월 19일, 충남 보령시 주산면 황율리 104번지에서 아버지 풍천 임씨와 어머니 광산 김씨 사이의 6남1녀 중 장남으로 태어남.

—1951년: 호적상 나이가 두 살이나 줄어 등재된 까닭에 아홉 살이 돼서야 향리의 주산 초등학교에 입학함. 졸업 후 주산 중학교로 진학했고, 중2 때 지리(전공은 역사) 교사로 부임한 고 신동엽 시인으로부터 글 잘쓰고 기억력이 비상한 학생으로 총애를 받으며 사춘기적 감상으로 문학을 동경하게 됨.

—1960년: 서울의 대동 상업고등학교에 입학함. 그러나 당시 서울에서 사실상의 보호자이며 재무부 관료였던 외숙이 5.16 직후 실직하면서 의지처를 잃고 일시 학업을 중단함. 이후, 서울 전신전화건설국 토목공사장 급사로 일하며 5년 만에 겨우 고교 과정을 마침. 그런 중에도 신동엽

선생(마침 서울로 전근하심)의 지도로 시를 습작하기 시작함.

—1965년: 서라벌예술대학 문예창작과에 입학하여 서정주, 박목월, 김
구용, 김수영, 이형기, 함동선, 김동리, 이범선, 손소희 선생 등 한국 문단
의 거목들 그늘에서 본격적인 문학 수업을 받음. 동기생으로 작가 김정
례, 김 청, 이동하, 시인 권오운, 김형영, 마종하, 드라마작가 나연숙, 만화
가 강철수, 신삼랑 등을 만남.

그랬다. 내가 그를 만난 것은 1965년도의 일이다. 그러니까 자그마
치 40년 세월 저쪽에 속한다. 나는 또래들에 비해 삼사 년 가량 늦은
입학이었고, 그 역시 이래저래 이삼 년 정도 늦깎이인 처지였다.

학기 초의 일이다. 손소희 선생의 소설강독 시간이었는데 뜻밖의
상황이 벌어졌다. 그것은 손 선생이 오십 명이 넘는 수강생들을 앞에
놓고 갑자기 이런 식으로 선언한 데서 발단했다.

"이 줄 앞에서 다섯 번째 학생, 일어나서 소감을 말해 봐요."

나는 그 즉시로 혼란에 빠졌다. 지목당한 사람이, 세상에! 천만뜻
밖에도 나였기 때문이다.

텍스트는 김동리의 「등신불」이었다. 지난주에 읽기 과제로 주어진
그 소설을 나는 이미 여러 번 읽었을 뿐더러 그중 적어도 두 번은 밑줄
을 치며 정독을 했었다. 결코 할 말이 없는 건 아니었다. 하지만 나는
단 한마디도 꺼내지 못했다. 당장 얼굴이 붉어졌고, 목구멍이 얼어붙었

고, 손발이 뻣뻣하게 굳어버린 탓이었다. 참으로 민망한 노릇이었다.

그래도 애써 노력은 했다. 나는 엉거주춤한 자세로 선 채 한두 마디라도 소감을 말하려고 안간힘을 다했던 것이다. 그러나 뜻을 이루지는 못했다. 발성기관이 숫제 얼어붙어 버려서 단 한 음절도 뱉어놓을 수가 없었던 것이다. 웃음의 돌풍 속에 나는 침몰했다.

정릉 골짜기 자취방으로 돌아온 나는 밤잠을 이루지 못했다. 나 자신을 상대로 오랜 시간 앙앙불락했다. 참으로 한심하고, 부끄럽고, 낭패스러웠다. 나이나 적은가. 늦깎이 주제에. 나는 자신을 조롱하고 비난했다. 과묵함을 위장하여 숨겨온 나의 치부— 말하자면 소심증, 대인공포증, 적면증, 언어장애 등 —가 그처럼 심각한 상태일 줄은 자신도 미처 모르고 있었던 터라 충격과 상처는 너무나 컸다. 하지만 물러설 자리는 없었다. 자기모멸이 처방일 수도 없었다. 결국 나는 극도의 열패감을 딛고 밤새워 한 편의 습작시를 썼다. 마지막에 내가 매달릴 수 있는 거라곤 글쓰기밖에 없음을 새삼 다짐하면서.

다음 날 미당 선생 시간에 나는 그것을 감히 합평에 붙였다. 어차피 망신한 몸, 글로나 체면을 조금이라도 만회해 보려는 안간힘이었다. 복사기가 없던 때라 발표자가 앞에 나가 직접 판서를 해야 했는데 그 일이 나로서는 쉽지 않았다. 하지만 어쩌겠는가. 등 뒤에서 더러 키득대는 소리까지 들으며 나는 떨리는 손으로 한 자 한 자씩 그릴 수밖에 없었다. 〈호수〉라는 제목의 그 시는 다행히 8행짜리였다. 간신히 판서를 끝내긴 했지만 괴발개발 내가 보기에도 민망스럽기

짝이 없는 형국이었다.

"좋구먼. 낭송도 해보시게."

으레 하시는 미당 선생의 말씀이셨다. 몹시 달아올라 있던 내 얼굴은 다시 붉어졌고 등에는 땀이 찼다. 도무지 입이 열리지 않았다. 끔찍한 순간이었다. 그러자 누군가 그 일을 자청하고 나섰다.

"심장이 약해서 못 읽겠답니다. 제가 대신 낭송하겠습니다."

늘 앞자리에 앉는 스포츠머리의 사내였다. 그는 나를 대신해서 시를 읽었다. 별 기교 없는, 밋밋한 톤이었다.

그때 손소희 선생이 왜 하필이면 나를 지목하셨는지 나로서는 그점이 지금도 궁금하다. 끝내 확인해보지 못했던 것이다. 내가 후일 강의 이력을 쌓아가면서 깨달은 대로라면, 대강 두 가지 경우를 생각해볼 수 있으리라. 나름의 호의 표시거나 아니면, 은근한 질책이거나 이다. 내가 이해할 수 없는 것은, 그 시점에서라면 어느 쪽에도 합당할 만한 근거가 없었으리라는 데 있다. 나는 눈에 잘 띄지 않는 자리에 늘 말없이 앉아 있는 학생이었던 까닭에서다.

어쨌거나 해프닝이라고 할 만한 이 소동을 치름으로써 나는 몇 가지 소득을 챙길 수 있었다. 하나는, 어느 정도 체면 만회를 할 수 있었다는 점이다. 동료들의 작품이 합평에 붙여지는 족족 작살내기 좋아하던 몇몇 자객들이 나의 시에 대해서는 꽤나 우호적인 평을 설했을 뿐만 아니라 미당 선생께서도 후한 말씀을 덧붙여 주셨던 것이다.

덕분에 지방 도시 골방 출신의 나는 변방의 외로운 섬에서 단번에 제 4강의실의 주류군에 편입되었다. 두 번째는 그와의 친분이다. 그때까지만 해도 스포츠머리의 그와는 피차 얼굴 정도 알아보는 데면데면한 사이였지만 그 일을 계기로 부쩍 가까워졌던 것이다.

서로 마음을 열고 보니 그와 나는 서로 닮은 데가 많았다. 내가 경상도 경산 출신의 촌놈이듯이 그는 충청도 보령 출신의 촌사람이었다. 둘 다 물려받을 것 하나 없는 집구석에 장남인 처지도 그랬고, 거기다 줄줄이 동생들을 거느리고 있는 점도 같았다. 또 있다. 이 너른 서울 바닥에서도 잠시나마 기댈 만한 친인척이 없는 것, 당장 등록금이며 생활비를 자력으로 조달해야 하는 처지 등등, 찾아보자면 서로 닮은 점이 많았던 것이다. 하지만 가장 큰 유사점은, 타고난 팔자나 처해 있는 형편이 그러함에도 불구하고 두 사람 다 엉뚱하게, 벌어먹고 사는 일과는 무관한 시니 소설이니 하는 것에 온통 정신을 팔고 있다는 점일 것이었다.

이 시절에 그가 남긴 사진들— 물론 흑백사진이다 —을 보면 그는 한결같은 모습이다. 짧은 두발에 연한 회색 점퍼를 걸치고, 검은 양복바지를 잘 다려 입었다. 검정 구두— 아마도 헌구둣방에서 산 것일 테지만 — 역시 윤기 나게 잘 닦아 신었다. 내가 노란 나일론 점퍼와 무릎이 불쑥 나온 바지, 그리고 후줄근한 바바리코트 차림으로 두 학기를 나듯 그는 한결같은 입성으로 캠퍼스를 오르내렸다. 미아리 돌산 위에 되똥 올라앉은 그 캠퍼스엔 유독 바람이 잦았다. 그런 날

이면 열어놓았던 점퍼 앞자락을 여미고 지퍼를 목 아래까지 꼭꼭 채우는 것만으로 그는 거뜬했다.

물론 다른 점도 많았다. 여전히 낯가림이 심하고 얼굴이 자주 붉어지고 행동거지가 어설픈 나에 비해 그는 동급생들과 두루 친숙했고 특히, 여학생들과 무람없이 들고나고 하여 내심 나의 부러움을 샀다. 약간 마른 몸매에 균형이 잘 잡힌 이목구비, 늘 깔끔한 차림새에 꾸밈없는 언행 등으로 그는 후줄근하거나 아니면 오연한 괴짜들 속에서 비교적 얌전한 범생 같았다. 그에게는 또, 특유의 웃음이 있었다. 훗날 미당 선생께서 그를 이소耳笑라 부르신, 눈도 귀도 함께 웃는 그 잔잔한 웃음 말이다. 이고민 김불만 마걱정 박골치 등으로 불린 우리들 속에서 '이소'는 얼마나 우아한 별칭인가.

이듬해, 1학기를 마치고 그는 입대했다. 갑작스러운 결단이었다. 군대라면 금방 주눅이 드는 삼을종짜리 나의 눈에 그 일은 놀라운 것이었다. 하지만 그는 주저가 없었다. 대학생으로서의 사적인 생활을 일단 접고 주변을 정리하면서 그는 일부를 나에게 양도했다. 마포구 공덕동 뚝방촌에 있던 그의 자취방과 더불어 거기서 가르쳐오던 과외생들까지 고스란히 나에게 물려준 것이다. 이 일을 계기로 나는 문학도라는 앞면에 가려져 있던 또 다른 그의 모습을 발견했다. 야무진 생활인의 모습이 거기 있었던 것이다. 내가 이사를 들던 날, 주인 여자가 말했다.

"여기 살던 학생, 참 지독한 데가 있어요. 허구한 날 냄비 밥에 달랑, 굴비 한 마리더라구요. 찌개•한 번 끓이는 걸 본 적이 없어요."

그나마 굴비 값이 만만했던 시절이었으니 얼마나 다행인가.

그가 세 들어 살던 뚝방촌 그 집은 50년대 후반에 내가 살았던 대구시 태평로의 판자촌을 생각나게 했다. 평수나 구조가 어슷비슷하여 그 집이 그 집 같았다. 좁은 골목길과 잇대어 주인댁 부엌이 있고, 거기서 거의 수직에 가까운 사다리를 기어오르면 다락방이었다. 서너 평이나 될까, 허리조차 펼 수 없는 그 옹색한 공간에서 그는 초등학생들을 상대로 아르바이트를 해온 것이었다. 평판이 좋았던 모양이었다. 4학년에서 6학년에 이르는 애들이 열 명 남짓 되어 그 수입으로 학비며 생활비를 충당하고도 약간의 저축이 가능했다고 했다.

그가 몸만 빠져나간 그 다락방에서 나는 고작 서너 달을 살았다. 오직 우정 하나로 그가 물려준 기업을 나로서는 도무지 감당하기가 어려웠기 때문이다. 저녁마다 초롱초롱한 눈망울들 앞에서 나는 걷잡기 어려운 무력감에 빠져들곤 했던 것이다. 가르치기의 어려움을 진작 실감한 경험이었다. 수업 준비를 열심히 해도 결과는 마찬가지였다. 사회란 무엇인가? 자연이란 또 무엇인가? 열에 들떠서 한참 떠들어대다가 문득 내려다보면 아이들의 눈은 의혹과 불신을 가득가득 담고 있을 뿐이었다. 도무지 요령부득의 형이상학적 강의였음이 분명하다. 게다가 나는 수학에는 아예 젬병이었다. 초등학교 4학년 수학이 그 정도일 줄은 몰랐다. 내가 아는 것은 겨우 셈본 수준에 지나지 않음을 자인할 수밖에 없었다. 새삼 전임자를 재평가하는 심정이었다.

다락방을 철수하던 날, 예의 여주인은 나의 무능에 대해 뭐라고 하는 대신, 전임 학생의 야무짐에 대해 필요 이상으로 칭찬했다. 그가 뚝방촌에서 얼마나 실력 있는 과외선생으로 통했는지, 특히, 천둥벌거숭이 같은 그 애들을 얼마나 야무지게 통제했는지에 대해 그녀는 거듭 상찬해 마지않았다. 나는 대책 없이 무력감과 열패감 속으로 마냥 가라앉을 수밖에 다른 도리가 없었다.

―1969년: 육군부대 통신대대에서 3년간의 군복무를 마침. 제대를 몇 달 앞둔 그해 4월, 스승 신동엽 선생의 부음을 들었으나 김신조 등 무장공비 청와대 침투사건이 터져 장례식에 참례하지 못한 통한을 맛봄. 제대 후 동아일보 출판부에 일자리를 얻었으나 곧 사직하고 대전 근교의 비래사로 들어가 6개월 동안 30여 편의 시를 습작함.

―1970년: 한국일보 신춘문예에 난생 처음 던져본 시가 최종심에서 낙방하자 오히려 자신감을 얻음. 그해 가을,《월간문학》제6회 신인상에 시 「출범」이 당선됨. (심사위원: 김현승, 서정주, 박두진, 김남조 선생)

―1971년: 중앙일보 신춘문예에 시 「목수의 노래」가 당선됨. (심사위원: 서정주, 박남수, 김종길 선생)

37개월의 군 복무 기간을 탈 없이 마치고 다시 우리 곁으로 돌아온 그는 변함없는 세상살이의 고달픔과 외로움에 부대끼면서도 70년대 벽두 마침내 시인으로 등단했다. 중2때부터 마음속에 오롯이 품어온 꿈을 드디어 이룬 것이다. 무릇 시인이나 소설가가 된다는 것은 무슨 의미일까? 그의 성장 환경에서 보듯 특히 가난과 외로움 등 온통 결핍투성이인 생의 경우 말이다.

어쨌거나 그의 기쁨을 나는 곁에서 지켜보았다. 몇 년 앞서 등단한 나는 마침 광화문통에 있는 잡지사에 근무하고 있던 때라 우리는 비교적 자주 얼굴을 볼 수 있었다. 하지만 거듭된 경사에도 불구하고 그에 합당한 술자리 같은 것을 따로 가졌던 기억은 없다. 아마도 세상살이의 무거움 때문에 피차 마음의 여유가 없었던 게 아닐까 싶다. 그만치 고달팠던 세월이었다.

그랬다. 제대 후 출판사 잡지사 등을 한 해가 멀다고 쫓겨 다니던 그가 국내 굴지의 화장품 회사 홍보부에 닻을 내리게 된 70년대 중반까지의 기간은 아마도 그의 생애에서 가장 힘겨웠던 시기가 아닐까 싶다. 그러면서 또한 가장 빛나던 시기이기도 했다고 생각된다. 무엇보다 먼저, 그의 가장 오래고 큰 소망을 이루었을뿐더러, 결혼을 하여 1남1녀의 가정을 이루었고 또, 잠실아파트 단지에 비록 작은 평수나마 온전한 내 집도 마련하는 등 이런 일들이 모두 70년대 중반을 전후하여 있었던 까닭에서다.

그 무렵에 나 역시 잠실 아파트 단지의 주민이 되어 있었다. 그가 사는 2단지와는 큰길 하나를 사이에 두고 대각선으로 마주보는 위치였다. 우리 가족이 살던 곳은 잠실 단지를 통틀어 가장 작은 평수였고 그나마 임대였지만, 어쨌거나 그네와 한동네 사람이 된 것이다. 그리고 그 몇 년 뒤 그가 앞서가고 내가 뒤따르는 식으로 각기 잠실을 떠났던 두 집은 그때로부터 십 년쯤 세월이 흐른 80년대 중반에 과천에서 다시 한동네 사람이 되었다. 이번에는 같은 단지였다.

돌아보면, 지난 70년대는 우리 사회 전체가 고난에 찬 시련기였다. 억압과 긴장에 모두가 짓눌려 살던 시기라 우리 역시 예외일 수 없었다. 우리는 이웃해 살면서도 서로를 돌아볼 여유가 없었다. 저마다 제 몫의 인생을 살아내기에 급급했던, 어찌 보면 더없이 삭막한 시기였던 것이다. 그러면서 우리는 어느새 불혹의 나이로 슬금슬금 다가가고 있었다. 흰 와이셔츠에 넥타이를 단정히 매고 아침마다 창황히 집을 나섰다가 늦은 시간 귀갓길에서 축 처진 어깨를 하고 흐느적거리는, 갈데없는 월급쟁이의 모습을 이따금씩 서로에게 들키곤 했다.

박대통령의 피살, 광주민주화운동 등 연이은 충격과 더불어 80년대가 왔다. 그 벽두의 혼란 속에서 나는 느닷없이 남도 끝 목포로 이사를 했다. 낯선 그곳에서 뜻밖의 직장을 얻었던 것이다. 거침없이 이삿짐을 꾸리는 나의 태도를 영 못마땅하게 바라보던 사람 중 하나가 그였다. 그의 말인즉, 다른 친구들은 서울 바닥에서 죄다 잘도 버티고 사는데 이 형은 도대체 어디가 얼마나 못나 그 멀고 낯선 곳까지 식솔들 이끌고 밥 빌러 가야 하는 거냐는 것이었다. 하기는, 남도 천리를 향하는 우리 가족의 마음이 그렇게 가볍지만은 않았다. 하필이면 때늦은 눈보라가 맵던 2월 마지막 날, 우리를 떠나보내던 그와 그의 식구들은 꽤나 측은한 얼굴을 하고 있었다.

아마도 그런 심정에서였으리라. 그해 여름휴가 때 그의 가족이 목포로 왔다. 두 가족은 얼씨구나 하고 함께 피서길에 올랐다. 그래서 홍도에서의 3박4일을 즐겁게 보냈다. 똑같이 1남1녀를, 그것도 위로 아들 아래로 딸을 두고 있어 썩 잘 어울리는 동반여행이었다.

그런데 이 여행길에서 그가 난데없이 난에 관심을 보였다. 잘 알려져 있듯 홍도는 빼어난 자연경관과 더불어 풍란의 자생지로도 유명한 곳이다. 난향이 바람결에 천리를 간다는 말에 혹 매혹됐는지 모른다. 부두로 나갔던 그가 무슨 귀중한 것이라도 얻은 것처럼 비닐봉투에 담아온 물건을 내게 보여주었다. 섬 주민에게서 샀는데 이게 바로 홍도 풍란이라는 것이었다. 나는 실소했다. 그것은 목포 거리에서 흔하게 보던 석란이었기 때문이다. 매사에 빈틈없고 눈썰미가 야무진 그도 실수를 하는구나 싶어 우리는 한바탕 웃었고 그러고는, 그 일이나 난 따위에 대해서는 나는 아주 까맣게 잊어버렸다.

그로부터 서너 해쯤 뒤의 일이다. 나는 서울 길에 과천 그의 집에서 1박을 했다. 그날 나는 아파트 베란다에 층층이 늘어놓은 많은 난 분들을 대하고 깜짝 놀랐다. 그런 쪽에는 도무지 관심이 없던 나로서는 뜻밖의 광경에 입만 빵하니 벌렸을 따름이었다. 그는 은연중 대단한 자부심 같은 것을 풍기면서 이런저런 설명을 했다. 나로서는 다양

한 품종에도 놀랐지만, 개중에는 입이 딱 벌어질 정도로 값비싼 것도 있었다. 듣고 본즉 그는 이미 그 세계에 깊숙이 빠져들어 있었다. 기왕 거기에 털어 넣은 돈도 돈이려니와, 그보다 거기에 기울이고 있는 열정이 나를 몹시 놀라게 만들었다.

그 놀라움의 감정이란 말하자면 이런 것이었다. 여우 같은 마누라와 토끼 같은 자식들 데리고 이놈의 팍팍한 세상을 살아내는 것만도 실상 숨이 찬 노릇인데 우리 처지로 말하자면, 거기다가 시니 소설이니 하고 또 무시로 끼적거려야만 직성이 풀리지 않던가. 그런 신세라는 점에서는 그나 나나 피장파장일 터. 사정이 그럼에도 불구하고 도대체 그의 어디에 이런 데까지 기웃거릴 여유가 있더란 말인가. 나로서는 그 점이 실로 기이하게 느껴졌던 것이다. 굳이 이해하자면 시인 기질의 일단일 수 있겠다 싶기는 했다.

하지만 나로서는 왠지 그의 난 취미가 탐탁하게 여겨지지 않았다. 술이나 도박 같은 것에 빠지는 것보다는 얼마나 고상하냐는 생각—실인즉 이 생각은 그의 부인 쪽의 것이지만 —도 가능은 하나, 그렇다고는 해도 내게는 여전히 엉뚱한 호사 취미로 비쳐졌다.

어딘가 걸맞지 않은 구석이 있다는 나의 느낌, 그러니까 어느 정도 허세이거나 모종의 도피심리 같은 게 작용하고 있는 건 아닌가 싶던 나의 생각은 대체로 적중했다. 그는 벌써 여러 해째 시 쓰기와는 담을 쌓고 있었던 것이다. 그의 연보를 살펴보면, 70년대 중반에서 80년대 중반에 이르는 약 10년 가까운 시기가 바로 여기에 해당함을 확인할 수 있다. 그는 생활의 차원에서는 성실했던 반면, 시인으로서는 잠시 돌아앉아 있었던 것이다. 엉뚱하게 난에 열중한 채 허세를 부리면서 말이다.

그러나 또 달리 생각할 수도 있다. 난에 대한 관심과 열정을 통해 기실 시적 영혼의 한 차원 높은 성숙과 그 눈부신 개화를 은밀히 기다리고 있었던 것인지도 모른다. 다음 연보를 보면 그런 생각이 깊어진다.

—1985년: 《한국문학》으로부터 등단 후 처음 '시 원고 청탁서'를 받고 감격함. 내친김에, 그동안 먹고사는 일 때문에 밀쳐 두었던 시작 활동을 재개함. 가을에, 첫 시집 『바람이 남긴 은어』 상재. 시집 나온 사흘 후인 10월 24일, 향년 63세로 모친 별세.

—1988년: 두 번째 시집 『그림자를 지우며』 출간. 두 달 만에 재판을 준비하는 과정에서 원판을 분실한 사실을 발견, 초판으로 절판됨. 동남아 3개국을 여행함.

—1992년: 세 번째 시집 『갈대는 배후가 없다』 출간. 유럽 7개국 여행.

한번 날아오르기 시작한 그의 시혼은 우리를 놀라게 하고도 남았다. 그는 서너 해 간격으로 세 권의 시집을 내놓았고, 권위 있는 문학

상도 수상했다. 그래, 바로 그게 그의 진면목인 것이다. 난에 대한 관심을 죄다 호사 취미로 치부할 수는 없으리라. 그렇다고는 해도, 그는 절대로 그런 데에 오래 정신을 팔고 있을 사람이 아닌 것이다. 적어도 내가 아는 그는 그랬다. 사는 일에 열중하거나 아니면 시 쓰기에 열중하거나 이다. 또는, 동시에 그 둘을 다 감당하겠다고—그것도 완벽하게!—전전긍긍하고 있거나인 것이다. 실은 그 두 가지를 다 잘 감당하고 있었던 셈이다.

그 무렵, 그의 집 난들을 보면 주인의 마음이 어디에 가 있는가를 확인할 수 있었다. 한때 그의 사랑을 독차지했던 고가의 난들은 길섶의 흔한 풀처럼 방치되어 있었다. 더러 대엽풍란의 꽃과 향을 자랑하기도 했지만 그러나 그의 마음은 이미 거기에 머물러 있지 않았다. 시인의 마음은 차라리 청계산 자락의 흔한 조팝나무꽃이나 원추리꽃, 미치광이풀이나 애기똥풀, 또는 산책로에서 발견한 풀쐐기 집이나 도꼬마리 씨 하나에 더 기울어져 있었다. 다음 시편들을 봐도 그렇다.

매봉산 초입 오르막길에 / 갓 핀 한 무리 조팝나무꽃 / 앙증한 웃음소리 눈이 부시다 / 너무 귀엽고 예뻐 넋놓고 보다 / 어느새 손이 가서 쓰다듬는다 / 아직 여리고 비린 잇바디 세듯 / 조심조심 어루만지자, 덥석 / 하얀 젖니가 손가락을 깨문다 / 이 얼얼하고 황홀한 촉감! / 간지럽고 환한 통증이 좋다(「조팝나무꽃」 일부)

멀고 먼 산행길 / 어느덧 해도 저물어 / 이제 그만 돌아와 하루를 턴다 / (중략) 그런데 가만! 이게 누구지? / 아무리 털어도 떨어지지 않는 / 억센 가시손 하나 / (중략) 어디서 그만 안녕 떼어놓지 못하고 / 이러구러 함께 온 도꼬마리씨 같은 / 아내여……(「도꼬마리씨 하나」 일부)

그 무렵 그는 여기저기서 날아온 원고청탁서들을 책상 앞에 잔뜩 붙여놓고는, 월말까지 몇 편을 더 만들어야 하는데, 하고 자주 중얼거렸다.

결국 그는 직장을 그만두었다. 세 번째 시집을 내고 두 해 뒤의 일이다. 연보에는 이렇게 적고 있다.

—1994년: 생업과 시업詩業 중 시업을 택하기로 하고 직장을 버림. 동작구 사당동에 방 한 칸을 세내어 '이소당耳笑堂'이란 택호를 걸고 시작과 독서로 소일함. 두 번째로 중국을 여행함.

이른바 이소당 시절로 접어든 것이다.

생업과 시업 중 그가 시업을 선택한 일을 나는 엄청난 결단으로 받아들였다. 저 이십대의 모습을 다시 보는 듯싶었다. 돌연 학업을 접고 입대하던 때의 충격과 놀라움에 견주고도 남을 만한 일이었다. 그럴밖에. 그것이야말로 이 땅의, 대다수 문사들의 꿈이 아니랴. 하기야 문사들만의 일도 아니다. 흔히 제 하고 싶은 일 따로 두고 생업의 족

쇄를 차고 사는 게 대다수 우리들의 모습이기 때문이다. 결핍투성이 인생을 살아온 그의 어디에 저렇듯 오연한 기개가 남아 있었던가 싶어 나는 몹시도 그가 부러웠다.

어느새 우리는 오십 줄에 들어서 있었다. 저 60년대 중반, 황량한 미아리 돌산 위의 캠퍼스를 오르내리던 때가 아직 손에 잡힐 듯 저만치 가깝게 보이는 데도 말이다. 그의 얼굴에서 동안과 이소는 더이상 찾아내기 어려웠다. 그 대신 이마와 입가로 깊이 파인 주름살과 더 잦게 깜빡거리는 눈, 그리고 더러 소통 장애를 일으키곤 하는 귀를 그는 지니고 있었다. 나는? 그야 세월이 나를 비켜 갔을 리 없다. 나이와 더불어 체중이 야금야금 불어났고 특히 사십대 후반, 정수리부터 시작된 사막화 현상이 이제는 더 이상 어떻게 해볼 여지없이 인상을 바꾸어 놓았다.

어쨌거나, 전업 시인의 자리로 돌아온 그는 흡사 면벽수도 하듯 시작업에 몰두했다. 내가 여전히 생업에 코를 꿰인 채 흑석동 캠퍼스를 오가며 종종 이소당 문을 두들겨보면 그때마다 그는 시 작업에 골몰해 있곤 했다. 사당동 시장 골목 안에 있던 그 이소당을 잊을 수 없다. 시인이 둥지를 튼 곳은 어떤 마을이던가. 그의 「이소당 시편 7」은 실감나게 묘사한다. 부제가 '약도 그리기'다.

(전략) 사람보다 가게가 더 많은 골목 인도와 차도가 따로 없는 길 과일 장수 다음 야채장수 다음 생선장수 다음 두부장수 다음 건어물장수 다

음 옷장수 다음 신발장수들이 고성능 확성기로 온 하루 '왔어요!'를 외쳐
대는 길……(중략)

　제일교회 지나 성광교회 지나 새생명교회 지나 복음교회 지나 흰돌교회
지나 카센터 지나 순댓국집 지나 옷수선집 지나 분식집 지나 중국집 지나
시계포 지나 소주방 지나 비디오방 지나 머리방 지나 빨래방 지나 전파상
지나……(후략)

　그런 골목 중간쯤에 있는, 4층짜리 신축 건물 2층의 구석방이다.
철제 도어를 두드리고 들어서면 몇 개의 낡은 책장 저 너머에서 그가
부스스 일어서게 마련이었다. 그때까지 끙끙 앓으며 한사코 품고 있
던 몇 알의 언어 또는 몇 행의 시를 조심스레 내려놓으며 천천히 돌
아보던 그 얼굴은 매양 낯설었다. 이 무렵에 그가 써낸 그 많은 시편
들이 그런 환경, 그런 집념에서 잉태되고 부화했던 것이다.

　당연히 수확도 풍성했다. 1993년과 94년 두 해에 걸쳐 그는 이 땅
의 시인들이 동경해 마지않는 대상을 연이어 수상했다. 이어, 1996년
에는 시 선집 『흔들리는 보리밭』을 출간했고, 그다음 해에는 네 번째
시집 『귀로 웃는 집』을, 다시 삼 년 뒤에는 다섯 번째 시집 『지도에
없는 섬 하나를 안다』를, 그리고 다시 삼 년 뒤인 2003년에는 여섯
번째 시집 『시인의 모자』를 세상에 내놓았던 것이다. 일 년 가야 고작
단편소설 한두 편 발표하는 것으로 겨우 '전직 작가'를 면하고 사는
나의 처지에서 보면 그의 작업은 실로 놀랄 만한 것이었다. 대충 헤아

려도 2백편 가까운 작품들을 '이소당'에서 빚어낸 것이다. 시업에 몰두한 지 어언 10년, 그의 시혼은 뜨거운 태양을 향하여 거침없이 날아오르는 듯싶었다.

큰 병은 운명적인 것이다. 그러므로 사람은 병으로 죽는 게 아니라 명으로 죽는다고는 하지만, 나는 그의 죽음이 그의 시업과 무관하지 않다고 생각하고 있다. 특히 이소당 시절 십 년 동안 흡사 생명을 연소시키듯 하던 그의 시작 모습을 잊을 수 없기 때문이다. 그가 그 고통스러운 일로부터 잠시나마 놓여나는 시간은 시창작 강의나 술자리였으리라. 하지만 내가 보기에 그는, 그런 자리에서조차 휴식은커녕 무슨 오기처럼 창작 의지를 더 단단히 굳혀서 돌아오는 게 아닌가 싶었다.

무엇이 그렇듯 가혹하게 그를 내몰았던가? 생업을 핑계로 늘 적당히 게으르게 살아가던 나는 문득문득 자문하곤 했다. 그에게 시는 무엇인가? 또, 나에게 소설은 무엇인가?

마지막 시집이 된 『시인의 모자』를 출간한 것은 그 나이 갑년을 헤아리던 해다. 네 번째 중국 여행으로 장가계 일대를 둘러보고 온 그는 많이 지쳐 있었다. 시집 출간 작업으로 무리를 한데다 여독이 겹친 것으로 생각했다. 본인은 물론이거니와 주변 사람들도 그렇게 여겼다. 평소 그만큼 강인한 체력이었다. 동네 병원에서 좀 더 큰 병원으로 옮겨 다닐 때까지만 해도 별로 걱정을 하지 않았다. 그러나 최종적인 검진을 받기 위해 서울아산병원에 입원했을 때는 기분이 달라졌다. 설마 하면서도 마음 한 자락이 무거웠던 것이다.

우리 부부가 다시 그를 찾은 것은 2월 중순이었다. 그는 꿈 이야기를 했다. 평소와 별반 다름없는 어투였다. 며칠 전, 설핏 낮잠에 들었다가 얻은 꿈이라면서 그답게 조곤조곤 풀어놓았다.

"길을 가다가 보니깐 말이지, 사당동 시장 골목 같긴 한데 또 영 낯설기도 하고, 어딘지는 확실치 않아, 하여간 사람들 한 패거리가 모여서서 웅성거리고 있더라구. 무슨 일인가 싶어 다가갔지. 참 엉뚱한데. 겹겹이 둘러선 사이를 비집고 안쪽을 들여다봤더니 글쎄, 무슨 기표소 같은 게 서너 개 세워져 있고 그 앞에 사람들이 줄을 섰더라구. 선거철도 아닌데 싶어 아무나 잡고 물어봤지. 지금 뭐하는 거냐고…… 그런데 대답이 참 맹랑해. 자기 살날이 얼마나 남았는지 저 안에 들어가 보면 확인할 수 있다는 거라. 아, 그러냐, 난 별 생각 없이 줄 끝에 가 섰다구. 그냥, 뭐, 심상했어. 금방 차례가 오더구면. 난 휘장을 들치고 들어섰지. 순간 정신이 번쩍 들더라구. 네모나게 휘장을 둘러친 그 안은 비어 있었어. 기표용 탁자 같은 건 아예 없고…… 대신, 땅바닥에 사방 일 미터쯤 될 성싶은 구덩이가 하나 반듯하고 각지게 파져 있더라구. 한데, 그 속이 아주 새빨개. 흡사 크고 붉은 도장을 콱 찍어놓은 것 같았어. 그리고…… 그 안에 무슨 숫자 같은 게 새겨져 있는 것 같았어. 난 고개를 숙이고 들여다보려고 했지. 그러자 뜨거운 바람이 밑에서 확 뿜어져 나오더라구. 화상을 입을 정도로 뜨거운 불기였어. 난 반사적으로 주춤 물러서는 것과 동시에 잠에서 깨어났지 뭐. 참 엉뚱하고 맹랑한 꿈이야. 안 그래?"

흔하고 사소한 일도 매양 귓맛 좋게 풀어낼 줄 아는 그였다. 때문에 나는 항용 귀를 열어놓기만 하면 되었다. 나에게 있어 그는 문단이며 세상을 내다보는 창이었다. 그의 눈은 시인답게 날카로웠고, 그의 언어는 시인의 것답게 적확했다. 그가 세상과 삶에 대해 얼마나 많은, 그리고 소중한 정보와 지혜를 그처럼 무시로 나에게 전해 주었는지! 그와 마주앉아 있는 일은 그래서 늘 즐거웠다.

하지만 이날은 마음이 무거웠다. 꿈 이야기를 마친 그 역시 풀이 죽은 모습이었다. 병원 이름이 판박이 된, 꾸적꾸적한 환자복 탓일까. 불과 두어 주일 사이에 몸이 눈에 띄게 많이 축나 있었다. 귀가 함께 따라 웃는다던 그 웃음 대신 그는 몹시 풀기 없는 웃음을 잠시 지어 보였을 따름이었다. 문병을 갔던 우리 부부는 끝내 적절한 대꾸를 찾지 못했다.

그날, 병원을 나선 우리 부부는 빈 택시들을 두고도 생각 없이 한참을 걸었다. 그새 비가 내린 듯 길바닥은 젖어 있었다. 하늘이 꽉 잠겨 있어 한낮인데도 어두웠다. 2월 끝자락의 바람이 목덜미로 차갑게 기어들었다. 큰길에 이르러 우리는 비로소 택시를 잡았다. 그새 다시 비가 뿌린 듯 머리가 척척했다.

며칠 후 그는 퇴원하여 집으로 돌아왔다. 검진 결과는 췌장암이었고, 상태는 이미 손쓸 여지가 없다는 판단이었다. 그것은 도무지 받아들일 수 없는 것이었으므로 우리는 거듭 의문을 제기했다. 정말 확실한가? 어쩌면 오진일 수도 있지 않는가? 하지만 그는 검진 결과를 의심하지 않았다. 검진에 참여했던 의사들의 면면을 들어가며 그들이 그쪽의 최고 권위자들이란 사실을 그는 또 그답게 조곤조곤 설명함으로써 기어이 우리를 설득했다. 그런 다음 그는 말했다.

"난 말이야, 중학 2학년 때부터 시인이 되고 싶었어. 하지만 이렇달 만한 재주를 타고나지는 못했다구. 내가 생각해봐도 무슨 특별한 시적 재능 같은 걸 타고난 건 아니다 싶어. 난 그저, 시인이 되고 싶고 시를 쓰고 싶다는 욕망과 의지로 여기까지 온 거라구. 오직 욕망, 의지 하나로 말이야. 암이 별건가? 좋아! 난 이제부터 그놈과 맞서 싸울 거야. 지금껏 시를 써온 그 열정, 그 의지면 암도 극복할 수 있다구."

그는 의연했다. 입가의 주름이 더 딱딱하게 굳어 있긴 했지만 표정은 그다지 어둡지 않았다.

그랬다. 투병 생활 석 달 동안 그가 보여준 의지력은 실로 놀라웠다. 물 한 모금도 고통 없이는 소화해낼 수 없는 극한상황에서도 그는 별다른 진통제 처방 없이 한방으로만 버텨냈다. 한 주에 한 번 꼴로 과천 그의 집에 들러보면 그는 방에 누워 있다가도 기어이 몸을 일으켜 거실로 걸어 나왔다. 나중에는 부인의 부축을 받고서야 간신히 거동할 수 있을 정도로 쇠약해졌지만 그래도 의지의 끈은 단단히 거머쥔 채였다. 그는 매번 단정한 모습이었다. 목소리가 점점 기력을 잃어가긴 했지만 그는 변함없이 이런저런 이야기들을 내게 들려주곤 했다. 누가 문병 오거나 전화한 이야기, 새로 소개받거나 이미 시행 중인 전통 민간요법, 베란다에서 겨울을 난 분재와 난들에 대해 그는 여전히 조곤조곤 화제를 이어갔다. 물론 고통에 대해서도 이야기했다. 남들이 다 잠이 든 밤중에 홀로 깨어 있는 시간들이 가장 힘겹다고 그는 말했다.

그렇게 3월을 보내고 4월을 건너갔다. 5월에 들자 체력이 급격히 저하되어 더 이상 마루로 나오지 못했다. 그는 방에 드러누운 채로 나를 맞았다. 꺼져가는 목소리로 고작 한두 마디 인사말뿐, 현저히 말수가 줄어들고 그나마 발음도 점점 흐트러져 갔다. 둘째 주 월요일로 기억된다. 나는 강의 도중 부인의 전화를 받았다. 그가 지금 좀 만나고 싶어 한다고 했다. 나는 중동무이로 강의를 끝내고 곧장 과천으로 달려갔다. 그는 누운 채로 나를 맞았다. 한눈에도 그가 처한 상태가 최악임을 실감하게 했다. 그가 나를 향해 무슨 말인가를 하고 있었지만 도무지 알아들을 수가 없었다. 나는 한껏 고개를 숙여 귀를 그의 입가로 가져갔다. 꺼져가는 목소리로 그가 띄엄띄엄 말했다.

"나, 살았어…… 나…… 살았다고."

그의 얼굴에는 확신이 어려 있었다. 나는 아무런 대꾸도 하지 못했다. 부인이 덧붙여 상황설명을 했다.

"저 양반이 오랜만에 배변을 했어요. 양은 아주 쬐끔이지만. 그러고 나더니 기분이 무척 좋아지셨나 봐요. 이 선생님을 만나고 싶다고 해서……"

94

순간 목구멍을 울컥 치받으며 올라오는 열기를 나는 주체하기 어려웠다.

그리고 5월 마지막 주, 화요일 아침이었다. 안성캠퍼스로 출근길에 오른 나는 아홉 시 조금 지나서 연구실 문을 따다말고 휴대폰 벨소리를 들었다. 아내의 전화였다. 나는 곧바로 돌아서서, 온 길을 되짚어 갔다. 강남성모병원 '임종의 방'에 그는 누워 있었다. 전날 밤에 옮겨왔다고 부인이 말했다. 그는 이미 온전한 의식을 잃어버린 상태였다. 그러나 아침에는 의식이 맑았다고 했다. 그는 식구들에게 평소의 그답게 이런저런 당부를 조곤조곤 한 다음, 그다지 후회 없는 한 생을 살고 간다며 식구들과 두루 작별인사까지 나누었다고 했다.

하지만, 그렇다고는 해도 그가 마침내 이승을 하직한 오후 다섯 시 반까지의 시간은 당사자인 그에게나 그의 마지막을 지키고 선 사람들에게나 한결같이 몹시 더디고 힘겹게 흘러갔다. 삶의 끈을 놓거나 떠나보내거나 똑같이 슬프고 고통스럽던 순간들이었다. 2003년 5월 28일, 병원 복도에 석양이 잠시 비껴드는 시간에 그는 영면했다.

사흘 뒤, 경기도 광탄의 성당묘원에 그는 묻혔다. 앞서 그의 부모님이 차례로 안장된 곳이다. 그 옆에, 잡목을 쳐내고 둔덕 일부를 깎아내어 마련한 그의 자리는 좀 옹색했지만, 그러나 외롭지는 않겠다 싶었다. 열아홉 해 전 어머니가 돌아가시자 그가 손수 마련했던 유택이었다. 첫 시집을 세상에 내놓은 지 사흘 뒤에 갑작스럽게 당한 모친상이었다. 두 살 연하의 풍천 임씨에게 시집온 이래 예순셋의 연세로 갑자기 세상을 뜨시기까지 가난 속에서 6남1녀를 낳고 키워내느라 온갖 풍상을 겪으신 어머니라며 그는 몹시도 애통해했다. 그날의 슬픔을 그는 지금도 가슴에 품고 있을까? 나는 그가 남기고 간 시편들을 떠올렸다. 거기, 그 슬픔이 오롯이 하나의 절창으로 담겨 있다.

한식날 산소에 갔다 / 난생 처음이자 마지막으로 / 어머니께 사드린 땅 / 파주군 광탄면 신산리 / 성당묘원 남향받이 여섯 평 / 그 한적한 유택에는 / 바람과 햇살이 자주 놀러와 / 까만 빗돌 위에 하얀 그리움 / 가물가물 새겨 넣고 있었다(「어머니의 땅」 일부)

어머니는 저승에 가신 후에도 / 날마다 이승으로 편지를 내셨다 / 당신의 안부는 한 줄도 없고/ 우리들 안부만 두루두루 물어오셨다 // 나도 꼬박꼬박 답장을 쓰며 / 어머니 기체는 여전하신지 / 이승보다 행여 춥지나 않으신지 / 하루에도 몇 번씩 여쭤보지만 / 묵묵부답 그저 미소만 보내셨다(「사모곡」 일부)

다음 날 우리 부부는 문막 텃밭에서 해종일 흙을 만졌다. 세상사는 일은 결국 상처를 주고받는 일이다. 이래저래 마음이 고단할 때 으레 찾곤 하던 곳이다. 한적한 산골짜기에 5월 마지막 날이 가고 있었다. 상추며 부추, 오이와 토마토 등 푸른 잎사귀 위로 쏟아지는 초여름 햇살이 그렇게 시리고 무참하게 느껴질 수가 없었다. 밤에는 비가

왔다. 제법 굵은 빗줄기였다. 우리 부부는 여섯 평도 못 되는 좁은 방 갈로에 나란히 누운 채 밤새 텃밭을 적시는 빗소리를 망연히 듣고 있었다. 그러자 마음 밑자락이 척척하게 젖어들면서 어느 순간 광탄면 묘원 전경이 떠올랐다. 어둠과 빗속에 자우룩이 젖고 있는 그 많고 많은 무덤들……. 나는 벌떡 일어나 앉았다. 왜 그러냐고, 아내가 어둠 속에서 물었다. 대답 대신 나는 다시 몸을 눕혔다.

그랬다. 어두운 하늘 가득히 비가 내리고 있었다. 비는 산을 적시고 나무들을 적시고 또, 그 많은 무덤들을 흠씬 적시고 있었다. 그리고…… 아직 붉은 흙 그대로일 뿐인 그의 무덤도 굵은 빗줄기를 받고 있었다. 한데, 이건 분명 환상이리라. 한 사내가 그 무덤 위에 하늘을 향해 반듯이 드러누운 자세로 속절없이 비를 맞고 있었다. 그였다. 넥타이 정장 차림의, 평소처럼 깔끔한 입성 그대로였다. 비가 자우룩하게 쏟아지고 있는 허공을 향해 그의 두 눈은 번히 열려 있었고 대신 입은 굳게 다문 채였다. 머리며 이마며 두 뺨을 흠뻑 적신 빗물이 입가로 깊이 파인 주름을 따라 흘러내리고 있었다. 맨살, 맨얼굴을 사정없이 두들기는 빗방울을 나는 얼얼하게 느낄 수 있었다.

비가 오는 날이면 내 안의 어딘가가 축축하게 젖어드는 기분을 항용 느끼곤 했었다. 나는 곰곰이 생각한 끝에 아마도 그 정서의 뿌리는 내 성장기의 가난에 닿아 있는 거라고 이해했다. 온통 결핍뿐이던 성장기였다. 특히 판자촌에 살았던 열두어 살 무렵이 그랬다. 장마철이면 루핑 조각으로 누덕누덕 기운 지붕 틈새로 빗물이 흘러들어 판자벽이며 방바닥을 척척하게 적시곤 했다. 옷도 이부자리도 사람도 속수무책으로 젖고 있을 뿐, 장마가 끝나기만을 기다리는 게 고작이었다. 하지만 언제부터인가 나는 그 상처를 잊고 살았다. 그런데 이제 되살아난 것이다. 예의 환상까지 거기에 덧입혀진 채로 말이다. 그날 이후, 비만 오면 마음 한구석이 젖고, 그리고 어김없이 저 환상이 떠오르는 것이었다.

그가 남기고 간 시집을 뒤적거리게 되는 때도 대체로 그런 순간이었다. 그의 시들은 생전에 대부분 읽었고, 그중 상당수는 발표 전에 보았다. 어쩌자고 그는 산문가인 나에게 곧잘 미완의 작품을 보여주며 소감을 묻곤 했던 것이다. 나는 고지식하게도 몇 마디씩 입을 대곤 했는데 생각해보면 산문가답게 주로 시어나 이미지가 아직 덜 투명하다고 시비했던 것 같다. 그의 시를 두고 말이다. 꽤나 억울했으련만 그는 그런 때만은 과묵했다. 별로 토 다는 일 없이 묵묵히 듣기만 하던 그가 딱 한 번 이렇게 대꾸하며 시작 노트를 닫았다.

"열심히 쓰다보면 차차 좋아지겠지 뭐."

나는 혼자서 얼굴을 붉혔다. 그처럼 가혹하게 잣대를 들이댈 상대는 그가 아니고 나 자신이란 생각 때문에 몹시 부끄러웠다.

연작시 「그대에게 가는 길」은 그의 다섯 번째 시집에 수록되어 있다. 내가 유독 이 시편들에 관심을 가지게 된 것도 저 환상 탓일 게다. 그는 왜 그런 모습으로 속절없이 비를 맞고 있는가? 그는 왜 이승을 떠나지 못하는가?

모두 열일곱 편으로 이루어진 이 연작시는 시인(나)이 '89년식 르망'을 몰고 '그대'를 찾아 끝없이 떠도는 내용이다. 첫 시부터 그렇다. '나'는 소백산을 넘어 부석사에 들르고 다시 풍기, 봉화, 영양을 지나 불영계곡 백여 리 길을 돌고 돈다. 여정은 다음 시편으로 계속된다. 청양으로(2), 성주로(3), 대부도로(4), 제부도로(5), 줄포 앞바다로(6), 광주로(7), 구례 화엄사로(8), 운주사로(9), 조양강 지나 영월로(10), 김천, 구미, 대구 지나 현풍, 창녕, 함안으로(11), 그리고 남해금산(12), 태안 마애삼존불(14), 남양만, 아산호, 삽교천(15), 안면도 영목선창(16)과 바람아래해수욕장(17)까지 국토를 두루 순례하는 여정인 것이다. 결코 끝나지 않는, 그 길고 고단한 여정은 멀고 외롭고 적막하며, 가파르고, 자주 끊기고, 일방통행식이다. 그러나 시인은 멈추지 않는다. 그대를 찾아 또다시 길을 나서는 것이다. 낡은 고물 자동차를 몰고……

시인과 함께 고단한 여정을 헤매다가 나는 문득 묻곤 한다. '그대'는 누구인가? 그대가 누구관데 그렇듯 목마르게 찾아가는가?

그는 대답한다.

혹자는 가끔 '그대'가 누구냐고 묻는다. 나는 '너'라고, 또는 '나'라고, 또는 '어떤 사람'이라고 대답한다. 때로는 '시'라고, 또는 '나도 잘 모르겠다'고 대답한다. 대답 치곤 참으로 황당하고 아리송한 대답이 아닐 수 없다. 그러나 분명한 것은 내가 밀고 가는 그리움의 끝에는 나를 기다려준 누군가가 꼭 있을 것이라는 희망과 믿음을 잃지 않고 계속 가고 있다는 사실이다.
(산문, 「그대에게 가는 길」)

스스로 '황당하고 아리송한 대답'이라고 하면서도 그는 또 어느 비평가의 말을 차용함으로써 그 의미를 분명히 하고 있다. 다음은 그가 인용한 문장이다.

　이 시를 음미해보면 '그대'가 단순한 사랑의 대상이 아니라 시인 자신이 추구하는 어떤 대상, 참된 삶의 국면이라든가 진정한 시 쓰기의 자리를 뜻한다는 것을 알게 된다. 말하자면 '그대에게 가는 길'은 시를 찾아가는 길이고 진정한 삶을 찾아가는 길이다.[*]

그는 말하지 않았던가. 그 길의 끝에는 누군가가 꼭 기다리고 있으리라고. 그런 희망과 믿음을 잃지 않고 있노라고……. 나는 이 말들이 명치에 걸린 듯 가슴이 아팠다. 그 고달픈 여정의 끝에서 그를 기다린 것은 무엇인가? 그것은, '오, 아름다운 환멸'이었을 뿐!

　그대 찾아가는 길 내내 / 뙤약볕에 목타는 하루를 건너 / 저물녘 내가 당도한 곳은 / 그대 자궁 속같이 아늑하고 감감한 / 오, 아름다운 환멸이었네.(「그대에게 가는 길 1」 일부)

---

[*] 이숭원의 말(평문)임.

그렇게 끝나리라는 것을 모르고 떠난 길이 아니었다. 그럼에도 불구하고 기다려주는 누군가가 꼭 있으리라는 희망과 믿음을 껴안고 오직 그리움 하나로 밀고 나가는 여정이던 것이다. 나는 비로소 저 꿈 이야기를 되돌아보았다. 어쩌면 그는 가파른 고개를 구비 돌아 생의 8부 능선쯤을 숨차게 오르고 있었는지도 모른다. 여정의 끝은 비록 환멸일지라도 아직은 좀 더 추어 올라야 했던 것이다. 뜨겁게 달아오른 엔진처럼 그는 열정에 사로잡혀 있었고, 부쩍 더 강박적이었고, 자신을 다그치듯 세상과도 불화 중이었다. 그렇듯 뜨겁고 숨 가쁜 순간에 돌연 덜컥 차단기가 떨어지고 불쑥 눈앞을 가로막는 붉은 표지. 전방폐쇄! 통행불가! 그리고, 그 너머 천길 벼랑과 느닷없이 맞닥뜨렸던 것이다.

아무렴, 그것이 운명의 방식이고 몸짓임을 시인이 어찌 몰랐으랴. 그러나 그는 수락할 수 없었다. 그대를 찾아 나선 여정이 아직 끝나지 않았기 때문이다. 그의 중심은 여전히 비어 있고, 시인의 영혼은 여전히 목마르고 배고팠다. 그러므로 저 섬뜩한 꿈은 엉뚱하고 맹랑한 것으로 치부되어 마땅했던 것이다. 이후 석 달 동안의 가혹한 투병 생활은 그 운명과의 고통스러운 화해 과정이었던 것이라고 나는 생각했다.

1주기를 한 달쯤 앞둔 4월 어느 날, 아침부터 비가 뿌리고 있었다. 오랜 봄가뭄 끝에 내리는 비였다.

굿은 날씨에도 손 없는 주말이라고 단지 안 여기저기서 이사 소동이 벌어지고 있었다. 나는 베란다에 서서 이삿짐이 들고나는 광경을 내다보았다. 빗발이 조금씩 굵어지고 있었다. 컨테이너식 트럭이며 고가사다리 등 현대식 장비들을 동원했다고는 해도 비를 완전히 피하지는 못했다. 게다가 빗발이 더 거세졌다. 비닐 우의를 입고 작업하던 인부들이 일을 잠시 중단했다. 낯익은 사내아이 둘이 비에 흠씬 젖은 채로 자전거를 타고 있었다. 그런 풍경을 망연히 내려다보고 있으려니 마음 한 자락이 척척하게 젖어들었다. 나는 슬그머니 집을 나섰다.

휴일에다 굿은 날씨 덕분이리라. 파주군 광탄면 신산리 성당묘원까지는 내 차로 두 시간 남짓밖에 걸리지 않았다. 이처럼 지척에 두고도 그렇게 멀게만 의식되었던가 싶어 문득 기이한 느낌이 들었다. 우리네 일상의 의식이며 감각들이 죄다 부질없다는 기분에 잠시 휘둘리기까지 했다. 수백수천 기의 무덤들 가운데서 그의 것을 찾아내는 일은 쉽지 않았다. 장례식과 사십구재 때 와본 두 번의 기억을 더듬어 가며 나는 잘 구획된 묘지 사이를 한참이나 헤매었다. 빗발은 그새 약해졌지만 우산 하나로 전신을 가릴 수는 없었다. 가까스로 그의 유택을 찾아냈을 즈음에는 온몸이 빗물에 흠뻑 젖어버린 상태였다.

1년 사이에 잔디는 제법 곱게 자리를 잡아가고 있었다. 가뭄 뒤의 단비였던가. 물기 머금은 풀잎들이 온통 환호작약하는 듯싶었다. 무덤 위에 그는 없었다. 그는 없고 대신 애기똥풀 두어 포기가 묏등 위에서 가녀린 대를 흔들며 비를 맞고 있었다. 우산을 내던진 나는 그 앞에 잠자코 서 있었다. 그다지 후회 없는 한 생을 살다 가노라고 그는 말했었다. 어쩌면 그를 떠나보내지 못하는 쪽은 나였는지도 모른다. 그제야 마음이 조금씩 푸근해졌다.

시인의 연보는 다음과 같이 끝나 있다.

—2003년: 여섯 번째 시집 『시인의 모자』 출간. 네 번째 중국 여행으로 장가계 일대를 다녀옴. 5월 28일 타계. (2008)

감나무가 있는 풍경
―자전적 소설

～

　그는 태어나서 처음 몸담았던 집을 제대로 기억하지 못한다. 당연한 일이다. 1942년 12월 모일에 일본 땅 오사카— 더 정확히는 오다케 —에서 태어난 그는 1945년 겨울에 가족과 함께 고국으로 돌아왔다. 그때가 고작 세 살이었으니, 그런 기억을 기대하기란 무리인 것이다. 이 세상에 와서 처음 몇 해 동안 몸담고 살았던 집이 어떠했는지에 대해 조금이나마 알게 된 것은 훗날 주변 사람들로부터 얻어들은 얘기들 덕분이다. 특히 그의 부모보다 한두 해 먼저 그곳에 와 살던 이모부의 말이 그랬다.

　"출산 소식 듣고 너그 이모하고 당장 찾아갔지러. 니 위로 누야가 둘 안 있나. 삼시번 만에 꼬추 달린 넘을 얻었다카이 내사 그 소식 듣고 얼매나 반갑던지……. 그런데, 막상 가서 보니 차말로 한심코 처량하데. 방이라카는 기 헛간만도 몬하더라꼬. 그러이 산모하고 아가 퍼렇게 얼어 있재. 무량태수 이 서방— 아, 너그 아부지 말이다 —은 머리맡에 쪼구리고 앉아서 동무 삼아 속절없이 떨고만 있대. 그놈으 다다미, 진작 확 걷어내삐고 구들을 놓았으마 좋았을 꺼로. 우짜든지 우선에 찬바람이라도 막아야지 싶어서 내가 주인집 창고를 뒤졌재. 거적때기고 뭐고 가릴 꺼 있더나. 뵈는 대로 가져다가 외벽을 둘러쳤다 아이가. 그라고는, 미역국을 끓이게 해서 두어 사발 거푸 앵겼더니 니 에미가 그제사 땀을 내더라카이. 핏덩이 겉은 니 볼에도 발그레 꽃이 피고 말이다……"

그 무렵, 그의 아버지는 방직업이 번창했던 그 고장에서 어느 제면 공장 인부로 취업해 있었다. 가족을 데리고 현해탄을 건넌 지 얼마 되지 않던 때였다. 변두리 농가의 헛간 같은 방 하나를 얻어 겨우 비가림이나 하고 살던 형편이었다니 이모부의 말이 결코 과장은 아닐 거라 믿었다. 그래도 주인 내외는 싹싹하고 정이 많은 사람들이었다고, 아버지는 종종 그 시절을 회상했다. 목욕하는 걸 좋아하는 일본 사람들답게 그 집에도 욕실이 있었다는 얘기를 했다. 그의 식구들이 더러 욕실을 빌려 쓰곤 했는데, 그럴 때면 주인 여자가 예사로 드나들면서, 물이 차지는 않느냐고, 그들이 벌거벗고 들어앉아 있는 탕 속에 손을 넣어보곤 해서 매번 민망하기 이를 데 없었다고도 했다.

"내외가 없으니 상넘인 거는 분명하재. 사나들은 훈도시 하나 달랑 차고 안 가는 데가 없더라카이. 장가 간 성이 죽으마 동생이 형수 데리고 산다카이 말 다했지러. 그래도 정 많고, 친절하고, 정직한 거는, 일본 사람들 몬 따라간대이. 우리 조선 사람들은 죽었다 깨도 안 될끼다. 그 집에서 삼 년 넘기 살다가 나오던 날, 안주인이 저 사람 손을 잡고 한참이나 눈물바람 하더라꼬."

그런 말을 들을 때마다 그는 좀 혼란스러웠다. 그런 국민성과 제국주의 일본은 너무나 다른 얼굴이었기 때문이다. 그의 아버지는 만년에 그들을 보고 싶어했다. 그곳에 가서 그 집과 마을을 한차례 둘러보고 싶다고도 했다. 하지만 헛된 바람이었다. 그는 그런 아버지를 모시고 자기 태를 묻은 땅에 한번 가볼까 하는 생각을 막연하게나마 해본 적은 있지만, 매사가 그랬듯이 그저 생각뿐이었다. 아버지가 여든여섯의 연세로 타계하기까지, 그때 그의 나이 예순을 넘어서기까지 결코 짧지 않은 세월이었지만, 그러나 끝내 작정이 서지 않았던 것이다. 결국 오사카 아니 오다케 어디쯤에, 어쩌면 아직도 남아 있을 법한 그 집에 대한 그의 관심은 그런 정도로 끝이 났고, 아마도 아버지의 그리움 또한 그만했으리라고 그는 치부했다. 어차피 돌이킬 수 없는 일들이었다.

　그런 연유로, 자신이 살았던 집에 관한 그의 기억은 고향에서부터 시작된다.

　해방 되던 해 겨울, 경북 경산군 남천면 소재 향리로 돌아온 그의 가족은 방 둘에 부엌이 전부인 세 칸짜리 초가에서 새 살림을 시작했다. 남쪽을 보고 맨 오른쪽이 부엌, 가운데가 큰 방, 왼쪽이 작은방인 일자집이었다. 툇마루도 없다. 방문을 열고 나오면 댓돌이 놓여 있고, 거기서 한 발 내려서면 바로 마당이다. 가을이면 타작마당이 되기도 하는 그 마당은 황토로 잘 다져져 있었다. 여름밤에 멍석을 펴고 누우면 흡사 초석 자리 깔린 방바닥처럼 등짝이 편안했다. 그가 평생 그렇듯 많은 별들을 본 것도 거기에서였다. 은하가 밤마다 그의 가슴으로 흘러들곤 했다. 쏴아 쏴아 물소리를 내면서. 마당 한구석에는 염소 우리가 있어 이따금 방울을 짤랑거렸다. 염소는 그 시절 그의 가장 친한 동무였다. 하루에 반나절은 염소를 데리고 풀밭에서 놀았다. 어떤 날 밤에는 따뜻한 물이 머리를 적시는 느낌에 깜짝 놀라 눈을 떴더니 애기 염소 한 마리가 혀를 내밀고 그의 이마를 정겹게 핥고 있었다.

그 집은, 그가 살았던 집들에 관한 기억들 중 가장 먼 것임에도 불구하고 항용 가장 많은 것들을 떠올리게 한다. 예컨대, 서까래가 갈빗대처럼 드러난 보꾹, 안방과 부엌 사이의 작은 쪽문, 크고 작은 무쇠솥 두 개가 나란히 걸린 아궁이, 추녀 밑에 매달아놓은 (보리밥이 담긴) 대소쿠리, 우물곁의 미나리꽝, 조릿대로 엮은 사립문, 두엄 냄새 나는 헛간, (뒤지 대용으로) 마른 짚단을 구석에 세워놓은 뒷간 등……. 모두 다 선명한 그림들이다. 빛깔이며 냄새까지도 생생한 그림인 것이다. 하지만 그중에서도 가장 또렷한 기억으로 남아 있는 건 역시 감나무다.

마을에는 집집마다 으레 감나무가 한두 그루씩 있었다. 삼십 호쯤 되는 마을이었으므로 멀리서 보면 얼추 사오십 그루의 감나무가 숲을 이루었다. 특히 수령이 백 년을 넘은 게 대여섯 그루는 되었는데 그의 집 뒤란에 서 있는 감나무도 그중 하나였다. 아버지의 할아버지가 심었다는 그 나무는 구새 먹은 둥치가 어른의 팔로도 몇 아름이 되었다. 한여름에는 두터운 그늘로 뒤란을 덮을 만큼 잎이 무성했고, 가을에는 곱게 물든 그 잎들을 풍성하게 떨구곤 하던 나무였다.

그의 어린 시절은 이 감나무를 빼놓고는 이야기할 수가 없다. 한 해의 시작도, 하루의 시작도 늘 그 나무와 함께였다고 해도 좋다. 그랬다. 대여섯 살 무렵부터 그는 봄을 기다릴 줄 알았다. 유독 추위를 타고 콧물 마를 날 없는 그가 겨우내 조바심치며 기다리는 건 해토의 봄이었는데 그것은 늘 감나무에서부터 왔다. 귓불을 간질이는 따끈한 봄볕과 느닷없이 몰아치는 꽃샘바람이 두어 차례 실랑이를 하고 나면 어느 날 돌연 감나무 어린 가지에 와자하게 감꽃이 붙었다. 황백색의, 무수히 많은 작은 종들처럼. 그러면 어느새 봄의 한가운데에 와 있었다. 그보다 더 확실한 계절의 전령사는 없었다. 그는 비로소 움츠렸던 고개를 쳐들고 새벽부터 밖으로 내달리는 것이었다. 골목마다 감꽃이 허옇게 떨어져 있었다. 어른들의 무심한 발길에 짓밟히기 전에, 또는 부지런한 농부의 비질에 쓸려 시궁창 속으로 떨어지기 전에 아이들은 그 작고 연약한 것들을 열심히 줍곤 했다. 그는 작은 대바구니 한가득 주워온 것을 댓돌 위에 앉아 해바라기를 하면서 야금야금 먹었다. 부드럽고 달착지근한 맛이 참 좋았다.

여름철에는 풋감을 주웠다. 아침 일찍 감나무 아래로 나가보면 제법 씨알이 굵은 풋감이 여기저기 떨어져 있었다. 꽃이 많이 붙는 해에는 그런 게 더 많았다. 꼭지가 무른 놈부터 저절로 솎아지는 거라고 했다. 그렇게 나무는 제가 감당할 만큼만 열매를 남긴다는 게 어른들의 설명이었다. 그렇거나 말거나 그의 관심은 우선, 땅바닥에 떨어져 나뒹굴고 있는 풋감에 있었다. 그가 제 주먹보다 작은 것들을 열심히 주워오면 누나가 작은 항아리에 담아 물을 붓고 소금을 한 줌 넣어 며칠을 우렸다. 그렇게 떫은맛을 빼고 난 풋감은 그 시절 좋은 군것질거리가 되었다. 하지만 입을 절제하지 못하여 더러 경을 치기도 했다. 변이 딱딱해져서 배설이 몹시 고통스러웠고, 더러는 엉덩이를 드러내놓고 어머니가 꼬챙이로 변을 파내는 고역을 겪어야 했다. 이것 또한 그러거나 말거나 그는 열심히 풋감을 줍곤 했는데, 동네 아이들 역시 사정은 마찬가지여서 그들은 새벽마다 경쟁적으로 마을의 고샅길들을 죄 훑고 다녔다. 다들 제집 것만으로는 욕심에 차지 않았던 것이다.

감나무의 가을은, 문자 그대로 황금의 계절이다. 어른 손바닥보다 커다란 잎사귀들이 더러는 노랗게, 또 더러는 빨갛게 물이 든다. 멀리서 보면 나무 전체가 거대한 왕관 같다. 가을볕에 감들은 또 왜 그리도 선연한 빛깔인지! 꼭 왕관에 주렁주렁 매달린 홍옥류의 보석 같았다. 어쩌다 바람이 일면 흡사 보이지 않는 어떤 손이 왕관을 가만가만 흔드는 듯싶게 더없이 눈부시고 위엄 있는 몸짓을 했다. 그 나무 아래서 그는 매양 황홀했다. 때로는 예쁜 감잎들을 엮어 왕관을 만들어 쓰기도 하고, 누나와 함께 치마를 만들어 두르기도 하면서 그는 점점 짧아지고 점점 식어가는 가을볕을 못내 아쉬워했다. 겨울이 좀 천천히 왔으면 싶었다. 하지만 겨울은 미적거리지 않았다. 거의 언제나 그답게, 불시에 진주했다. 그는 여지없이 방 안으로 쫓겨 들어갔고, 대부분의 시간을 갇혀 있어야 했다.

그래도 감나무는 늘 그 자리에 있었다. 색신 고운 잎들을 말끔히 털어버린 감나무는 놀라우리만치 왜소해 보였다. 지난 계절에 본 모습들이 죄다 환상이었나 싶었다. 저 두터운 그늘과 화려한 의상을 다 잃어버린 채 앙상한 가지들만 치켜들고 입을 꼭 앙다물고 서 있어 무척 슬퍼 보였다. 게다가 또, 거친 바람이 자주 그 아랫도리를 후려치고는 하여 그에게는, 무슨 잘못을 저질러 혹독한 벌을 받고 있는 것처럼 느껴졌다. 그는 문구멍으로 틈틈이 감나무를 지켜보곤 했는데 그럴 때마다, 차디찬 겨울 하늘을 배경으로 앙상한 가지 끝에서 흔들리고 있는 몇 알의 까치밥들이 하마 떨어질까 싶어 늘 마음이 조렸다. 까치밥은 까치가 와서 먹고 가면 직박구리가 와서 쪼고, 나중에는 참새들이 차지했다. 그렇게 까치밥이 죄다 사라지고 나면 겨울이 한결 깊어져 있었고, 사나흘 거리로 추위가 위세를 부리는 밤에는 산발치 방죽에서 두꺼운 얼음장이 터지는 소리가 쩌엉 쩡 들려오곤 했다. 뒷날, 거의 평생을 떠나지 않았던 그의 마음속 추위도 어쩌면 그 무렵에 이미 씨를 떨군 게 아닐까 생각된다.

감나무의 사계는 그랬다. 어느 것 하나 더하고 덜하달 것이 없었다. 그러나 감나무와 함께 한 그의 사계절 중에서 가장 인상 깊게 남아 있는 것은 감나무 위에서 보낸 그 많은 여름날 오후의 기억들이었다.

그랬다. 구새 먹은 둥치를 안고 조금만 기어오르면 말 잔등처럼 편안하게 걸타고 앉을 수 있는 곳이 있었다. 여름날 해질녘이면 그는 일쑤 그곳에 올라앉아 있었다. 툭 트인 시야 한 가득 담겨오는 풍경이 좋았다. 마을 앞 좁다란 들판, 오른쪽 산발치를 돌아 뻗어 있는 경부선 철도, 맞은편 산발치를 굽이굽이 돌아드는 신작로, 그리고 남쪽 들 끝에서 오른쪽으로 커다랗게 휘어지며 동구를 지나 이윽고 왼쪽 옆 구리께로 무수히 작은 비늘들을 반짝이며 잔잔히 흘러가고 있는 시냇물 같은 것에 두루두루 시선을 부은 채로 그는 마냥 앉아 있기를 좋아했다. 그렇게 하루가 지워지는 풍경에 곧잘 빠져들곤 했던 것이다. 어쩌면 한 생의 일몰을 미리 본 것인지도 모른다.

때로는, 들판이나 읍내 장터 또는 이웃 도시로 나갔다가 돌아오는 마을 사람들을 상대로 그는 혼자서 게임을 했다. 얼굴을 알아보기 어려울 만큼 먼 거리에 있는 상대가 마을의 누구인지를 알아맞히는 놀이였는데 놀라울 정도로 적중률이 높았다. 이 놀이 덕분이었으리라. 그 마을에서 산 세월보다 자그마치 대여섯 갑절이나 긴 도시 생활 중에서도 그는 문득문득 고향을 회상하면 그곳 사람들의 면면이 너무나 또렷하게 떠오르곤 했다. 자전거를 타고 오는 이장 어른, 통학차에서 내린 외가 쪽 형, 그리고 달구지를 앞세운 방앗간 주인 등등. 그들은 그 무렵 각인된 인상 그대로여서 후에도 도무지 나이를 먹지 않았고 덕분에 그 역시 회상의 순간만은 번번이 나이를 잊어먹곤 했다.

어느 여름날 해거름이었다. 그맘때면 '내일 아침 영남일보'를 외치며 마을을 지나가곤 하던 신문팔이 소년— 배달도 겸했다 —이 호외 몇 장을 던져놓고 갔다. 동구의 느티나무 그늘에서 장기를 두고 있던 마을 어른들이 그것을 한 장씩 주워들었다. 그날 새벽 북괴군이 38도선 전역에 걸쳐 기습 공격을 가해왔다는 기사였다. 전쟁이 터진 거라며 어른들은 뿔뿔이 흩어져 각자 집으로 돌아갔다. 갑자기 휑하게 비어 버린 동구 앞 느티나무 언저리에는 저녁놀이 유독 붉게 타오르고 있었다.

그날 이후 그는 참으로 많은 것들을 보았다. 전쟁의 드센 물결이 예외 없이 그 마을을 휩쓸고 지나간 것이었다. 그는 날마다 감나무 가지 위에 올라앉아 전쟁의 소용돌이를 지켜보곤 했다. 마을 안팎에서 온통 낯선 광경들이 펼쳐지고 있었다. 피난민의 물결이 길을 가득 메웠고, 그것을 거슬러 이방 군대의 이송 차량들이 꼬리를 물고 북행했다. 때문에 들판 왼쪽 벌거숭이 길은 밤낮없이 짙은 흙먼지와 온갖 소음을 토해냈다. 들판 이쪽 경부선 철도 역시 소란스럽기는 마찬가지였다. 하루 한 차례, 아침저녁으로 이웃 도시를 오가던 통학열차는 없어졌다. 대신 전쟁 물자를 잔뜩 실은 화물차가 밤낮없이 북으로 치달려 갔고, 간혹 붕대를 허옇게 두른 부상자들로 가득 찬 열차가 내려오기도 했다.

그는 피난민들의 초라한 행색과 비럭질에 다름없는 생활을 보고 몹시 놀랐다. 집을 떠난 길 위의 삶이 얼마나 곤고한 것인가를 그는

아침저녁으로 목도했다. 거의가 노숙을 하며 구걸하다시피 허기를 달
랬다. 그의 집 작은방을 차지하고 몸을 푼 여인네는 그래도 행운이
따랐다. 길에서 병을 얻은 사람들은 염소 우리조차도 감지덕지했다.
그나마 구하지 못한 사람들은 노숙할밖에 방도가 없었다. 작은 산골
마을에 워낙 많은 피난민들이 몰려든 탓이었다. 다행히 추위가 오기
전이었다. 아침에 나가보면 동구 앞 여기저기에서 노숙한 피난민들이
소금에 절인 배추처럼 늘어져 있었다. 그들은 해가 한참 오른 후에야
무겁게 몸을 일으켰고, 땔감을 주워오고 된장 간장을 구걸하여 간신
히 아침밥을 지어 먹었고, 그러고 나서는 알록달록한 피난 봇짐들을
이고 메고 하여 다시 길을 떠나곤 했다. 더러 성치 못한 식구들을 들
쳐 업거나 지게에 지고 나서기도 했다. 가망 없는 환자를 그냥 두고
떠나버린 치들도 있어 그럴 경우에는 마을 사람들이 어쩔 수 없이 뒤
처리를 떠맡을 수밖에 없었다.

　포성이 점점 가까이 다가오자 마을 사람들 중에도 피난 채비를 하
는 집들이 생겼다. 집을 떠나다니! 생각만 해도 두려운 일이었다. 그는
부쩍 어른들의 눈치를 살폈다. 절대 집 떠나는 일만은 없기를 바랐다.
피난을 가지 않고 그냥 있으면 어떻게 되는지 그게 몹시 궁금했지만
어른들의 대꾸는 너무나 간단했다. 피난을 안 간다고? 그러면 앉아서
죽는 거지 뭐! 하지만 그는 그 말을 다 이해할 수는 없었다. 한 가지
위안이 되는 것은 어머니가 그의 편이란 사실이었다. 우리도 피난 채
비 해야 되는 거 아닌가, 하고 그의 아버지가 말했을 때 그녀가 이렇

게 대꾸하는 말을 들었던 것이다. 앉아서 죽으나 길에서 죽으나 그게 그건데 애들 데리고 뭐 하러 집을 떠나요?

그러나 포성이 좀 더 가까이, 그리고 더 요란스럽게 울려오기 시작하자 그의 어머니도 말없이 한두 가지씩 피난 채비를 하고 있었다. 그는 부쩍 더 자주 감나무 위로 올라가곤 했다. 도무지 불안한 마음을 추스르기 어려워서였는데 그나마 나무 위에 올라앉아 마을 안팎을 두루 둘러보노라면 조금은 진정이 되었다. 그런 어느 날 해질녘이었다. 그는 마을 뒤 읍내로 통하는 길 위에서 한 아이의 모습을 발견했다. 자신보다 서너 살 쯤 위로 보이는 소년이었다. 다른 피난민들 중에서 왜 유독 그 아이의 모습이 눈길을 끌었는지는 지금도 설명할 수가 없다. 그 아이만 더 불행해 보였다거나 알 만한 누구를 닮았다거나 한 것도 아니었다. 한데도 그 아이를 보는 순간 왠지 돌연 가슴이 뛰기 시작했고, 그 작은 얼굴이 식별할 수 있을 정도로 가까이 다가왔을 때는 숨이 턱 멎을 뻔했던 것이다. 혹 전생의 내가 아니었나 하는 생각을 해본 건 그로부터 많은 세월이 흐른 뒤였다.

어쨌거나 그 아이는 마을로 천천히 다가왔고 그리고, 참 놀랍게도 그의 집 사립문 앞에서 발걸음을 멈추고 섰다. 그는 숨을 멈춘 채 그 아이를 지켜보았다. 별로 크지 않은 보퉁이 하나를 오른쪽 어깨에서 왼쪽 허리께로 비스듬하게 둘러멨을 뿐 아이는 빈손이었다. 등짝의 짐보다 밤송이 같은 머리통이 더 무거운지 아이는 문짝에다 이마를 붙인 채로 한동안 움직임이 없었다. 조릿대 틈새로 집 안을 엿보고 있는지도 모를 일이었다. 엄마! 그는 냅다 소리를 질렀다. 부엌에 있던 어머니가 놀라 뛰어나올 정도로 자신도 모르게 다급하게 내지른 소리였다. 왜 그러냐고, 간 떨어질 뻔했다고 어머니가 부지깽이를 쳐들어 꾸짖는 시늉을 할 때까지 내처 입을 다물고 있다가 그는 겨우 말했다.

"와, 왔다고…… 우리 집에……."

몹시 어눌한 말투였음에도 불구하고 어머니는 아마도 특유의 모성으로 그 말을 이해했던 것 같다. 물론 훗날 깨달은 사실이다. 어머니는 단번에 그 아이의 존재를 발견했고, 그리고 한달음에 달려 나가 그 애의 빈손을 움켜잡았다.

아이는 부엌에서 한동안 머물렀다. 그의 어머니는 아궁이 속에다 장작을 더 집어넣어 불꽃을 피웠다. 그러고는 무쇠솥 뚜껑을 열고 잘 익은 개다리 하나를 집어내어 손으로 뜯었다. 마을 장정들이 툭하면 개를 잡곤 하던 때였다. 노린내 같은 것이 수증기와 함께 부엌을 꽉 채웠다. 무슨 고기냐고 아이가 물었고, 개고기를 먹으면 두드러기가 난다고 덧붙였다. 그의 어머니는 염소 고기라고 거짓말을 했다. 너무 태연한 어투였기 때문에 그도 덩달아 머리를 끄덕거렸다. 아이는 토란대와 고사리와 개고기로 가득 찬 국그릇을 두 차례나 비웠다. 집 떠나고 처음 고깃국으로 배를 불렀노라고 말하며 아이는 연신 이마의 땀을 훔쳤다. 어쩌다 혼자가 됐냐고 그제야 물었고, 집을 나설 때는 식구들과 함께였는데 도중에 헤어졌다는 대답이었다. 맨 나중까지 손을 꼭 쥐고 있었던 두 살 아래 동생은 기총소사를 받고 죽었노라고 했다. 숨이 끊어진 뒤에도 한사코 손을 놓지 않아 그걸 떼어내느라고 애를 먹었다고도 했다. 우리도 곧 피난길을 나설 거라고, 며칠 기다렸다가 함께 가자고, 그의 어머니는 말했다. 이것도 거짓말인지 모른다고 그는 생각했다. 그러나 소용이 없었다. 아이는 기어이 부엌을 나섰다. 빨리 길을 나서야 앞에 간 식구들을 따라잡을 수 있고, 식구들을 만나야 집으로 돌아갈 수 있다고 아이는 고집했다.

사립문을 나서 땅거미 지는 길로 점점 멀어져가는 아이의 뒷모습을 망연히 지켜보고 있던 그의 어머니는 긴 한숨 끝에 비로소 곁에 서 있는 아들을 발견한 듯 소스라치게 놀란 얼굴을 하더니 그를 와락 끌어안았다. 매운 연기 같은, 뜨거운 불기 같은, 땀내 같은, 어쨌거나 몹시 강렬한 어떤 것이 그의 콧속을 파고들었다. 그러니까, 박하향만큼 강한 냄새였는데 그것이 다름 아닌 엄마의 진짜 체취였다는 사실은 뒷날 대구의 판자촌에서 어머니를 여의고 나서야 그는 깨달았다.

가을로 들면서부터 포성이 조금씩 멀어져 갔다. 피난 채비를 하던 사람들은 안도의 한숨을 내쉬었다. 그의 어머니도 그런 사람들 중 하나였다. 집 떠나는 것을 끔찍이도 두려워하던 그야 말해 무엇하랴. 그는 옷을 좀 더 두텁게 입고 감나무 위로 올라갔다. 지난여름 내내 몸살을 앓던 길들은 한결 조용했다. 살아남은 개들이 조심스레 코를 큼큼거리며 어슬렁거릴 뿐 오가는 사람이 거의 보이지 않는 날도 있었다. 피난민들은 다 어디로 갔을까? 그는 그게 궁금했다. 무리지어 남쪽으로 밀려간 그만큼 되돌아오는 사람들이 있어야 당연하지 않느냐고 그는 의아해했다. 되돌아가는 피난민들이 없지 않았지만 그것은 극히 적은 숫자여서 비교도 되지 않았다. 그들은 다 어디로 간 것일까? 그 아이는? 그는 자꾸 생각했다. 길 위에서 흩어진 식구들 중 하나라도 만났을까? 그래서 함께 집으로 돌아간 걸까?

그런 궁금증 속에서 자주 길을 내다보곤 하던 어느 날 그는 어딘가 무척 낯익은 사내 하나가 어둑어둑한 동구 앞길로 지척지척 걸어오는 것을 발견했다. 삼촌이다! 그는 커다랗게 소리쳤다. 부엌문이 활짝 열리고 어머니가 뛰쳐나왔다.

삼촌이 입대한 것은 전쟁이 나기 훨씬 전의 일이었다. 나이를 두 살이나 더 올려 지원했다고 들었다. 하지만 작은 키는 속일 수 없었다. 늘 허기진 배를 안고 살았기 때문에 제대로 크지 못한 거라고, 평소 그의 어머니는 마음이 짠하다고 했다. 삼촌이 어릴 적부터 계모 설움을 받고 살아온 건 동네 사람들이 다 알고 있었다. 배만 곯고 산 게 아니라, 너무 일찍 어머니를 잃어 정에도 몹시 주려 있다고 했다. 그런 시동생에 마음을 쓰노라고 했지만 형수가 어찌 어머니만 하랴. 정 붙일 데가 없었던 삼촌은 결국 어린 나이에 자원입대를 했다는 것이었다. 모병 담당관이 M1 소총 한 정을 가져와 삼촌의 키를 쟀는데 총신보다 겨우 머리통 하나 정도 높았다고 했다. 그런데도 그가 입대를 허락한 건 아마도 집에 두고 온 그만 한 동생이 생각나서였는지도 모를 일이었다. 어쨌거나 그렇게 군인이 된 삼촌은 딱 한 번 휴가를 나왔다. 군복을 입은 삼촌은 근사했다. 배낭에서 군용 건빵과 화랑 담배를 잔뜩 꺼내놓았다. 자기 몫을 모아두었다가 휴가 선물로 가져온 거라고 했다. 마을 사람들이 죄 몰려왔고, 삼촌은 그들에게 공비 토벌 얘기를 했다. 처음 먹어본 군용 건빵보다 삼촌의 무용담이 훨씬 더 좋았다고, 그는 지금도 그때를 종종 회상하곤 한다.

한데, 이날 본 삼촌은 전혀 딴사람 같았다. 여전히 군복을 입고 커다란 배낭을 짊어졌지만 도무지 군인이란 느낌이 들지 않았다. 흡사 피난민 같았다. 그것도 금방 쓰러질 정도로 지쳐빠진 몰골이었다. 나중에 안 일이지만, 삼촌은 이미 몸도 마음도 심하게 망가진 상태였던 것이다. 작은방을 차지하고 드러누운 삼촌은 쉬 일어나지 못했다.

마침내 포성이 멈춘 것은, 삼촌이 돌아오고 나서도 감나무의 사계가 여러 번 되풀이되고 나서였다. 전쟁이 끝났다고들 했다. 그래서 피난민들이 원래 살던 곳으로 서둘러 돌아가는 중이라고 했다.

바로 그런 때에 그의 가족은 길을 나서고 있었다. 고향을 떠나 이웃 도시로 이사를 간다는 것이었다. 너무나 뜻밖의 일이어서 그는 되레 덤덤했다. 안으로 잠복한 충격이 어느 정도였는지는 평생을 두고 서서히 깨달았다. 말하자면, 그날 이후부터 그는 늘 길 위에 서 있는 기분이던 것이다. 어른들이 이삿짐을 싸고 꺼내고 차곡차곡 차에 싣기까지 그는 내내 감나무 위에 올라가 있었다. 여름의 끝자락이었다. 마을의 감나무 숲에서 매미들이 자지러지게 울었고 산비둘기의 쉬어

터진 울음소리도 이따금 섞여들었다. 참 얄궂은 노릇이다. 그럴수록 그의 마음속에는 적막한 기운만 켜켜이 쌓이는 듯싶었다.

마을 사람들과 작별인사를 나눈 다음 아버지는 식구들을 점검했다. 어머니와 두 누나와 함께 그는 트럭 짐칸의 이삿짐 틈에 웅크리고 앉아 있었다. 다들 입을 봉한 채였다. 어머니와 큰누나는 치맛자락으로 얼굴을 가린 채였고, 작은누나는 잔뜩 부어터진 얼굴을 외로 꼬고 있었다. 그는 아버지의 거동을 가만히 지켜보기만 했다. 그랬다. 아버지는 조수석에 올라앉기 전 마지막으로 등 뒤를 힐끗 돌아보았다. 그의 시선도 따라갔다. 거기, 여러 해 동안 그의 가족이 몸담고 살았던 집이 텅 빈 채로 서 있었다. 흡사 벗어던진 두루마기처럼 초라하고 허전한 모습이었다. 짧은 일별이었지만 마음속에 돋을새김으로 남는 풍경이었다. 마침내 아버지는 조수석에 올랐고, 지체 없이 차는 출발했다.

"삼촌 때문이야! 삼촌이 미워!"

그 순간, 작은누나가 조그맣게 내뱉은 말이었다. 그는 비로소 이해가 갔다. 이 때늦은 피난길은 분명 삼촌 탓이었다. 몸이 아프다며 늘 작은방에 틀어박혀 있던 그 삼촌이 엉뚱한 일을 저질렀던 것이다. 개머리판 없는 M1 소총— 그것은 삼촌이 제대할 때 숨겨온 물건이었다—을 들고 가까운 골짜기에 있는 절간을 털었다고 했다. 삼촌은 곧 붙잡혔고, 그 때문에 아버지는 더 이상 얼굴을 쳐들고 다닐 수가 없노라고 말했었다.

트럭이 비포장 도로 위를 덜컹거리며 굴러가기 시작했을 때 그는 잠시 잊어버렸던 얼굴 하나를 불쑥 떠올렸다. 혼자서 피난길을 떠난 그 아이의 얼굴이었다. 어둑어둑한 길을 굳이 나서던 그 아이의 뒷모습이 생생하게 떠올랐고, 어느덧 그때 그 애와 비슷한 나이에 이른 자신을 그는 깨달았다. 조금씩 멀미가 나기 시작했다.

그때부터 길 위의 삶이 시작된 셈이었다. 집과 고향 즉, 낮익은 세계를 등지고 길을 떠남으로써 그의 생애는 시작된 것이었다. 지난 긴 세월 동안 어떤 곳, 어떤 집을 두루 거쳐 왔던가? 지금 그것을 일일이 다 기억해낼 수는 없다.

어쨌거나, 그의 가족이 이웃 도시 대구로 나와 처음 이삿짐을 부린 곳은 달성공원 앞 길갓집이었다. 오십 년대 중반 서울의 청계천변 판자촌과 흡사한 동네였다. 단지 규모만 작았을 뿐. 한길 쪽으로 점포가 있고, 안쪽에 두어 평 남짓한 방이 딸린 가건물이었다. 마당이 없으니 대문이고 울타리고 있을 수가 없었다. 집 밖으로 한 발만 나서면 온갖 차들이 뻔질나게 오갔고, 뒤쪽 창을 열면 악취 나는 폐수가 바로 코밑에서 흘러가고 있는 게 보였다. 그는 한동안 잠을 설쳤다. 방에 누웠어도 길바닥에 드러누워 있는 것 같았기 때문이다. 차가 끔찍한 소리를 내면서 급정거하는 소리에 놀라 잠이 깰 때마다 그는 고향집 마당을 떠올리곤 했다. 황토로 잘 다져진 그 마당에 멍석을 깔고 누워 별이 총총한 하늘을 올려다보곤 하던 여름밤들을 회상했다.

그 길갓집에 살면서 아버지는 국화빵을 구웠고, 그는 공원 넘어 달성 국민학교에 전학 신고를 하고 한 학기를 다녔다. 하지만 한 해도 못 채우고 그의 가족은 다시, 그보다 변두리인 태평로 판자촌으로 옮겨 앉았다. 이후 참으로 여러 곳의, 여러 집들을 거쳐 왔다. 특히 그의 나이 스물넷 되던 저 육십 년대 중반, 때늦은 대학을 다니느라 홀로 상경했던 그는 걸핏하면 도시 이쪽 끝에서 저쪽 끝으로 변두리 버스 종점 마을을 오가며 짧게는 6개월, 길어봤자 이삼 년씩 살곤 했다. 또한, 팔십 년대에 들어서는 서울과 지방—그것도 남쪽 끝 도시 목포—을 오르내리며 살았다. 주말에는 가족이 있는 과천의 아파트에서, 주중에는 직장이 있는 목포의 하숙집에서 짐을 풀곤 했다. 사나흘에 한 번씩 천릿길을 나서곤 했으므로 몸은 늘 길 위에 있는 것 같았다. 요즘은 어디서 사느냐고 누가 물으면, 주로 호남고속도로 위에서 사는 셈이라고 대답하던 시절이었다. 방에 드러누워 있을 때나 책상 앞에 앉아 있을 때도 늘 고속버스의 소음과 진동을 느끼곤 했다.

이제 그만 떠돌아야겠다고 생각한 것은 그의 나이 어느 덧 오십 줄에 들어선 뒤였다. 마침 서울 가까운 쪽으로 직장을 옮겼고, 출퇴근이 편한 동네로 이사도 한 참이었다. 거주 인구 삼십만이 좀 넘는 신도시 분당은 그런대로 살 만도 했다. 그래서였나. 십 년 세월이 잠시 잠깐 흘러갔다. 이제는 뿌리를 내렸나 보다 싶었다. 하지만 그게 다는 아니었던 모양이다. 그의 마음 한구석에는 여전히 풀지 않고 그대로 꽁꽁 싸맨 채 던져두었던 짐이 있었던 게 분명했다. 결국 그는 최근 다시 이삿짐을 꾸려야 했던 것이다. 그러니까 열 살 무렵 고향을 떠난 이후 오십 년이 훨씬 넘는 세월에도 불구하고 그의 삶은 여전히 길 위에 있는 셈이었다. 앞으로 몇 번이나 더 이삿짐을 꾸리게 될까? 문 득문득 의혹에 빠지곤 하는 오늘이다.

그랬다. 올해 들어 그는 여주 지나 문막읍의 어느 산골에 집을 지 어 이사를 했다. 아무 연고도 없는 곳이지만 어쨌거나, 그가 난생처 음 생각대로 지어본 집이다. 아니, 아내의 생각이 더 많이 작용했는지 도 모르겠다. 하여간, 짐을 풀고 나서 그가 맨 처음 한 일은 감나무 두 그루를 사다 심은 일이었다. 묘목은 여주 오일장에서 사왔다. 접붙 인 지 삼 년 됐다는 묘목은 둥치가 어른 엄지손가락 굵기였고 키는 그의 가슴께에도 이르지 못했다. 그는 양지바른 곳에다 심은 다음 지 주목을 대주고 볏짚으로 겨울 채비까지 해주었다. 그러면서 아득한 세월 저 너머에 있는 고향의 감나무를 떠올렸다. 백 년 넘은 그 구새 먹은 둥치를 다시 껴안아보고 싶고, 나무 위에 올라앉아 동구 앞 들 판과 해 저무는 읍내길을 내다보고 싶다는 생각을 했다. 이 나무가 언제 그만큼 자랄까, 그때쯤 나는 또 어디에 가 있으려나 싶었다.

그간 여러 차례 고향을 드나들기는 했었다. 그곳에는 아직 일가친 척이 남아 있고 어릴 적 동무도 몇 있지만, 그러나 찾는 일이 자꾸 뜸 해졌다. 그럴밖에. 그가 갈 때마다 고향은 매번 모습을 바꾸어가고 있었던 것이다. 당연한 노릇일 터, 그곳인들 세월이 비켜갈 리 없다. 생각해보면, 지난 7, 80년대에 가장 많이 변하지 않았나 싶다. 70년대

들면서 새마을운동의 일환으로 마을의 초가지붕들이 대부분 함석지붕이나 슬레이트 지붕으로 바뀌었고, 80년대 들어서는 특히, 서쪽 산발치를 굽이굽이 돌아가던 옛 길 대신에 좁은 들판을 두 쪽 내며 남북을 관통한 4차선 도로가 뚫리면서 거의 완전히 다른 마을로 바뀌어버린 것이다.

하지만 고향을 찾은 그의 마음을 가장 울적하게 만든 것은 그런 것보다, 마을의 그 많던 감나무들이 이런저런 이유로 거의 다 사라지고 없다는 사실이었다. 한여름 두터운 그늘을 드리우곤 하던 감나무 숲 대신 이제는 지붕마다 높다랗게 설치한 텔레비전 안테나들이 앙상한 숲을 이루고 있다. 두엄 내 풍기던 마을의 긴 고샅길들 역시 시멘트로 하얗게 포장된 채였다.

그가 만년에 엉뚱한 고장에 짐을 푼 것도 서울에서 멀어지는 것을 겁내서라기보다, 막상 돌아갈, 돌아가고 싶은, 그 고향이 없어졌기 때문인지도 몰랐다. 그렇다면 만년의 삶이란, 귀향 의지를 포기한 삶일 수밖에. 더러 까닭 없이 마음이 썰렁해지곤 하는 것도 어쩌면 그 탓인지도 모를 일이었다. 새집으로 이사를 온 첫날, 밤하늘 아래 서 있던 마음이 그랬다. 섬뜩하리만치 별빛이 맑은 하늘이었다. 바로 머리 위에 북두칠성이 있었다. 은하가 쏴아 쏴아 소리를 내며 금세 가슴을 흠뻑 적셨다. 저 어린 시절의 하늘이 거기에 있었던 것이다! 그는 문득, 아니 새삼스레, 돌아갈 곳 없음을 시인했다. 그랬다. 생각하면, 이향 이후 긴 세월동안 고향 마을과 그곳 집을 늘 마음에 품고 살았다.

그러므로 지난 삶이란 낯선 곳에서 한사코 고향 집을 찾으려는, 그러므로 결코 이룰 수 없는 여정이었던 셈이다.

어린 나이에 고향을 떠났다가 어느 날 추레한 모습으로 돌아왔던 삼촌은 그 후 너무 일찍 세상을 떠났다. 마흔을 간신히 넘긴 생애였다. 유택은 고향의 앞산에 있다. 한데, 그 아이는 어찌 되었을까? 고향으로 돌아갔을까? 알 수가 없다. 다만 그의 머릿속에는 그 아이가, 지금도, 감나무가 있는 낯선 마을들을 지나 지척지척 걸어가고 있는 것만 같은 것이다. (2010)

자망이 이야기

음 내 오일장에 토끼를 사러 나갔던 아내가 엉뚱하게 강아지 한
마리를 안고 돌아왔다. 난 지 두어 달 된 잡종견이었다.

누가 진돗개를 분양해 주마고 해도 마다하던 아내였다. 어찌 된 거
냐는 나의 물음에, 아마도 길을 잃었거나 아니면 버림받은 개 같다고
했다. 인적 없는 후미진 찻길에서 불쑥 튀어나와 하마터면 깔아버릴
뻔했다는 거였다. 기겁을 하게 놀란 아내가 가까스로 급정거를 하고
차에서 내렸는데 그때부터 녀석이 한사코 달라붙어 도저히 떼어놓을
수가 없더라고 했다. 죽자 살자 치맛자락에 달라붙는 것을 모질게 떼
내어 길바닥에 내치고 돌아서면 어느새 녀석이 먼저 차에 냉큼 올라
앉아 있곤 했다는 것이다. 주먹으로 대갈통을 쥐어박고 고함을 질러
대도 소용이 없었다. 필경 녀석은 의자 밑 손닿지 않을 만한 데로 기
어 들어가서는 나 잡아 잡수 하더라고 했다. 때문에 아내는 시장 가
는 것도 포기하고 거기서 곧바로 차를 돌려 귀가했다는 것이다.

전후 사정으로 보아 녀석의 처지가 대충 헤아려졌다. 의도적으로
버림받았든 아니면 잘못해서 주인을 잃어버렸든 하여간 녀석은 인적

이 드문 길에서 혼자 헤매고 있었던 게 분명했다. 어쩌면 그렇게 밤을 지새운 건지도 모른다. 그러다 아내를 만났으니 녀석으로서는 절대로 물러날 수 없었으리라. 아내 또한, 그렇듯 필사적으로 매달리는 어린 것을 단칼에 잘라버리지 못하는 사람이었다.

어쨌건 낭패였다. 텃밭 한쪽에 따로 닭장을 지어 토종 병아리 열한 마리를 사다 넣은 게 한 주 전 일이었다. 도시의 아파트 숲을 떠나 지난해 이 밤산골로 이사를 오면서부터 아내가 별러 온 일들 중의 하나였다. 그중 열 마리가 암평아리고 한 마리가 수평아리다. 암수 비율이 10대 1이면 된다고 해서 마리당 7천 원씩 주었다고 아내가 말했다. 참으로 지독한 성적 불균형 상태인데도 아직은 어려서일까, 알에서 깬 지 두 달쯤 된다는 녀석들은 잘 어울려 놀았다. 작고 노란 부리로 함께 모이통을 쪼고, 물그릇 앞에 나란히 늘어서서 해바라기를 하고, 더러는 햇볕 아래 서로 깃을 비비대며 자울자울 졸기도 하는 등 한 평 남짓한 닭장 안은 너무나 평화스러웠다. 인간 사회라면 어찌 될까? 아마도 살벌한 전쟁을 벌이거나 아니면 해괴하고 끔찍한 제도 같은 것을 만들어냈으리라.

동네 사람들이 와서 보고는, 기왕지사 토끼도 한 쌍 넣어두면 애들 (손자들)이 좋아할 거라고 조언했다. 토끼와 닭은 한 울타리 안에서도 다투지 않고 잘 산다는 거였다. 참 착한 짐승들이네. 아내는 반색했고, 그래서 마침 읍내장이 선대서 나섰는데 정작 토끼는 구경도 못한 것이었다.

저것을 어찌 해야 하나, 아내는 몹시 심란한지 자꾸만 혀를 찼다. 그랬다. 개를 두게 되면 우선, 마음 놓고 집을 여러 날 비워둘 수 없다는 게 문제였다. 이웃 권씨네 개 똘이를 보면 그랬다. 진돗개 피가 섞인 잡종견 똘이는 올해 열두 살, 사람 나이로 치면 진작 상늙은이다. 그런데도 주인 내외가 하루라도 집을 비울라치면 밤에 몹시 처량한 소리로 울곤 했다. 외로움을 타서인가? 인가도 드문 산발치의 빈집에 홀로 남아 있는 처지를 생각하면 그럴 법도 했다. 인간의 감정과 의식도 진화의 산물이라면 개야말로 인간에 가장 근접하게 진화된 감정을 지닌 동물이라지 않는가. 어둠 속에서 높고 길게 뽑아내는 그 울음소리를 듣고 있노라면 갑자기 적막강산이 된 느낌이 가슴에 왈칵 달려들고는 했다. 그랬다. 그것은 개의 울음소리도, 그렇다고 늑대의 울음소리도 아니었다. 어쩌면 그것은 생명 있는 모든 것들의 내면에 깊이 잠재해 있는 어떤 외로움, 그래서 마지막 순간에 기어이 토해놓을 수밖에 없는 그런 울음소리 같았다.

물론 지극히 일방적인 나의 상상일 터이다. 똘이는 단지, 늦게까지 돌아오지 않는 주인의 안위를 걱정하는 건지도 모른다. 충견답게 말이다. 개는 수만 년 전 선사시대에 늑대 무리로부터 떨어져 나와 오늘날까지 인간의 곁에서 살아온 충성스러운 동물이다. 주인에 대한 맹목적 충성과 집착이 그런 울음의 근원인지도 모를 일이라고 나는 또 생각했다.

하지만 권씨네 얘기로는, 똘이는 주인이 돌아와 울타리 밖으로 데리고 나갈 때까지 하루고 이틀이고 오줌똥을 싸지 않는다고 했다. 오줌보가 꽉 차서 절절매면서도 한사코 참으며 주인이 귀가하기를 기다린다는 것이다. 그래서 여러 날 만에 배설을 할 때 보면 종종 피가 섞여 나오기도 한다고 했다. 그러니까 주인이 며칠씩 집을 비울 때마다 똘이는 일쑤 그런 고역을 당하는 셈이었다. 그렇다면 저 구슬픈 울음도 단지 생리적 욕구를 제때 해결하지 못한 짐승의 고통스러운 울부짖음에 불과하단 말인가?

어쨌거나, 그런저런 사정을 알고서야 어떻게 마음이 편하겠느냐는 아내의 생각은 옳다. 나 역시 공감한다. 결국 개 때문에 발목 잡혀 사는 형국이 되고 말리라. 그러므로 개를 두는 일은, 물과 사료만 충분히 넣어주면 따로 신경 쓸 게 없는 닭이나 토끼 같은 짐승을 치는 것과는 사정이 다른 것이다. 무릇 개란 너무 민감하고 영리한 동물이어서 비단 식용으로 취하는 데만 거북스러운 존재가 아니라 곁에 두고 예뻐하는 일도 결코 쉽지 않은 동물인 셈이다. 수정란을 받아 손자들을 먹이겠다고 토종닭을 치기 시작한 아내지만 개를 두는 일은 한사코 내켜하지 않는 것도 당연했다.

한데, 그것만도 아니다. 개의 수명은 길어봤자 15년 정도라니, 육십 줄에 들어선 우리보다 먼저 종신할지도 모를 노릇이다. 그럴 경우 어떻게 그 일을 감당하는가도 큰 문제인 것이다. 늙어서 꼴이 추레해지는 건 개라고 예외가 아니다. 개도 알츠하이머병을 앓는다지 않는가. 주인조차 알아보지 못하는 늙고 추레한 개를, 못지않게 추레해진 두

늙은이가 해종일 지켜보는 일은 상상만으로도 끔찍한 노릇일 터였다. 게다가, 우리 내외에겐 오랜 세월 알츠하이머병을 앓다 불과 몇 해 전에 타계한 아버지의 기억이 아직도 생생한 터였다.

기억력을 잃어버린다는 것은 자아를 포함하여 일상적 삶의 관습들조차 송두리째 잃어버리는 것을 뜻한다. 먹고 배설하는 최소한의 행위조차도 스스로 감당하지 못하는 비루한 육체만 남게 되는 것이다. 어쩌면 진돗개 순종을 분양해 주겠다는데도 아내가 마다했던 진짜 이유가 여기에 있는지도 모른다. 노년의 외로움과 그리고 치매! 이것이 노년의 일상을 지배하는 죽음 의식의 실체가 아닐는지. 늙은 개와 동무하는 노년의 삶이란 마치 등신대 거울을 마주하고 사는 것처럼 끔찍한 노릇일 터. 그리고 보면, 우리 내외가 도시를 떠나온 것도 결국 노추를 자연 속에 감추고 싶은 체면 의식 때문이었는지도 모를 노릇이다.

녀석은 잡종견 치고는 꽤 잘생긴 편이었다. 게다가 약간 잿빛이 도는 흰 털이며 똘망똘망한 눈망울 등 비교적 청결하고 건강한 상태여서 아무렇게나 사육 당했던 건 아닌 듯싶었다. 귀염을 받았던 놈이 귀염을 떨 줄도 안다. 녀석은 나를 보자마자 서슴없이 내 바짓가랑이를 물고 늘어지는 시늉을 하더니 앞발을 쳐들고 무릎 위로 기어오르고, 촉촉하고 부드러운 주둥이와 혓바닥으로 손을 핥는 등 한동안 애교를 떨었다. 그런 다음, 어느새 목 방울을 딸랑대면서 집 안 구석

구석을 큼큼거리고 쏘다녔다. 마치, 오랜만에 시골에 온 손자 녀석들이 하는 짓거리나 진배없어 나로서는 그저 허허 웃을 수밖에 없었다.

녀석은 콧구멍을 벌름거리며 먼저 데크 구석구석을 점검하고 나서 마당으로 사뿐 내려섰다. 때마침 잔디밭 위를 너울거리는 흰나비를 발견하고 녀석은 강중강중 뛰어갔다. 하지만 어림없는 수작이다. 금방 나비를 놓쳐버린 녀석은 갑자기 땅바닥에다 주둥이를 문질러댔다. 두더지라도 본 걸까? 그러나 촉촉하게 젖고 말랑말랑한 콧등에 흙만 잔뜩 묻혔을 뿐이었다. 녀석은 투레질을 하듯 콧소리를 내며 머리를 내저었다. 그러고 나서 잠시 주위를 둘러보는 시늉을 하더니 곧바로 닭장으로 달려갔다. 울타리 철망에 옹기종기 나붙어 밖을 내다보고 있던 병아리들이 일제히 물러나 흩어졌다. 녀석은 얌전히 서서 안을 들여다본다. 흡사 처음 보는 것 같은 눈빛이다. 저렇게 종종거리는 것들은 뭘까? 그 눈빛은 그렇게 묻고 있는 것만 같다.

녀석이 보고 있는 세계와 내가 보는 세계가 사뭇 다를 수도 있으리라. 저런 순간 짐승의 맑은 눈빛이 보고 있는 세계가 나는 늘 궁금하다. 일테면, 아침마다 뜨락의 잣나무 가지에 서너 마리씩 날아와 앉아 한동안 쫑알거리다 가는 곤줄박이들이나 또는 하루에도 여러 차례 마을 위를 너울너울 날아가는 왜가리들이 내려다보는 풍경은 어떤 것일까, 매번 궁금해지곤 했던 것이다. 지금 녀석이 보고 있는 것은 닭장 안에 갇혀 있는 병아리들일까? 아마도 그런 건 아닐 거라고 나는 상상했다. 그것은 난시 내가 보는 풍경일 뿐. 그럼 녀석이 보고 있는 세상은 어떤 것일까?

글쎄다. 녀석은 잠시 머리를 갸우뚱거리는 듯도 싶었다. 하지만 다시 꼬리를 살랑거리면서 울타리를 점검하기 시작했다. 만에 하나 쥐구멍이라도 있어서는 안 되지, 하고 아내가 저녁마다 점검하던 식이다. 닭장 울타리 가장자리를 따라 꼼꼼히 확인하고 난 녀석은 갑자기 몸을 홱 돌려 푸성귀가 무성한 텃밭 쪽으로 달려갔다. 그러고는 고구마 덩굴이랑 옥수수 이랑을 헤집으며 철부지 아이처럼 한바탕 분탕질을 했다. 에구, 저걸 어째! 저 말썽꾸러기를 어째! 아내가 연신 비명을 내질렀지만 녀석은 아랑곳하지 않았다. 녀석에게는 너무나 신명나는 신천지의 발견인지도 모를 일이었다.

그러니까 새 주인과 새 집을 얻은 터라 녀석의 감정이 한껏 고조돼 있음이 분명했다. 저러다 혹 미치기라도 하는 건 아닐까 걱정될 정도여서 정작, 우리의 텃밭이 아작 나고 있다는 생각이 든 것은 한참 뒤였다. 급기야 아내가 소리를 지르며 좇아갔다. 그러자 녀석도 기력이 바닥난 건지 어기적거리며 밭고랑에서 기어 나왔다. 검불이며 푸성귀 조각들을 온통 뒤집어 쓴 몰골을 하고서였다.

내가 밥과 물을 챙겨주자 녀석은 허겁지겁 먹어치웠다. 그러고는 데크 구석에 자리를 잡고 드러누웠다. 까맣고 윤기 나던 눈알이 안개를 가득 머금는가 싶더니 녀석은 금세 잠이 들었다. 마치 요람 속의 애기처럼 깊고 편안한 잠이었다. 회색의 얼룩무늬가 드문드문 찍혀 있는 몸뚱어리를 똬리처럼 조그맣게 말고 있는 꼴이 꽤나 앙증맞아서 나는 그만 풀썩 웃고 말았다.

세상에, 저렇게 천연덕스러울 수가!

녀석은 어느새 한식구가 돼 있었던 것이다. 아니, 한식구가 됐으니 더 이상 시비하지 말라는 투였다.

아내도 손을 들 수밖에 다른 도리가 없었다. 식구라는 게 으레 그렇듯이 녀석과의 만남 역시 운명적인 것이라고 치부하는 듯싶었다. 모든 인간관계의 단초는 우연한 만남에 있지 않던가. 그런 만남이 세월과 더불어 자라고 가지를 치고 꽃피고 열매 맺은 게 우리 생이 아니랴. 그러므로 운명적 만남을 거부하는 행위는 곧 자기 생을 부정하는 일에 다름 아닐 것이었다. 녀석을 식구로 받아들이는 일은 확실히 성가시고 짐스러운 노릇이었지만 이제 와서 어쩌겠는가, 담담하게 수용하기로 우리 내외는 은연중 작정하는 마음이었다.

이튿날부터 내가 골몰한 일은 녀석의 이름을 짓는 일이었다. 나는 꽤 진지한 고심 끝에 '자망'이라는 이름을 붙여 주었다. '부생이 공자망'(浮生空自忙: 부평초 같은 인생인데 공연히 저 혼자 바빠한다)이란 글귀의 그 자망이다. 괜히 이 구석 저 구석 열심히 쑤석거리고 다니며 부지런을 피우는 녀석의 꼴을 빗댄 것으로, 제발이지 자중자애하여 가급적 말썽 피우는 짓은 저지르지 말아달라는, 우리 내외의 대책 없는 희망 사항을 담은 작명이었다. 하지만 일단 자망이라 부르고 보니 좀 거북스러운 느낌이 남았다. 청바지에 갓 씌운 꼴이라서 그런가 싶었는데 다시 생각해본즉 그게 아니었다. 그렇듯 자망 떨고 다니는 이가 어찌 너뿐이랴 싶은 자격지심이 내 안에서 은근히 준동했던 탓이었다.

그날 밤, 나는 꿈을 꾸었다. 뜰에서 배추흰나비를 쫓아다니다가 닭장 앞에 멈추어 섰다. 어느새 중병아리로 자란 닭들이 노란 부리를 비비대며 서로 키 자랑을 하고 있었다. 그중 몇 녀석의 정수리에선 빨간 맨드라미꽃잎이 돋아나고 있었다. 너무나 예쁘고 사랑스러워서 녀석들과 동무하고 싶어졌다. 하지만 울타리가 너무 높았다. 나는 고구마 넝쿨 속으로 뛰어들었다가 다시 옥수수 이랑을 헤집고 다녔다. 숲은 깊고 싱그럽고 미끄러웠다. 그런 속을 헤집고 다니는 일에 신명이 집혀 가슴이 뛰고 싸하니 아렸다. 나는 도무지 참을 수 없는 어떤 감동 때문에 흙을 뒤집어쓰며 마구 뒹굴다가 문득 잠에서 깨어났다. 엉뚱하게 내가 자망이가 된 꿈이었다. 그런데 더 엉뚱한 것은, 깨고 나니 그렇게 서운할 수가 없다는 점이었다. 아침이 되도록 다시는 잠을 이루지 못한 채 몸을 뒤척이며 나는 아득한 기억 속을 헤매었다. 그래, 여태껏 어디를 기웃거리고 다녔던가?

낡고 몽롱한 회상의 바다에서 허우적거리고 있는 실루엣 하나를 나는 간신히 건져 올렸다. 그리고 자문했다. 저 모습이 젊은 날의 나였던가? 충혈된 눈과 꺼벙한 어깨, 지척대는 걸음걸이…… 욕망의 충동과 잦은 허기와 깊은 갈증에 대책 없이 내몰리기만 했던 순간들이 낡은 영상처럼 자욱하니 피어올랐다. 그러면서 느닷없이 귓불이 확 붉어졌다. 지나온 삶을 뭉뚱그려 보면 너무 서툴렀고 너무 아둔했었다고, 대중없이 나는 자책했다. 크고 작은 상처들을 주거니 받거니 하며 그 시절 나를 스쳐 지나간 얼굴들이 떠올랐고, 그러자 도무지 감당하기 어려운 자괴감이 나를 사로잡았다. 지나온 삶의 태반이 참으로 졸렬했었다는 의식이 나를 한정 없는 부끄러움 속으로 밀어 넣었다.

그러고 나서 며칠 동안, 우리는 비교적 단란한 분위기 속에서 살았다. 빈 고구마 박스가 녀석의 임시 거처였다. 현관문 밖에다 박스를 놓고 그 안에 헌 옷을 깔아주었더니 녀석은 금방 용도를 알아챘다. 낮에는 그 속에 웅크리고 누워 잠자는 시늉을 했다. 그러나 밤이 되자 집 안으로 들어오겠다고 한동안 보챘다. 현관문을 긁어대며 자꾸만 칭얼거렸다. 하지만 안 될 일, 어쩔 수 없이 식구로 받아들이기는 했지만 그렇다고 안방까지 허용할 생각은 없었다. 개를 엄청 사랑하는 '개엄마' '개아빠' 들을 볼 때마다 늘 다짐해 왔듯 최소한 그 정도의 분별은 필요하다는 게 우리 내외의 생각이었다. 결코 인간의 위신 때문이 아니다. 발톱이 잘리고 버선을 신고 심지어는 성대나 성기까지 거세당한 채 살아야 하는 개들의 처지가 딱해서였다. 인간이 남을 사랑하는 방식은 늘 그런 식이다. 철저하게 자기 본위적이어서 타자로 하여금 금방 질식하게 만든다.

다행히 녀석은 포기할 줄도 알았다. 아마 전 주인도 밖에서 재웠던 모양이었다. 적어도 그 점에서는 어느 정도 학습이 된 것 같았다. 어쨌거나, 아침에 일어나 뜰로 나서면 녀석이 꼬리를 흔들며 달려왔다.

그러면 우리는 닭장 쪽으로 다가가 그 앞에 나란히 서서 병아리들의 수다스러운 아침인사를 받곤 했다. 내가 모이를 주고 물을 갈아주는 것을 녀석은 곁에서 얌전히 구경했다. 토끼 대신 녀석을 두게 된 것도 괜찮은 일이라는 생각이 드는 순간이었다. 토끼는 초식동물이라 순하다고 누가 말했었다. 자망이는 비록 잡식동물이긴 해도 토끼 못지 않게 평화를 사랑할 듯도 싶었다. 짖지 않는 개가 문다는 말이 있다. 그러나 자망이처럼 넉살 좋고 호기심 많고 적응이 빠른 녀석들치고 성정이 난폭하거나 잔인한 놈은 없다고, 은연중 나는 속단하고 있었는지 모른다.

특히 오후의 평화로운 시간을 녀석과 함께하면서 그런 믿음을 키웠던 것 같다. 자망이는 그랬다. 아침 이른 시간부터 바쁘게 집안 구석구석을 쑤석거리고 다니며 끊임없이 말썽을 피우던 녀석도 오후로 접어들어 산골 특유의 고요하고 평화로운 분위기로 접어들면 어느새 동작이 무뎌지고 표정까지 뜨악해지는 것이었다. 녀석은 볕바른 곳에 자리를 잡고 앉아 종종 이 잡는 시늉을 하다가 태연히 제 생식기를 핥고, 그리고 자주 입이 찢어져라 하품을 했다. 나중에는 네 발을 앞뒤로 쭉 내뻗어 배를 데크 바닥에 밀착시킨 다음 세모꼴의 머리통마저 바닥에 내려놓았다. 그러고는 초점 없이 몽롱한 눈을 자주 껌뻑거리다가 필경 잠 속으로 빠져들곤 하는 것이었다.

말하자면 더할 나위 없는 한가로움과 게으름 곧 무위자연의 극치를 보여주는 듯싶었다. 나는 그런 풍경이 싫지 않았고, 그럴 수 있는 녀석이 밉지 않았다. 어쩌면 자망이 녀석이야말로 낙천가요 진짜 평화주의자란 믿음이 드는 것이었다. 나는 녀석의 그 도저한 여유가 부러웠다. 나 또한 그것을 소망하지만 결코 이룰 수 없음도 알았다. 아직도 말끔히 소진되지 못한 욕망의 잔재들 때문인가. 아니면, 미구에 어떤 식으로든 감당해내야 할 생의 마지막 과정 때문인가. 그렇듯 평화로운 잠에 든 자망이 곁에서 나는 기우는 해를 초조하게 지킬 수밖에 없었다.

그러던 어느 날, 아침상을 물리고 나서 별채의 서재로 건너가다가 나는 자망이와 마주쳤다. 실인즉, 마주쳤다기보다도 녀석에게 붙잡힌 꼴이었다. 마치 길목을 지키고 있었던 것처럼 자망이 녀석이 내 앞을 당당하게 가로막고 나섰던 것이다. 그러고는 앞발을 치켜들고 내 가슴팍 높이로 풀쩍풀쩍 뛰어올랐다. 꼬리를 연신 흔들어대는 걸로 보아 녀석의 기분이 몹시 고무된 상태임이 분명했다. 그런데도 왠지 섬뜩한 느낌 같은 것이 심장을 베고 지나가는 듯했다.

이게 뭐야?

순간 나는 경악의 외침을 내지르고 말았다. 주둥이를 한껏 치켜든 자망이 녀석이 내 눈높이로 뛰어올랐을 때 나는 녀석이 물고 있는 울긋불긋한 무슨 헝겊 뭉치 같은 것을 얼핏 보았는데 세상에! 그게 다름 아닌 병아리였던 것이다. 나는 그만 얼어붙고 말았다. 충격 때문에 옴짝달싹할 수가 없었다. 녀석은 내 발치에다 그것을 내려놓았다.

그런 다음 천천히 꼬리를 흔들면서 나를 빤히 올려다보았다. 그 일련의 몸짓과 표정에서는 흡사 사냥꾼의 거만함 같은 게 느껴졌다.

자망이 녀석의 잔혹한 행위에 대해 맹렬한 분노가 끓어오른 것은 잠시 뒤였다. 병아리는 되살아날 가망이 없었다. 나는 가만히 웅크리고 앉아 그 작은 몸뚱어리를 조심스레 내 손바닥 위에 올려놓았다. 그 가엾은 희생자는 목이 꺾이고 날개가 부러진 채였다. 아직 온기는 남아 있었지만 이미 여린 생명은 꺼진 상태였다. 정수리에 빨간 벼슬이 당당하게 돋아나고 있는 것으로 보아 수컷임이 분명했다. 이건 정말 말도 안 되는 짓이다, 잔혹한 폭력이다. 그제야 분노의 마그마가 내 안에서 끓기 시작했다.

나는 막대기 같은 것을 하나 집어 들었다. 그러고는, 포획물을 내던져두고 돌아서서 꼬리를 살레살레 흔들며 멀어지고 있는 자망이 녀석을 좇아갔다. 녀석이 뒤를 힐끗 돌아보는 듯싶었다. 아마도 내가 제 녀석에게 무슨 대단한 호의를 품고 다가오는 것이라고 착각했는지 모른다. 녀석은 분명코 기분 좋은 표정이었다. 나는 녀석을 향해 막대기를 난폭하게 휘둘렀다. 등때기건 대갈통이건 가리지 않고 마구 두들겨 팼다. 폭력은 휘두르면 휘두를수록 증오와 적의를 증식시키는 효과가 있다. 막대기를 꼬나 쥔 팔에 힘이 불끈불끈 솟았다. 녀석은 도망칠 생각도 못하고 고구마 박스 속으로 머리를 처박은 채 비명만 질러댔다. 좀 전의 그 도저한 기분은 박살이 난 채 온통 두려움의 공황에 빠진 몰골로 오줌을 지리고 사지를 와들와들 떨었다.

나는 그제야 막대기를 내던지고 숨을 골랐다. 그러고는 녀석을 상대로 한바탕 훈계를 늘어놓았다. 미욱한 짐승도 아닌 것이 이 무슨 야만스러운 짓이냐. 또다시 이런 짓거리를 되풀이하면 당장 내쫓길 줄 알아라. 말하자면 그런 꾸짖음과 다짐이었다. 녀석은 겁에 잔뜩 질린 눈빛을 하고 시종 바들바들 떨고만 있었다. 그래서 나는 쉽게 믿었다. 이만큼 혼이 났으니만치 아무리 미련한 녀석이라고 해도 그런 행위는 절대로 용서받지 못한다는 것을 머리에 단단히 각인했을 테지 하고.

　그러나 어리석고 안이한 나의 믿음은 오래가지 못했다. 그로부터 불과 사나흘 뒤에 녀석은 똑같은 짓을 되풀이했던 것이다. 아내와 내가 만든 울타리는 너무 어설퍼서 병아리를 노리는 난폭한 짐승에게는 마른 수수깡처럼 무력했던 모양이다. 서재에 앉아 있던 내가 병아리들의 날카로운 울음소리에 놀라 달려갔을 때는 울타리 안으로 침투한 자망이 녀석이 이미 한 마리를 물어 죽인 다음 세 번째 희생자를 신나게 좇는 중이었다. 사방이 막힌 좁은 공간 속에서도 사냥감을 좇는 녀석의 몸짓이 날렵해 보였다. 비명을 싸지르며 필사적으로 달아나는 병아리들 중 또 한 마리를 녀석은 답삭 물어 챘다. 뒤따라 나온 아내가 그 피비린내 나는 현장을 목격하고 비명을 내질렀다. 머리카락이 올올이 일어설 만큼 끔찍한 장면이었다.

　비로소 나는 냉정해졌다. 체벌이나 꾸중 따위로 쉽게 훈육시킬 수 있는 상대가 아니라는 사실을 그제야 나는 깨달았다. 그 작은 학살자의 내면에는 아무리 강도 높은 질책과 징계도 결코 통하지 않는 어떤 영역이 있다는 데에까지 생각이 미쳤다. 그러자, 치명적인 사고를 친 도사견 이야기가 기억났다.

체중이 백 킬로그램에 육박하는 개였다고 했다. 한데도 주인을 잘 따라서 평소 단 한 번도 문제를 일으킨 적이 없었다. 사고를 낸 그날도 주인 사내는 종종 그래왔듯이 녀석을 욕조에 집어넣고 샴푸를 풀어 목욕을 시키던 중이었다. 녀석은 우람한 몸뚱이를 주인에게 내맡긴 채 기분 좋게 샤워를 받았다. 그러니까 이상한 낌새는 어디에도 없었다고 했다. 한데, 등 뒤에 있는 타월을 집으려고 주인 사내가 무심히 상체를 튼 순간 녀석으로부터 참으로 돌발적인 공격을 당했던 것이다. 맹수의 앞발 하나가 등 뒤에서 불쑥 튀어나와 사내의 정수리를 잡아챘다고 했다. 흡사 잔디를 따내듯 두피의 반 이상이 훌렁 벗겨진 대형 사고였다. 사내는 처음 당황했지만 곧 침착을 찾았다. 그는 도사견을 꾸짖어 몰아낸 다음 타월로 머리를 꽁꽁 싸매고 나서 119를 불렀다고 했다.

나는 막대기를 다시 집어드는 대신 녀석을 묶어놓을 알맞은 목줄을 찾아냈고, 그것으로 데크 난간에다 녀석을 단단히 매어 놓았다. 녀석은 결국 행동반경이 고작 서너 걸음 정도인 좁은 공간에 감치監置 처분을 당한 셈이었다.

자유를 잃은 녀석은 밤새 깨갱거리고 울었다. 내가 잭 런던의 저 감명 깊은 소설 『야성이 부르는 소리』를 문득 회상한 것도 그날 밤의 일이었다. 세인트버나드와 스코틀랜드 셰퍼드의 혼혈종인 '벅'의 이야기가 그것이다. 벅은 문명화된 세상에서 잘 길들여진 개였으나 주인의 변덕 때문에 어느 날부터 동토의 땅 알래스카에서 썰매를 끌게 된다. 눈과 얼음으로 뒤덮인 혹독한 환경 속에서 냉혹한 자연법칙과 맞닥뜨린 벅은 생존을 위한 처절한 투쟁을 이어가는 중에 점점 야성을 회복해 간다. 그것은 아득한 옛날 늑대의 무리로부터 갈라져 나와 인간의 곁에서 머물러 살기로 작정한 이래 그의 조상들이 잃어버린 바로 그 야성이었다. 오랜 세월 거세된 늑대로 살아왔던 벅은 마침내 원래 그가 속해 있었던 자리인 늑대 무리 속으로 되돌아간 것이다.

그게 어찌 벅의 이야기만일까, 하고 나는 생각했다. 우리 안의 저 깊은 곳에도 아직 순치되지 못한 야성이 끊임없이 뒤척이고 있지 않는가 말이다. 우리 인간사회에서 끊이지 않고 되풀이 되고 있는 저 잔인하고 무자비한 폭력들을 보라. 나는 그제야 녀석을 조금은 이해한 기분이 들었다. 어쩌면 녀석은 칭찬을 기대했는지 모른다. 새 주인에게 사냥 솜씨를 뽐내 보임으로써 더 큰 신뢰와 사랑을 얻고 싶었는지도 모를 일이었다. 문득 어느 시인의 노래가 떠올랐다.

너는 착해질 필요가 없다.

(……)

다만 연약한 동물, 네 몸이 사랑하는 것을

사랑하게 하라.[*]

그러자, 녀석을 꾸짖고 매질한 나의 오만이 한없이 부끄러워졌다.

원래 풀어놓고 키운 건지, 아니면 우리 집에 와서 잠시 맛본 자유가 그리워서인지 자망이는 목줄과 씨름하며 밤새 짖어댔고, 나는 동물의 뿌리 깊은 야성을 새삼 두려워하며 내내 잠을 설쳐야만 했다. 그래서였으리라. 새벽녘에야 설핏 든 잠 속에서 나는 한 떼의 늑대에게 쫓기고 있었는데 어느 순간 그것들이 한 무리의 원시인들로 바뀌어 있었다. 돌도끼와 돌창을 휘두르며 맹렬히 사냥감을 좇고 있는 원시 인간들의 모습! 화들짝 놀라 잠이 깬 나는, 미명의 어둠 속에서 자망이의 끈질긴 울음소리를 다시 들었다.

쟤를 어떻게 해!

아내도 잠을 설친 듯 한숨을 내쉬었다. (2010)

---

* 메리 올리버의 「기러기」(1986)에서.

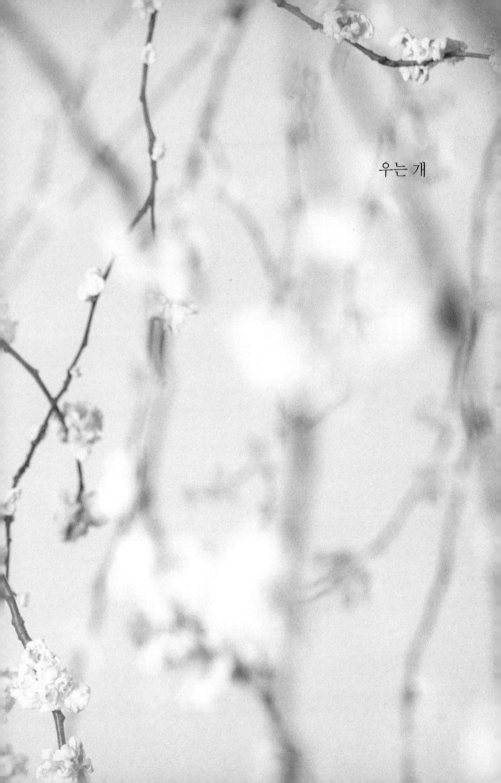

우는 개

보름 만에 텃밭을 찾았다. 한 시간 반을 내처 달려와서 골짜기로 들어가는 비포장 길로 꺾어들자마자 저 기분 나쁜 울음소리가 들렸다. 김씨 노인네 개가 우는 소리였다.

"저놈의 개가 아직도 살아 있네!"

조수석에서 아내가 투덜댔다. 그럴 만도 한 것이, 개가 그냥 짖어대는 소리가 아니었기 때문이다. 들을 때마다 섬뜩한 느낌을 줄 만큼 음산한 톤으로 목을 길게 잡아 빼며 토해내는 울음소리였던 것이다. 두어 달 전부터 시작된 짓이었다.

"저 개, 미쳤다니까⋯⋯" 아내가, 이미 여러 차례 내 뱉었던 말을 또 되풀이했다. "저놈의 개, 빨리 없애야 돼. 미친개를 집 안에 그냥 두면 재수가 없다잖아⋯⋯"

그랬던 것도 같다. 나는 내가 태어나 유소년기를 보냈던 고향 마을을 떠올렸고, 오래전에 지금 내 나이도 채우지 못한 채 저세상으로 가신 할아버지 할머니의 얼굴을 참으로 오랜만에 회상했다. 그분들은 오밤중에 들려오는 늑대 울음소리보다도 개가 저렇게 우는 소리를 더 싫어했던 것 같다. 뉘 집 망칠라고 개가 저렇게 운다냐? 언젠가 할머니가 내뱉은 말이 기억났다.

자동차 한 대가 겨우 다닐 수 있는 길이다. 그 길의 중간쯤에 있는 김씨네 집 앞에서 나는 차를 세웠다. 사립문 곁의 나지막한 비닐하우스가 개집이다. 잎이 누렇게 시든 호박넝쿨이 그것을 뒤덮고 있어 안이 어두웠다. 거기 문제의 개 말고도 두 마리나 더 동숙하고 있었다. 하지만 녀석들은 짖는 시늉만 조금 했을 뿐 금방 잠잠해졌다.

"식구가 더 늘어났구먼."

내가 안을 기웃거리며 중얼대자 아내가 대꾸했다.

"어디서 또 주워 온 거지 뭐. 하여간 이 댁 셋째는 살림꾼이라니까."

셋째란 김씨네 다섯 아들 중 셋째아들을 가리킨다. 가까운 읍내 거리에 살면서 트럭을 모는 그는 곧잘, 남이 버린 물건들을 아비의 집으로 주워 날랐다. 낡은 가구에서부터 애완용 동물들까지 그 물목이 꽤나 다양했다. 덕분에 김씨네 집은 밖이고 안이고 가릴 것 없이 그런 잡동사니 물건들로 늘 어지러웠다.

시동을 걸어둔 채로 나는 김씨네 마당을 기웃거렸다. 여러 날 만에 온 터라 기척이라도 해두려는 생각에서였다. 마침 안쪽 현관문이 벌컥 열리더니 김씨 노인의 자그마한 모습이 나타났다. 땀과 흙으로 버무려진 입성을 보아 일을 하다 말고 갈증을 끄려 집에 들른 모양이었다. 낯빛이 불콰했다.

"미친놈 있지 왜……"

내 차를 발견한 김씨 노인이 다가와 말했다. 앞뒤 없이 불쑥 내뱉듯 하는 평소 어투 그대로다. "목매달아 죽었다구, 그제 밤에……."

나는 잠시 혼란스러웠다. 미친개 때문이었다. 나는 얼른 대꾸하지 못했다. 아마도 운전석에 앉은 채로 뜨악한 눈빛을 치뜨고 있었음에 틀림없다. 그러자 김씨 노인이 술과 햇볕에 잘 익은 얼굴을 일그러뜨리며 히죽히죽 웃더니 또 말했다.

"그 미친놈, 마누라 죽고 딱 두 달만이야. 잘 갔지 뭐."

그제야 나는 노인의 말귀를 알아들었다. 미친개 이야기가 아니라 한씨 노인 이야기였던 것이다. 하지만 나는 여전히 대꾸할 말을 잊은 채였다. 너무나 갑작스러운 죽음인데다 그것도 '목매달아 죽었다'는 말에서 꽤나 충격을 받았던 것이다. 남은 이빨보다 빈자리가 더 많은 입속을 허무하게 드러내 보이며 무심히 웃고 있는 김씨 노인의 얼굴을 나는 멍하니 쳐다보기만 했다. 개 울음소리는 잊은 채였다.

여주 지나 문막은 내가 사는 도시에서 대충 한 시간 반 거리다. 그곳 밤산골에 텃밭을 마련하고 드나든 지 어느새 다섯 해가 넘었다.

마을은 골짜기 들머리에 열 가구 남짓, 그리고 안쪽 산비탈 여기저기에 흩어져 있는 대여섯 가구가 전부다. 벼농사 외에는 고구마 땅콩 옥수수 농사를 주로 하고, 축사가 없어 비교적 깨끗한 지역이다. 한낮에는 산비둘기 울음소리가 깊고 여름밤이면 반딧불이가 흔하게 날아다닌다. 무엇보다 자동차 소리와 매연이 없어 좋다. 우리 내외가 틈만

나면 밤산골을 찾곤 하는 가장 큰 까닭도 그것이었다.

우리 텃밭은 들머리 마을을 저만치 내다보는 산발치에 있다. 거기 마련한 다섯 평 반짜리 스틸하우스가 우리의 거처다. 컨테이너 박스처럼 지게차가 난짝 들어다 놓은 가건물이지만 비바람을 가리기엔 충분했다. 거기에다 전기를 끌어들여 패널을 깔았고, 소형 냉장고와 외짝 싱크대도 갖추었다. 그리고 지하수를 개발하여 수도꼭지를 달았다. 그러고 나니 생활에 필요한 최소한의 기본적인 시설 중에서 빠진 것이라곤 화장실 정도였다. 나는 궁리 끝에 재래식 변소를 다소간 개량한 건식 화장실을 만들었다. 외형은 이른바 푸세식이지만 왕겨를 사용함으로써 냄새를 없애고 파리나 구더기 같은 벌레들이 꾀지 않게 한 것이다. 왕겨는 김씨네로부터 무상으로 공급받았고, 거기서 나온 인분은 밭고랑에 묻었다. 특히 고구마 농사에는 그보다 좋은 거름이 없다. 소변은 플라스틱 통에 따로 받아 두었다가 충분히 삭힌 뒤에 주로 부추 밭에 뿌린다. 내가 매번 감탄하는 바지만 우리가 먹고 배설한 것이 다시, 먹을거리 재배에 가장 유효한 거름이 되었다.

어쨌거나 그만하면 며칠씩 기거하는 데에는 별 불편이 없었다. 너도나도 맨션 맨션 하지만 우리들이 언제부터 맨션아파트에 살았나. 굳이 판자집 단칸방에서 살던 시절을 회상할 것도 없이 나는 이만하면 족하다 싶었다. 그래서 우리 내외는 겨울 한 철을 빼고는 거의 주말마다 드나들었고, 특별히 발목 잡힌 일 없을 때는 며칠씩 묵어가곤 했다.

김씨 노인은 마을과는 약간 떨어져 있는 나의 우거에서 거의 유일한 이웃이다. 당신하고 죽이 잘 맞는 친구라고 언젠가 아내는 말했다. 나는 그 말에 흔쾌히 동의했다. 하지만 그는 올해 일흔일곱이니 나보다 적어도 십 년 이상의 연장자다. 뿐더러, 이 골짜기에서 태어나 지금까지 농사만 천직으로 알고 살아온 사람이므로 풋내기 사이비 농사꾼인 나에게는 좋은 스승이기도 했다. 생명 있는 것을 다루는 일이 다 그렇듯이, 농사야말로 책에서 배운 지식보다 몸으로 체득한 것이 더 유효하다. 칠십 평생 땀으로 학습한 산지식을 그는 아무 때고, 그리고 공짜로 나에게 전수하곤 했으므로 지식을 사고파는 세상— 지난해까지만 해도 내가 몸담고 있었던 그 세상! —의 저 각박한 인심과는 견줄 바가 아니다. 그는 또, 주인 없는 날이 더 많은 우리 집과 밭을 관리해 주고, 우리가 미처 갖추지 못한 농기구들을 선선히 내주었다. 이따금 덫으로 잡은 야생 짐승의 고기를 나누어 주기도 했다.

그것만도 아니다. 내가 대접이랍시고 소주병을 까놓고 마주앉을라치면 그는 곧장 로컬 뉴스를 전해주는 아나운서가 된다. 골짜기 안쪽에 있는 폐목장이 최근 매물로 나왔는데 평당 얼마를 달랜다느니, 이 골짜기로 내년 봄에 집 지어 이사 오겠다는 외지인이 세 가구나 된다느니, 올해 벼농사 작황은 대체로 양호한 편이지만 시중 쌀값이 낮아 걱정이라는 등 김씨 노인은 온갖 지역 정보들을 제공해주곤 하는 것이다. 유감이라면 대화다운 대화가 불가능하다는 점이리라. 귀가 절벽강산이라 그는 상대방의 입놀림을 보고서야 대충 말귀를 알아들었다. 그러다보니 소통 불능이 반은 되었다. 때문에 그는 듣기보다 말을 더 많이 하는 편이다. 그쪽이 훨씬 편하기 때문일 것이다. 술은 이홉들이 소주 한 병이면 되고, 치아가 없어 안주는 찾지도 않는다. 커다란 유리잔으로 딱 두 번이면 끝이다. 한자리에서 더 이상은 마시지 않는다. 대신 자주 한다. 하루에 보통 두세 차례씩. 그러다보니 늘 불쾌하게 취해 있다. 그런 상태로 김씨 노인은 농사라는 이름의, 저 고되고 오랜 노역의 자리로 군말 없이 되돌아가곤 하는 것이었다.

그런 김씨 노인에게 어릴 때부터의 단짝 친구가 바로 한씨 노인이었다. 같은 신미년 양띠 태생으로 동갑내기임에도 불구하고 김씨 노인은 그를 언제나 '미친놈'이라고 불렀다. 왜 미친놈이냐고 물었더니 대꾸인즉, 농사꾼이 일은 않고 자나 깨나 술 처먹을 궁리밖에 하는 게 없고 또, 술에 취하면 아무데서나 대책 없이 정신을 놓아버리는 통에 온갖 사단을 일으키곤 하니 그게 미친놈 아니고 뭐냐는 거였다.
"아, 지 마누라 중환자실에 눕혀두고도 줄창 술만 처마시더라니까!"
한씨 부인은 두 달 전에 암으로 사망했다. 위궤양을 오래 앓아왔는데 필경은 암으로 발전한 거라고 했다. 그녀의 곁에서 날마다 술에 젖어 산 사람은 멀쩡한데도 말이다. 그녀는 몹시 마른 체구에 허리도 약간 굽은 상태였다. 마을 사람들 말로는, 평생 일에 치여 살아서라고 했다. 아예 일손을 놓고 사는 남정네 탓이라는 거였다. 사실이 그랬다. 한씨 노인은 오른쪽 팔이 없는 장애인이었다. 얼굴도 정상이 아니었다. 심하게 화상을 입었던 흔적이 그대로 남아 있었다. 다이너마이트로 물고기를 잡으려다가 사고를 냈다고 했다. 그가 군에 있던, 오십 년도 더 전에 있었던 일이었다.

어쨌거나 한씨 노인은 그런 몸을 하고 날마다 술자리나 찾아다닌다는 얘기였다. 살뜰히 챙겨봤자 몇 뙈기 안 되는 농사를 나 몰라라 하고 여자 쪽으로 밀어놓은 채 말이다. 그에게는 농번기고 농한기가 따로 없었다. 술자리라면 때와 거리와 상대를 가리지 않고 쫓아다니는 위인이라고 했다. 동네 개가 따로 없노라고, 특히 김씨 부인이 치를 떨었다. 그러고도 모자라 무시로 불쑥불쑥 찾아와서는 술을 내놓으라고 생떼를 부린다는 것이었다. 오죽하면 내가 남정네들 술상을 엎어버리기까지 했겠느냐고 김씨 부인이 실토했을 정도였다. 농번기였다고 했다. 할 일은 첩첩이고 게다가 어렵사리 놉까지 맞춘 날인데 그 인간이 눈치도 없이 나타나서는 남편을 붙잡고 아침부터 술판을 벌이고 앉아 있는 꼴은 정말이지 허파가 뒤집어져서 그냥 보고 있을 수가 없더라는 것이었다. 하지만 그 지경을 당하고도 전혀 달라진 데가 없었다고 했다. 그 미친놈은 다음 날도 변함없이 태연하게 나타났고 우리 집 저 물정 없는 인간은 또 기다렸다는 듯이 얼씨구나 술판을 벌이곤 했다고 그녀는 거품을 물었다.

저 지난해던가, 한씨 노인이 술 때문에 나를 찾아온 적이 있었다. 그는 자기가 김씨 노인과는 불알친구임을 거듭 강조한 다음, 그 친구와 지금 딱 한잔해야 할 판인데 하필 그 집에 술이 떨어지고 없다면서, 나더러 소주 한 병만 꾸어달라고 했다. 그의 태도는 매우 진중하고 예의 발랐다. 비록 온전치 못한 몸일망정 입성은 깨끗했고 또, 어투도 조심스러웠다. 말하자면, 궁상스럽고 지저분한 주정뱅이 꼬락서니라거나 체면불구 염치불구식의 무뢰배와는 거리가 먼 차림새요 매너였던 것이다. 술이라면 소주건 맥주건 박스째 비축해 두고 있던 터였다. 나를 위해서라기보다 이따금씩 맞게 되는 객을 위한 것이었다. 나로서는 그깟 소주 한두 병쯤 흔쾌히 내줄 수 있었고 또, 처음엔 그럴 작정이었다. 그러나 다음 순간, 나는 문득 갈등에 빠졌다. 그랬다. 이런 식으로 이 위인과 한번 거래를 트고 나면 앞으로도 계속 성가시게 되리라는 생각이 설핏 떠올랐던 것이다. 나는 그를 향해 돌아섰고 그리고, 또박또박 말했다.

"이거 어쩌지요? 우리 집에도 소주가 없네요. 접때 온 친구들이 박스째 바닥을 내버렸거든요."

한씨 노인의 눈이 나의 얼굴을 찬찬히 더듬고 있었다. 마침 싱싱하게 쏟아져 내리던 햇빛 탓이었을까. 유별나게 뺀질거리는 낯가죽 가운데서, 언저리가 약간씩 짜부라진 두 눈이 내 쪽을 향해 맑고 순하게 열려 있었다. 순간적으로 내 귓불이 붉어졌으리라. 나는 허둥대기 시작했다.

"맥주는 남은 게 있습니다만 괜찮으시다면 그거라도 두어 병 드릴까요?"

나에게서 눈길을 거두어 가며 그가 어눌하게 대꾸했다.

"그거야 싱거워서 원……."

한씨 노인의 뒷모습이 몹시 허전해 보였지만 그렇다고 내 쪽에서 금방 말을 바꿀 수도 없었다. 대문간까지 배웅하는 것으로 그 일은 마무리되었지만 정말이지 거지같은 내 기분은 그날 내내 나를 짜증 나게 만들었다. 다시 술을 꾸러 온다면 두말 않고 내주리라 나는 다짐했지만 그날 이후 한씨 노인은 두 번 다시 나를 찾지 않았다.

텃밭 입구에 간짓대 하나를 가로질러 놓은 게 우리 집 대문 단속의 전부다. 그것만으로도 주인이 부재중이라는 걸 알고 아무도 얼씬하지 않으니 참 신통한 노릇이었다. 물론 예외는 있다. 김씨네 개와 그리고, 크고 작은 온갖 날짐승 길짐승들이 그러했다. 그들은 주인 없는 집에 무시로 드나들며 이런저런 흔적들을 남겨놓곤 하는 것이었다. 쓰레기더미를 온통 파헤쳐 놓거나, 콩밭의 여린 새순들을 얄밉게 톡톡 잘라 먹어버리거나, 또는 고구마 밭이랑을 죄 뒤집어 놓거나 그랬다. 특히 김씨 노인네 개들은 여간 성가신 존재가 아니었다. 많을 때는 네댓 마리나 풀어놓고 키웠는데 그게 다 버림받아 떠돌아다니던 개들이어서 그런지 하나같이 못생기고 지저분한 말썽꾼이었다. 녀석들이 우리 텃밭을 들쑤시고 다니며 마구 분탕질하는 꼴을 더 이상 방치할 수가 없어 우리는 결국 적절한 조치를 요구했고, 김씨네 개들은 그때부터 저 비닐하우스 안에서 사육되고 있는 것이었다.

한번은 화장실 헛간 구석지에 새가 둥지를 틀고 있어 우리 내외가 보름 넘게 불편을 겪은 적도 있었다. 긴 겨울 동안 집을 비웠다가 봄이 되어 발걸음 했더니 곤줄박이 한 쌍이 먼저 무단 입주해 살고 있었던 것이다. 예쁜 꽃주머니 같은 둥지 안에는 아직 눈도 뜨지 못한 새끼가 네 마리나 고물거리고 있어 화장실을 드나들 때마다 여간 조심스럽지 않았다. 겁을 먹은 어미 새가 혹 새끼들을 포기하지나 않을까 염려해서였다. 하지만 그것은 기우였다. 두 주인가 세 주쯤 지난 어느 날 와서 본즉 빈 둥지만 덩그러니 남아 있었다. 그날 이후부터다. 샘가 자두나무에 부리가 아직 여린 새 몇 마리가 자주 날아와 한참씩 놀다가곤 했다. 나로서는 그들이 바로 고놈들인지 장담할 수 없었지만 아내는 굳이 걔네들이 분명하다고 주장했다.

어쨌거나 그런 경우라면 그다지 문제될 게 없다. 한때 서울 근교에 아름다운 별장을 소유했던 어떤 화가의 얘기를 들은 적이 있다. 부부가 오랜만에 별장을 찾았더니 잡초가 온통 잔디를 덮고 있더란다. 잠긴 문을 따고 한 발 앞서 거실로 들어서던 부인이 말했다. "당신, 웬 넥타이를 여기다 풀어놨수?" 그러나 다음 순간, 부인은 냅다 비명을 내지르며 엉덩방아를 찧었다. 그녀가 허리를 숙여 넥타이를 집어 들려는 순간 그것이 스르르 풀리면서 저 붉고 가증스러운 혓바닥을 날름거렸던 것이다. 이 불청객이 남긴 공포감은 여러 달이 지나도 쉬 지워지지 않았고, 결국 그들은 돈과 시간과 정성을 들여 가꾼 그 집을 처분하고 말았다. 지금도 그 부부는 남들이 전원주택 어쩌고 하면 고개부터 절레절레 내젓는다고 했다.

우리 내외는 다행히도 아직 그렇게 혼난 적은 없다. 그러나 이 골짜기라고 파충류가 왜 없겠는가. 실제 내 눈으로 여러 차례 목격하기도 했었다. 한번은 간이 샤워장 구석에 녀석이 똬리를 틀고 얌전히 앉아 있는 꼴을 보았고, 또 한 번은 딸기밭 고랑에서 메뚜기를 뒤쫓고 있는 놈을 보았던 것이다. 그러나 아내에게는 말하지 않았다. 그 기분 나쁜 동물이 아내에게 안겨줄 원시적 공포감을 생각하면 도무지 입도 벙긋할 수 없었던 것이다.

그 밖에도 성가신 게 한두 가지가 아니었다. 개미, 모기, 파리, 나방, 거미, 말벌, 개구리, 두꺼비, 지렁이, 구더기 등등 일일이 열거하기가 번거로울 정도다. 물론 그중에는 유익한 존재도 없지 않다. 하지만 시멘트 문화에 길이 든 도시인에게 그것들은 일단 거부감을 주는 존재들이었다. 아내는 개미, 모기, 파리, 나방을 몹시 싫어했는데 그중에도 특히 개미를 더 싫어했다. 텃밭 여기저기에 진을 치고 들어앉은 개미 떼를 퇴치하기 위해 그녀가 기울인 노력을 보면 그 곤충에 대한 혐오감의 정도를 실감할 수 있다. 에프 킬러 같은 분사식 약과 맹독성 농약, 그리고 석유, 목초액 따위를 뿌려도 별 효과가 없자 나중에는 토치버너로 태우고 끓인 물을 붓기까지 했다. 나로서는 좀 심하다는 생각이 들긴 했지만 다른 한편으로는 그녀의 고충을 이해할 만도 했다. 남보다 피부가 유독 여린 터라 아내의 몸뚱이는 개미들 탓에 매번 수난을 당하곤 했던 것이다. 그런 식으로 피부 스트레스가 거듭되면 살갗이 점점 더 거칠어지고 종당엔 피부암으로 진전될 수도 있다는 의

사의 말을 듣고 한때는 텃밭 농사를 포기할까 하는 고민에 빠지기도 했던 것이다.

"개미, 모기, 파리, 나방이 없는 시골은 없나? 그런 것들만 골라서 싸그리 씨를 말리는 약은 왜 안 나오지?" 아내는 종종 푸념하곤 했다. "잠자리, 나비, 새, 반딧불이만 있는 세상이라면 얼마나 좋을꼬······."

"아무렴!" 나는 더러 어깃장을 놓았다. "된장잠자리, 무당나비, 까마귀, 개똥벌레만 있는 아름다운 세상!"

"술이나 한잔 해요."

간짓대를 옆으로 젖혀놓으며 나는 김씨 노인을 향해 말했다. 늘 그래왔듯이 그는 머리를 살래살래 저으며 사양했다.

"나, 엄청 많이 먹었어. 일하러 가야 돼."

그러나 표정은 그게 아니었다. 술이라면 한씨 못지않아서 지고는 못 가도 얼마든지 마시고는 갈 양반인 것이다. 나는 그의 등을 떠밀 듯하며 내 거처로 안내했다.

평상 바닥에 상도 없이 술병 하나와 물 컵 두 개를 놓고 마주앉았다. 안주로는 참치 캔을 따놓았지만 어차피 구색 갖추기에 지나지 않다. 김씨 노인은 이번에도 물을 들이켜듯 단숨에 잔을 비워내고도 안주는 전혀 집지 않았다.

산골 마을의 가을해는 유난히 짧다. 텃밭의 반이 넘게 산그늘이 내

162

려앉고, 색신 고운 잠자리들이 마른 수숫대 위를 기웃거린다. 텃밭머리의 산수유나무 가지에선 까치 서너 마리가 진작부터 까작까작 울고 있다. 땅콩 밭을 헤집고 싶은 것이다. 멀리서 산비둘기가 쉬어터진 목소리로 끄윽끅 운다. 여름 나기가 힘겨웠던 모양이라고 나는 생각한다. 남녘으로 트인 하늘에서 머잖아 고운 놀빛이 번져 오리라. 하루 중 그 무렵이 너무 좋다. 나는 무연한 눈길을 여기저기 하염없이 던지고 있었다.

그러나 고요히 저물어 가는 산골 마을 풍경도 잠시, 개 울음소리가 다시 처량하게 들려왔다. 미친개가 또 울기 시작한 것이다.

나는 김씨 노인을 쩔벅거리며 말했다. "저놈의 개는 그냥 내버려둘 거요?"

그의 대꾸는 엉뚱했다. "그러게 미친놈이지. 마누라 보내고 나서는 술에도 시들하더라고. 잘 나다니지도 않고……."

나는 어리둥절했다. 김씨 노인의 허무한 입속을 멍하니 들여다보기만 했다.

"내가 두어 번 가서 봤지. 궁금해서 말이야. 아랫목에 드러누웠다가 부스스 일어나 앉으면서 이러더구먼. 나, 술 안 먹어! 술 끊었어! 그러구 나서 물그릇을 집어 들더니 기갈 든 짐승처럼 물만 벌컥벌컥 마셔대더라고. 그 미친놈이 말이야."

나는 입을 다물었다. 더 이상 개 이야기를 할 수가 없었다. 다행히 녀석도 울음을 그쳤다. 나는 김씨 노인의 말에 얌전히 귀를 기울였다.

이웃 도시에 나가 사는 한씨 아들 내외가 혼자 된 아비를 자주 찾아오곤 했는데 그날도 저녁상을 물린 다음 셋이서 함께 텔레비전을 보았다고 했다. 뉴스가 끝나고 나서 다시 한 시간쯤 지난 시각에 한씨 노인이 부스스 일어나길래 아들 내외는, 그만 주무시려나보다고 생각했다. 한데 그의 손에는 진작부터 하얀 비닐끈 뭉치가 쥐어져 있었다고. 고춧대를 묶는 데 쓰는 끈이었다. 그건 왜 갖고 계시냐고 그제야 아들이 물어보았더니 어디 좀 쓸 데가 있다는 간단한 대답이었다. 그게 마지막이었다. 다음 날 아침상을 본 며느리는 안방 문을 열었다가 허공에 매달린 채 버썩하게 굳어 있는 시신을 발견하고 까무러쳤다고 한다.

"한 세상 잘 살다 갔지 뭐. 그렇게 좋아하던 술도 원 없이 마셨고……".

하기야 일흔일곱이라면 적은 연세는 아니다 하고 중얼대다가 나는 흠칫 놀랐다. 10년 뒤의 내가 생각나서였다. 하지만 나는 또 금방 풀썩 웃고 말았다. 설사 그쯤에서 생을 마감한데도 별나게 유감스러울 것도 없지 않나 싶어서였다. 어쨌거나 한씨 노인은 꼭 두 달 만에, 생전에는 그렇게나 홀대했던 마누라를 따라간 것이다. 그러고 보면, 그가 평생을 기대고 살았던 짝은 결코 술이 아니었던 거라고 나는 우정 생각했다.

나는 고작 입술만 축였을 뿐, 남은 술을 그의 빈 잔에 부었다.

"많아, 많아. 나 오늘 엄청 마셨다고."

김씨 노인은 그러면서도 금방 잔을 비웠다. 어쩌면 그처럼 맛나게 술을 먹을까 싶어 나는 우정 말해보았다.

"한 병 더 딸까?"

그는 맹렬히 손을 내저으며 말했다. "미친놈 짝 날라구. 됐다 내일 해, 내일……."

마을회관 옥상에 있는 스피커에서 갑자기 찌직거리는 잡음이 쏟아져 나오더니 이내 귀에 익은 음성이 튀어나왔다. 젊은 이장의 목소리였다.

"밤산골 주민 여러분께 알려드립니다. 내일 한씨 어른 장지에 가실 분은 아침 여덟 시까지 마을회관으로 나와 주십시오. 버스가 여덟 시 정각에 출발합니다. 다시 알려드립니다. 내일……."

김씨 노인이 묻는다. "뭐라고 하나?"

"내일 아침 여덟 시에 상가 버스가 출발한답니다. 회관 앞에서요."

내 입놀림을 지켜보던 그가 "몇 시? 여덟 시?" 하고 되물어 확인하고 나서 고개를 끄덕끄덕 한다.

"낼 하루 공치게 생겼구만. 고추도 따고 땅콩도 마저 캐야 되는데…… 일이 많아. 끝이 없다구."

김씨 노인은 자리를 털고 일어섰다. "갈수록 농사일이 힘들어. 이제는 못해 먹겠어."

전에는 않던 푸념을 늘어놓으며 그는 평상에서 내려섰다.

"그러니까 일을 조금만 해요. 심심치 않을 정도로만……." 내가 대꾸했다.

"농사는 누가 하고?"

"아들더러 하라든지 남 줘버려요. 땅뙈기 팔아서 은행에 넣어놓고 편하게 살든지……."

"맞어. 그래야 돼."

그는 웃으며 대문간을 나섰다. 그의 초라한 입성이 새삼스레 눈에 와 박혔다. 전철역 지하도를 전전하는 도시 노숙자들도 그보다는 낫지 싶었다. 검정 고무신을 걸친 발이 까마귀 발처럼 거칠다. 발만 아니다. 그의 열 손가락은 손톱이 제대로 남아 있는 게 없다. 어떤 건 몽당 빗자루처럼 끝이 모지라져 있다. 그러니 보이지 않는 곳이라고 온전할 리 없다. 언젠가 내 차로 인근 온천탕에 함께 간 적이 있는데 그는 깜짝 놀랄 만큼 왜소하고 상처투성이의 몸을 하고 있었다. 두 다리 특히 무릎 아래쪽은 성한 데가 없었다. 농사일 하다보면 무시로 베이고 물리고 찔리고 쏘이게 마련이라면서 그는 대수롭지 않게 치부했었다.

하지만 그런 사람이라고 내 쪽에서 함부로 연민이나 동정을 품을 상대는 결코 아니다. 몇 해 전 폭등한 땅값으로 환산하면 김씨 노인은 부자다. 게다가 아들만 다섯이나 낳고 키우고 짝을 지워 그중 넷은 멀리 도시로 성가해 내보냈다. 그 다섯 쌍이 출산한 손자손녀가 모두 몇이냐고 언젠가 물어보았더니 굳이 헤아려 본 적이 없다면서 웃었다. 그 재물에 그 자손이라면!

갑자기 주위가 소란스러워졌다. 동네 개들이 일제히 짖어댔다. 이런 경우란 개장수가 나타났을 때뿐이다. 역시나 그랬다. 귀에 익은 목소리가 골목을 지나간다.

"개 삽니다! 빗싸게 삽니다! 개 삽니다! 엄청 빗싸게 삽니다!"

미리 녹음한 목소리로, '비싸게'에 잔뜩 악센트가 들어 있다. 동네 개들이 사방에서 미친 듯이 맹렬히 짖어댔다. 엄청난 적개심과 공포와 광기를 담은 시위다. 그 소란 속에 문제의 개가 우는 소리는 더 처량하고 섬뜩하게 들렸다.

나는 또 김씨 노인을 찔벅거리며 말했다. "저놈의 미친개 말이야. 팔아버려, 지금 당장!"

이번에는 제대로 소통이 이루어졌다. 그가 대꾸했다.

"팔라고? 그깟 몇 푼 받을라?"

"그냥 두면 재수 없대. 치워버려요!"

김씨 노인은 히죽히죽 웃기만 했다. 텅 빈 입속에서 공허한 바람 같은 것이 흘러나오는 듯싶었다. 적재함에 철망을 씌운 픽업 한 대가 저만치서 마을길을 막 돌아 나가는 게 보였다. 개들의 소란이 조금씩 가라앉았다.

밤에는 도시와 시골의 차이가 밝기로 가름된다. 일곱 시를 지나자 주위가 깜깜해졌다.

저녁밥을 지어 먹은 다음 우리 내외는 옷을 따뜻하게 입고 바깥으로 나와 앉았다. 맑은 날씨였다. 머리 위 무한천공을 가득 채우고 있는 별들이 새삼 경이로웠다. 여름날 우리 머리 위 밤하늘을 가로질러 폭 넓게 흐르던 은하수는 아득히 멀어진 듯하고, 북두칠성은 우리 쪽으로 향해 있던 손잡이가 어쩐지 다른 쪽으로 확 틀어져 있는 듯 싶었다. 그랬다. 우리는 도시에서와는 전혀 다른 하늘 아래에서 숨 쉬고 있는 것이다. 낡은 차로 고작 한 시간 반쯤 달려왔을 뿐인데 이토록 다른 세계가 존재하고 있다는 사실 앞에서 우리는 다시금 감동했다. 밤하늘은 밤산골에 와서 우리가 발견한 소중한 것들 중의 하나였던 것이다. 젊어서 읽은 칼 세이건의 책이 생각났고, 책머리에 있던 저자의 헌사가 기억났다. 광대한 우주, 무한한 시간 속에서 같은 행성, 같은 시대를 앤과 함께 살아가는 것을 기뻐한다고, 저자는 썼다. 아마도 앤은 그의 아내였으리라. 이따금씩 비행기가 나타났다. 흡사 움직이는 별처럼 그것은 별과 별 사이를 깜빡이며 날아가다가 천천히 시야 밖으로 사라졌다. 문득 생텍쥐페리가 생각났고, 그는 스스로 저 별들 중의 어느 한 곳을 택해 내렸는지도 모를 일이라고 믿고 싶어졌다. 그곳에는 적어도 살육의 전쟁 같은 건 없으리라.

"반딧불이는 들어가고 없네. 서리 내릴 날도 머잖았나 봐." 아내의 말이었다.

"모기며 나방도 없어졌고……." 내가 대꾸했다.

"연중 이때가 가장 좋은 거 같애. 시골 사람들도 이 맛을 알까?"

"글쎄, 그런 여유가 있을라나? 사는 일에 쫓기는 건 도시 사람이나 시골 사람이나 마찬가진 거 같애."

우리는 점점 더 밤의 정취에 빠져들었다. 누가 말했듯 그것은 인간에게 결코 우호적이지도, 그렇다고 적대적이지도 않은, 저 우주적 무관심 앞에서 스스로 무장해제를 하는 기분을 갖게 했다. 세상살이의 각박함 때문에 가급적 최신 병기로 중무장했던 마음이 대책 없이 무너지는 것을 나는 느끼고 있었다. 애면글면 살아온 세월이 아지랑이 피는 길처럼 몽롱하게 뒤돌아 보이고, 잠시 접어두고 온 저 일상사들이 지겹고 짜증스럽고 끔찍해졌다. 뭣 때문에 그러고 살아? 필경엔 자문하는 심정이 되었다. 왜 이러고 살면 안 되나?

소년 소녀처럼 감상에 흠뻑 젖어든 어느 순간에, 저 기분 나쁜 울음소리가 다시 들려왔다. 어둠 속에서 미친개가 또 울기 시작한 것이다. 한층 더 음산한 울림을 주는 그 울음소리에 시정이 넘치던 밤 분위기는 금방 박살이 나고 말았다.

"아이고, 나 미치고 말지, 저놈의 미친개 땜에!"

아내가 발딱 일어서더니 방으로 들어가 버렸다. 헐렁한 합판 벽에 비해 턱없이 무겁고 단단한 철제문이 저 음울한 울음소리를 압살하듯 쾅하고 닫혔다. 동시에 그녀의 마음도 단단하게 닫혔으리라. 나 역시 순간적으로 살의의 충동을 강하게 느꼈다. 녀석의 목을 확 비틀어버리고 싶은 욕망 때문에 팔뚝에 경련이 일었다.

개한테는 똥이 약이고 미친놈한테는 몽둥이가 약이다!

얼핏 그런 말이 머리를 스쳤다. 그렇다면 미친개한테 직방인 약은 무얼까? 그러자 지체 없이 답이 떠올랐다. 올가미와 몽둥이!

나는 어느새 저 어린 시절에 본 끔찍한 광경 한 컷을 재생하고 있
었다. 여름날, 마을 장정 둘이서 개를 잡는 장면이었다. 한 사람이 먼
저 개의 목에다 올가미를 씌운 다음 밧줄 끝을 살짝 틈서리로 빼내
더니 반대쪽에서 힘껏 잡아챘다. 개는 네 발로 버티며 한사코 저항했
지만 도무지 부질없는 짓이었다. 그 가엾은 짐승은 목이 바짝 졸린
채로 뒷다리만 무력하게 버둥거렸다. 그러자 몽둥이를 잔뜩 꼬나 쥐
고 이쪽에서 대기하고 있던 사람이 사매질을 시작했다. 진짜 인정사
정없는 몽둥이질이었다. 마침내 똥을 질펀하게 쏟아놓고 개가 죽었다.
그제야 올가미와 몽둥이를 동시에 내던진 장정들이 죽은 개를 거적
때기로 말아 지게에 지더니 희희낙락하며 마을 앞 갯가로 내려갔다.
　이제 생각해보면 그것은 복달임의 한 풍경이었다. 어쩌면 실제 경
험과는 거리가 있는지도 모른다. 곰곰 생각해보노라면 나도 모르는
새 꽤나 심각한 과장과 왜곡이 끼어든 것도 같다. 하필이면 그런 식
으로 잔혹하고 위악적일 필요가 있겠는가 말이다. 하지만, 나는 그런
것을 전혀 문제 삼지 않은 채였다. 기억을 단순 재생하기보다 오히려
상상력이 이끄는 대로 의기양양 질주하면서 그토록 잔혹하고 험악한
장면들을 즐기지 않았나 싶은 것이다.
　문득 정신을 챙기고 본즉 악몽에서 깨어난 기분이 들었다. 오소소
소름이 돋았다. 밤하늘에는 별 떨기가 유별나게 많이도 흐드러져 있
었다. 나는 서둘러 방으로 들어가 불을 끄고 누웠다. 그새 개 울음소
리는 멎어 있었다.

다음 날, 장례에 다녀온 김씨 노인은 한동안 기척이 없었다. 나는 그가 낮잠 자는 것을 본 적이 없었으므로 아마 장지에서 마신 술이 좀 과했던 모양이라고 생각했다. 다른 때 같으면 곧바로 일복으로 바꿔 입고 나섰을 사람이었다. 그의 손을 기다리는 일거리들은 얼마든지 있었다. 그는 또, 일을 피해가거나 불평하지 않던 농사꾼이었다. 하지만 이날은 좀 달랐다고, 뒷날 나는 깨달았다. 평생 일밖에 모르던 그의 안 어딘가에 입속처럼 허전한 자리가 생겨난 것을.

김씨 노인이 모습을 나타낸 것은 해거름 때였다. 석양을 한가득 받은 그 얼굴을 보고 나는 깜짝 놀랐다. 죽은 한씨 노인의 얼굴이었기 때문이다. 먼발치에서 보자니 팔뚝도 한쪽이 없는 것 같았다. 순간적으로 등골이 써늘해졌지만 나는 금방 착각임을 깨달았다. 하기야 모를 일이긴 하다. 죽은 이의 혼백이 그런 식으로 잠시 다녀간 건지도.

김씨 노인은 뒷짐을 진 채로 천천히 길을 가고 있었다. 마치 산책이라도 나선 듯 느슨한 걸음걸이였다. 그런데 어찌 된 건지 그 뒤를 개 한 마리가 쫄랑쫄랑 따라가고 있었다. 문제의 그 잘 우는 개가 분명했다. 비루먹어 군데군데 털이 빠지고 엉덩짝이 비쩍 졸아붙은, 그 불결하고 기분 나쁜 짐승이었다. 한데 그 녀석 또한 주인의 산책을 따라 나온 것처럼 꼬리를 살랑살랑 흔들어 가며 사뿐사뿐 기분 좋은 걸음새였다. 이거야 말로 참 기이한 풍경이다 싶어 나는 호미를 던져버리고 길 쪽으로 다가갔다. 고구마를 캐느라 열심이던 아내가 의아

한 눈빛으로 나를 좇았다.

비로소 상황이 이해가 되었다. 개의 목에는 나일론 끈으로 만든 올가미가 씌워진 상태였고, 그 오렌지색 끈 한 자락이 김씨 노인의 뒷짐 진 손에 단단히 잡혀 있었던 것이다. 왠지 섬뜩한 기분이 들었다. 아무래도 범상한 장면이 아니던 것이다. 김씨 노인이 산책을 한다? 그것도 미친개를 데리고? 도무지 가당치 않는 노릇이라고 생각되었다. 나는 긴장된 눈길로 그들을 좇았다.

그렇다고는 해도 개는 기분이 썩 괜찮은 듯 한껏 위로 쳐든 꼬리를 살랑살랑 흔들며 사뿐사뿐 걸어갔다. 배틀걸음이었다. 이윽고 김씨네 집 뒤 켠 저만치에 있는 시멘트 다리 위에 이르렀다. 김씨 노인이 뒤돌아서더니 잠시 개를 내려다보았다. 녀석은 여전히 꼬리를 살랑대면서 한사코 주인의 가랑이 사이로 파고들려 했다. 내 눈에는, 애써 주인의 사랑을 갈구하고 있는 몸짓으로 비쳤다. 그러자 김씨 노인이 목줄 끄트머리를 시멘트 다리 난간에다 단단히 묶고 나서 녀석을 재빨리 다리 아래로 떨어뜨렸다. 순식간에 벌어진 일이었다. 나는 허공에 대롱대롱 매달린 채 꿈틀거리는 그 참혹한 꼴을 정통으로 보고 말았다. 반사적으로 고개를 돌리고 눈을 감았지만 이미 늦은 뒤였다. 마음속에 남아 두고두고 독이 될 그 광경이 내 안에 깊이 낙인을 치고 말았던 것이다. 나는 몸서리쳐지는 전율 속에 간신히 서 있었다. 그랬다. 그 짧은 순간에 내가 본 것은 허공에 매달린 개만이 아니었다. 비닐끈으로 목을 맨 한씨 노인의 모습을 나는 분명 목도했던 것이다.

그날 저녁, 우리 내외가 할 수 있었던 일이라고는 그 즉시 짐을 꾸려 그곳을 떠나는 게 고작이었다. 도망치듯 밤산골을 떠나면서 우리는 몇 번이고 혀를 찼고 거듭거듭 투덜댔다. 그러면서, 맹세코 그런 식 해결을 우리가 바랐던 건 아니라고 변명했다. (2008)

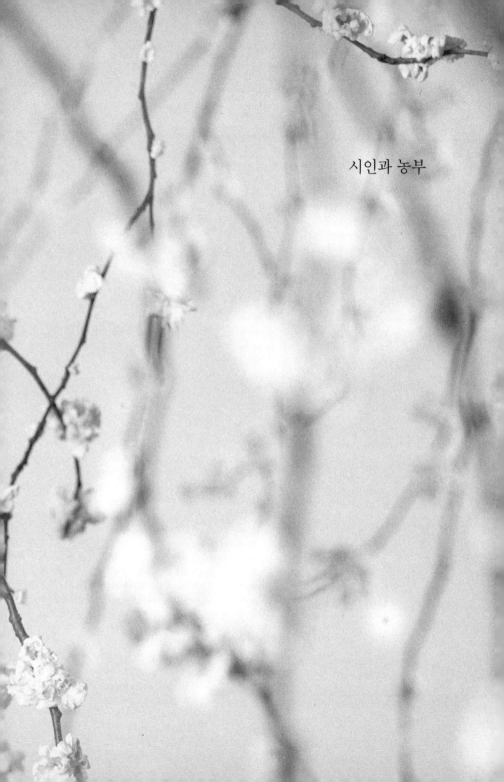

시인과 농부

～

생의 저녁나절에 우리는 종종 돌연한 죽음이나 허무 의식과 맞닥뜨리곤 한다. 그것은 흡사 모질게 허방다리 짚듯 무릎이 뚝 꺾이는 충격이다. 그럴 때 어떤 이들은 지체 없이 벌떡 일어나 흙 묻은 엉덩이를 툭툭 털고 아무 일도 없었던 것처럼 제 길을 내처 가지만 또 더러는 그렇게 풀썩 주저앉은 자리에서 쉬 일어나지 못한다. 혼자서 안간힘하다 영영 일어나지 못하는 경우도 있다.

밤산골 주 노인은 1937년 정축생 소띠다.

그래선가. 참 많이도 소를 닮았다. 크고 순한 눈이며 어둔한 몸짓 따위 외양도 그렇지만, 종일 가도 말 한마디 없기 일쑤인 성정이 특히 그랬다. 그는 일을 하다가 더러 혼잣말을 중얼대기는 했지만 그러나 본인조차도 무슨 말을 지껄였는지 전혀 의식하지 못하는 듯싶었다. 때로는 부인 궁촌댁이, 당신 지금 뭐라고 말한 거냐 다잡아 물어도 그는, 내가 무슨 말을 했다고 그러냐며 퉁명스레 반문하기 일쑤였다. 하여 그런 버릇조차도 저 유순한 짐승의 단순한 반추행위처럼 보였다. 어쨌거나 그는 젊어서부터 별명이 '찍소'였다. 당연히 지금은 '늙은 찍소'다.

그 주 노인이 어느 날 느닷없이, 농사일을 팽개치고 방구석에 틀어박힌 것은 작년 여름의 일이다. 8월 땡볕이 고추를 붉게 물들이던 때였다. 주 노인은 아내 궁촌댁과 함께 고추 따는 작업을 하고 있었다. 아침부터 시작한 일이 오후로 접어들었지만 끝이 보이지 않았다. 산비탈에 자리 잡은 텃밭에는 그해 유난히 고추 농사가 잘되어 가지가 찢어질 지경이었다. 붉게 익은 것들은 제때 따서 말려야 제값을 받는다. 그러나 두 노인네의 하루 작업으로는 무리였다. 하지만 일손이 억세기로 호가 난 궁촌댁 마음은 그게 아니었다. 저녁밥이 늦더라도 일을 말끔히 끝내고 싶은 욕심에서 그녀는 남편을 거푸 채근했다. 손이 굼뜬 주 노인은 평소에도 종종 궁촌댁의 지청구를 받곤 했으므로 그날이라고 뭐 심했달 것은 없었다. 굳이 따지자면 그날따라 주 노인의 반응이 유별났다고나 해야 할 것이었다.

어쨌거나, 궁촌댁에 의해 알려진 바로는 이랬다. 채근하거나 말거나 찍소처럼 묵묵히 제 일만 하고 있던 주 노인이 어느 순간 갑자기, 고추를 따 담던 비닐 부대를 밭고랑에다 내동댕이치더라는 것이었다. 그러더니 그녀 쪽으로는 눈길 한 번 주지 않은 채 곧장 마당을 가로질러 제방으로 기어들었다고 했다. 그 헛간방은 창고처럼 곡식 부대며 잡다한 도구들을 쌓아두었는데 언제부터인가 주 노인이 몸 하나 누일 공간을 만든 다음 혼자 기거해 오고 있었다. 궁촌댁은 그때까지도 무슨 일이 일어난 건지 미처 알지 못한 채였다. 전에 않던 짓이라 잠시 멍해졌을 뿐이었다. 그녀는 쉬기도 할 겸 허리를 꾸부정하게 펴고 서서 닫힌 방문을 멀거니 지켜보기만 했다. 저놈의 늙은 찍소가 무슨 생각을 하고 저러나 했을 따름이었다. 그 방에 갈무리해 둔 담배나 뭐 그런 걸 가지러 들어갔겠거니 했고, 따라서 금방 되짚어 나오려니 생각했다.

한데 그게 아니었다. 잠시 뒤, 닫힌 문 너머에서 이상한 소리가 흘러나왔다. 궁촌댁이 약간 가는귀가 먹었다고는 해도 그 소리를 못 들을 정도는 아니었다. 그녀는 한달음에 좇아가서 방문을 발칵 열어 젖혔다. 참 엉뚱하게도 그 늙은 찍소가 벽에 등을 붙이고 웅크리고 앉은 채 훌쩍훌쩍 울고 있었다는 것이다.

"이게 뭐하는 짓이래요?" 궁촌댁은 냅다 소리쳤다. "저승사자가 당신 데리러 온나는 기별이라도 받은 거래?"

주 노인은 대답 대신 숫제 목을 놓다시피 꺼억꺽 울기 시작했다. 어처구니없기도 하고 해괴하기도 한 노릇이었다. 하지만, 그 울음에는 어쩐지 꽤 깊고 서러운 가락이 느껴지는 터라 궁촌댁으로서도 더 이상 타박만 할 수가 없더라고 했다.

그러니까 주 노인의 칩거는 그렇게 시작된 것이었다. 그날부로 그는 헛간방에 틀어박힌 채 더 이상 농사짓기를 거부했고, 친인척을 포함하여 마을 사람들과의 만남도 일절 사절했다. 간혹 측간을 가는 일 외에는 방문을 열고 나오는 일이 드물었다. 하물며 집 밖으로 외출한 적은 단 한 번도 없었다. 궁촌댁 말로 하자면, 그 늙은 찍소는 참말로 늙어 죽은 쇠귀신이 덮쓰운 듯 헛간방 그 비좁은 틈서리에 한사코 틀어박힌 채 주야장천 흙벽이나 천정 보꾹 같은 걸 멀거니 쳐다보고만 있다가 이따금 소주를 한 모금씩 머금었다 홀쩍홀쩍 울고, 그러다가 고꾸라져 잠이 든다는 것이었다. 깨어나면 또, 한 모금 소주를 품었다가 홀쩍홀쩍 울고, 울다가 다시 잠이 들고⋯⋯ 밤낮이 따로 없다고 했다.

42번 자동차 전용도로에서 벗어나자 벌무내기 일대의 들판에는 봄볕이 화사했다. 눈 속을 찌를 듯 파고드는 봄볕이었다. 우리가 밤산골 텃밭에서 철수한 게 지난해 11월 끝 무렵이었으니까 네댓 달 만에 다시 찾아 나선 길이었다. 멀리 들판 끝자락을 에두른 산등성이가 미루나무 이파리처럼 기름져 보였다. 왕복 2차선의 한적한 길이다. 앞서 가던 세단형 고급 승용차 한 대가 갑자기 속도를 줄이고 멈칫거리더니 직각으로 방향을 틀었다. 길가에 몹시 선정적인 바탕색을 한 모텔 간판이 서 있는 지점이었다. '전원 속 아늑한 쉼터'.

"못 보던 거네."

내가 말하자 조수석의 아내가 고개를 빼고 내다보았다. 하지만 굴다리 저쪽에 자리 잡은 모텔 건물은 보이지 않고 입구에 주렴처럼 늘어뜨린 비닐 휘장 조각들만 흔들리고 있었다.

"이런 시골에 별게 다 들어서네." 아내는 혀를 찼다.

"이놈의 바퀴 달린 기계 탓이랄까. 여기서 읍내까지는 고작 4킬로고, 우리 뒤에 있는 도시나 앞에 있는 도시까지는 대충 20킬로 남짓이니깐 금방이지 뭐. 말하자면 뜨거워진 몸뚱어리들이 채 식기 전에 들이닿을 수 있는 거리란 거지."

아내는 대꾸하지 않았다. 나는 '충효사'란 비석을 지나 왼쪽으로 천천히 핸들을 꺾었다. 가버린 시대를 상징하듯 돌에 새긴 글씨가 몹시 빛이 바래어 눈여겨보지 않으면 무심히 지나쳐버리기 쉬웠다.

"주 노인 말이야, 아직도 그러고 있을라나?"

어느덧 반계 저수지를 옆구리에 끼고 돌면서 나는 다시 중얼댔다. 겨울에는 빙어 축제가 열리곤 하는 낚시터로도 꽤 알려진 곳이다. 강태공 두엇이 푸른 이내 속에 묻혀 있다. 이번에는 아내가 심상한 어조로 대꾸했다.

"모를 일이지 뭐. 안 그래도 노인네들 건강은 믿을 게 못 된다는데……."

하긴 그렇다. 일흔이 넘은 노인이다. 겨우내 무슨 사달이 났는지도 모를 일이다. 우리가 가을걷이를 끝내고 텃밭에서 철수할 때만 해도 주 노인의 상태는 매우 위태로워 보였다. 저런 식으로 얼마나 더 버틸 수 있으랴 싶었던 것이다.

여러 해 전에 타계하신 G선생님은 임종 두어 달 전부터 식음을 거의 놓으셨다고 했다. 그러고는 단지 술, 그것도 막걸리만 한두 모금씩 넘기는 걸로 버티셨다고 들었다. 평소에도 장작개비처럼 바짝 마르고 허리가 굽은 분이셨다.

대학 시절, 나는 두 학기에 걸쳐서 선생의 강의를 수강했다. 현대시 감상과 시 창작 과목이었다. 선생은 시인이자 대단한 한학자이셨지만 정작 강의에서는 프랑스 상징파 시인들의 작품을 즐겨 소개하시었다. 선생에게 시의 세계란 곧 상징의 숲이었는지도 모른다. 깡마른 체구에 숱 적은 곱슬머리, 검은 빛이 도는 주름 많은 얼굴, 그리고 가느다란 눈, 세모난 턱 등 선생의 남다른 외모도 그러하지만, 그보다 선생의 강의야말로 남다른 데가 있었다. 시에 대한 열정과 뭇 인간에 대한 연민 같은 것을 매양 넘치는 익살과 유머로 풀어내는 강의여서 100분짜리 수업 시간이 늘 짧게 느껴졌다. 그러니까 그 무렵 우리는 선생의 난해한 시보다도 훨씬 더 선생의 강의를 좋아했던 것이다. 선생 특유의 그 어조, 표정, 몸짓 등 40년 저쪽의 일인데도 여전히 생생하게 남아 있는 기억이 한두 가지가 아니다.

선생의 천의무봉한 시학 강의는 종종 엉뚱한 화제로 비화하기도 했다. 예컨대 영화 〈안개〉도 그런 사례 중 하나다. 내가 배우 윤정희와 가수 정훈희를 알게 된 것도 선생 덕분이었다. 그 영화에 대해 선생은 이렇게 말했다.

"윤정희는 그 영화를 위해 배우가 된 것 같더라!"

우리가 잘 알고 있듯이 배우 윤정희 씨는 그 후에도 많은 영화에 출연했고 또 각종 연기상을 두루 받았지만, 그러나 이보다 더한 찬사는 달리 없었으리라고 나는 생각한다. 무진의 안개 속에서 홀연히 나타난 신인배우 윤정희가 우리의 가슴에 깊이 새겨진 순간이었다. 한데 다음 순간, 우리는 일제히 폭소를 터뜨리고 말았다. 선생이 덧붙인 다음 대사 때문이었다.

"배우, 좋지. 나도 잘할 수 있을 거 같아. 겁 많은 좀도둑 같은 역 말이야……."

강의실이 옴팍 뒤집어졌는데도 선생은 별다른 표정 없이 엉거주춤 서서 호주머니를 뒤지더니 반쯤 타다 남은 담배꽁초를 꺼냈다. 그러고는, 성냥 가진 사람 없나? 하는 듯이 꽁초 쥔 손을 조금 쳐들어 보였다. 선생의 습관 중 하나였다. 담배는 꽁초까지도 착실하게 챙겨두는 분이 어째서 불은 늘 안 갖고 계시는지, 나로서는 지금도 그 점이 선생의 시만큼이나 불가해하다. 앞자리에서 불을 빌린 선생은 맛나게, 알뜰하게, 담배를 피우셨다. 웃음의 돌풍이 아주 잠잠해질 때까지.

선생은 또, 변두리 극장에서 공연하는 삼류 쇼를 좋아한다고 고백한 적이 있다. 볼거리라곤 별로 없던 그 시절에 유행하던 그런 공연이라면 뻔했다. 출연자라곤 고작 B급이나 C급 가수 한두 명에 무명 가수들이 대부분이고, 막간마다 그 얼굴이 그 얼굴인 무희들이 나와서 어지럽게 다리를 흔들곤 하는 공연이었다. 선생은 그런 쇼가 눈물겹게 재미있노라고 했다. 그래서 선생이 사시는 동네 극장에 쇼 공연이 들어오면 줄을 서서 기다렸다가 재빨리 맨 앞자리에 가 앉는다는 것이었다.

언젠가 선생은 또 이런 말도 했다.

"먼 훗날, 자네들 중에서 말이네, 노벨문학상 수상자가 나올 수도 있지. 혹, 안 그런가? 혹…… 그러면, 나라에서 커다란 잔치를 베풀겠지, 아마. 그래서 내 미리 말해두는 바인데, 잊지 말고 그 축하연에 나도 꼭 초청해 주게나. 내로라하는 신사숙녀들이 구름처럼 몰려들 거야. 아무렴! 그럼 난 그 말석에 끼어서 옆 사람에게 이렇게 소곤거리겠네. 저기 저 주인공을 한때 내가 가르쳤다오…… 오, 얼마나 가슴 벅찬 순간이겠는가!"

선생은 일쑤 그런 투로 인생과 문학에 대해 참 많은 것들을 일깨워 주셨다. 그 선생의 마지막 날들을 곁에서 모신 어느 후학은 스승의 모습을 이렇게 증언했다. 선생은 여러 달째 곡기를 끊은 채 이따금 막걸리만 한 모금씩 넘기곤 하셨다고. 막걸리 한 모금 마시고 두보 시 한 구절 읽고, 그리고 잠시 눈물짓고…… 다시 막걸리 한 모금, 두보 한 구절, 그리고 눈물 조금…….

한 사람의 마지막 모습이 반드시 그 생애를 규정하는 것은 아닐 터이다. 하지만 G선생의 그것은 너무나 인상적이어서 도무지 나의 머리에서 지워지지 않는다. 밤산골 주 노인을 생각하면 선생의 모습이 겹쳐 떠오르는 것이다. 시인과 농부의 삶이 다르다고는 해도 —정말 다른가? 모를 일이다— 죽음 앞에서는 동병상련이 아닐까 싶다. 그렇다고는 해도 선생에게 두보는 무엇이며, 그 눈물의 근원에는 무엇이 자리하고 있었는지, 나로서는 자못 궁금해지는 것이다. 그러나 선생의 마지막 심경을 감히 헤아릴 길은 없다. 그에 비해 주 노인의 경우는 비교적 쉽게 공감한다. 그의 내력 때문이다.

그랬다. 주 노인은 삼팔따라지다. 함북 회령에서 난 그가 삼팔선을 넘어 남으로 온 것은 육이오전쟁이 터진 그해 겨울, 그러니까 열세 살 적 일이었다. 아버지와 단 둘이서 피난길을 나섰다고 했다. 엄동설한이라 세 누나와 어머니, 그리고 팔순의 할머니는 집 떠날 엄두조차 내지 못했다. 여자들한테야 무슨 일이 있으랴. 남정네들만 잠시 피했다가 곧 돌아올 수 있을 것으로 다들 믿었다. 허망한 믿음이었다.

그가 밤산골로 흘러든 것은 그로부터 두 해가 지나서였다. 혼자였다. 거지꼴을 하고 읍내 장터를 기웃거리고 있는 그를 마을로 데려온 사람이 바로 궁촌 양반이었다. 전쟁고아라고 했고, 아버지는 양구 근처에서 사별했다고 했다. 그는 궁촌 양반 댁에서 새경 없는 머슴살이를 서너 해 산 뒤에 그 집 사위가 되었다. 어릴 때 앓은 열병 때문에 한쪽 다리가 약간 부실한 신부는 스물여섯, 당시로서는 과년했던 데 비해 그는 아직 스물을 채우지 못한 나이였다. 삼팔 이남에는 피붙이 하나 없는 외톨이라는 것만 빼면 단지, 왼쪽 이마 언저리에서부터 뒤통수까지 허옇게 백반증을 드러내고 있는 것 정도가 흠이랄 수 있는 신랑이었다. 백랍병이라고도 하는 그것은 그를 끔찍이 위해주던 할머니로부터 격세유전으로 대물림한 거라고 했다.

겉보리 서 말만 있어도 가지 않는다는 처가살이를 그는 대체로 잘 견디어냈다. 적지 않은 농사일을 소처럼 묵묵히 추어내며 아들딸 낳고 무던하게 살아온 것이다. 이따금씩 발동하는 가출벽 한 가지만 빼면 그다지 나무랄 데 없는 농사꾼이었다. 일을 하다 말고 슬그머니 집을 나가버리는 그의 버릇은 오랜 세월 동안 도무지 고쳐지지 않는 고질병이었다. 젊어서 특히 잦았는데 한번 나가면 빨라야 한두 주, 길 때는 해를 넘기기도 했다. 어디를 어떻게 쏘다니는지는 본인 외에 아는 사람이 없었다. 아내 궁촌댁이 아무리 닦달을 하고 캐물어도 그는 찍소답게 결코 입을 여는 법이 없었다. 어느 해던가, 유독 가출이 길다 했더니 어느 날 낯익은 순경이 찾아와서 그의 소재를 알려 주었다. 궁촌댁이 큰아들을 앞세우고 부랴부랴 달려가 본즉 속초시립병원의 행려병자실이었다. 그러고 서너 해 뒤에도 궁촌댁은 비슷한 일을 겪었다. 이번에는 속초보다 더 북쪽 아야진 포구의 허름한 여인숙에 발목이 잡혀 있었다. 술과 병에 찌든 상태였다.

그러나 문제의 가출벽도 아이들이 커가면서부터 잠잠해졌다. 그는 호가 날 만큼 특별히 부지런한 농사꾼은 아니었지만 자기 농사는 그럭저럭 감당하는 농부였다. 그러나 80년대 들어 KBS가 이산가족찾기 캠페인을 벌여 전국이 죽 끓듯 했을 때 그의 가출벽은 다시 발동했다. 이번에는 피켓을 들고 주로 여의도로 가서 여러 날씩 보내다 오곤 했다. 혹 동향인을 만나 북에 두고 온 가족 소식을 들을 수 있을지 모르리라는 기대 때문인 듯싶었다. 가족 찾기의 열기가 식은 다음에 그는 한동안 자리보전을 하고 누워 지냈다. 병원에 떠메고 가도 딱히 잘못된 곳은 없다고 했지만 그는 계절이 바뀌고 나서야 겨우 문

밖출입을 했고 한 번 더 계절이 바뀌고 나서야 온전한 농사꾼으로 돌아왔다. 그러나 90년대 들어 남북 이산가족 상봉이 시작되자 그는 또 안정을 잃었다. 그는 서둘러 상봉 신청을 하고 통지가 오기만을 기다렸다. 하지만 아직까지 기별이 없다. 그가 전에 않던 주사를 부리기 시작한 것은 그 무렵부터였다. 한 달에 한 번 꼴로 고주망태가 된 그는 주로 집에서 그것도 헛간방에 들어앉은 채 고래고래 소리를 지르곤 했다. 하지만 간혹 읍내 장터 거리에서 주사를 부리는 경우도 없지 않아 그럴 때면 그의 내력을 아는 근동 사람들로 하여금 측은지심을 불러일으키곤 했다.

그런 중에도 다행이라면 슬하의 삼남이녀가 다 성가해 도회지로 나가 산다는 점일 것이다. 하지만 사는 형편이 그리 탐탁하지는 않은 듯 궁촌댁이 마을회관 같은 데서 풀어놓는 푸념이 자꾸 길어진 것도 그 무렵부터라고 했다.

겨우내 얼었던 땅이 풀리면서 일제히 고개를 내민 풀들로 텃밭은 초록빛 융단을 펼쳐 놓은 듯했다. 제초제를 사용하지 않고 텃밭 농사를 짓는 일은 바로 잡초와의 전쟁을 뜻한다. 봄여름 내내 땡볕 아래서 열심히 뽑아내도 한 주일 후에 와 보면 도로아미타불이곤 했다. 그만큼 생명력이 강한 게 잡초다. 그에 비해 상치 쑥갓 오이 고추 등 사람이 재배하는 식물들은 어찌나 연약한지, 우리 아이들이 그렇듯이, 애써 돌보지 않으면 금방 시들거나 풀 더미 속에 묻히고 만다.

"이놈의 바랭이 좀 봐. 아구, 징그러……."

아내의 비명이다. 잡초들로부터 텃밭을 지켜내야 할 일이 생각만으로도 지겨운 것이다. 하지만 돌나물, 냉이가 지천이고 두릅, 달래순도 심심치 않다. 금방 얼굴이 환해진 아내는 지체 없이 야생의 봄나물들을 수확하기 시작한다. 눈부신 봄볕 아래서 한 해를 시작하는, 인류의 이 오랜 환희와 노동!

나는 문득 두보의 시 한 편을 떠올렸다.

  강물이 푸르러 / 새 더욱 희고

  푸른 저산 꽃이 벌어 / 불이 붙는 듯

  이 봄도 어느 덧 / 다하려느니

  어느 해나 내 고향 / 돌아가리오

「절구」 중의 하나로, 내 기억에 남아 있는 두보는 고작 그 정도다.

주 노인이 역사의 수레바퀴에 짓밟힌 생을 서러워했다면 G선생의 눈물은 무엇이었나? 유장한 자연 속에 내던져진, 한낱 잡초 같고 갈대 같은 과객의 서러움이던가? 모를 일이다.

절창 「낙화」의 시인을 나는 또 떠올렸다. 일찍이 '가야 할 때가 언제인가를 / 분명히 알고 가는 이의 / 뒷모습은 얼마나 아름다운가'라고 노래했던 그는 만년에 이르러 죽음을 '낭떠러지'에 비유하여 이렇게 읊고 있다.

이 길은 / 저기 저쪽 낭떠러지에 이른다

사시사철 거칠게 파도치는 바다가 / 그 아래서 온몸을 뒤틀고 있는 거기

거기에 이르면 어떻게 될 것인지 시인은 익히 알고 있다.

그야 뭐 틀림없이 거꾸로 떨어지지 / 모든 기억의 등불 한꺼번에

캄캄하게 꺼져버리는 어둠 / 어둠의 공포

그리고 만사가 끝나버린다 허망하게

그것이 죽음이다. 더도 덜도 아닌 죽음 그것의 실체라는 것이다. '그래도 지구 밖으로는 / 떨어지지 않을 게다 / 그게 어디냐'고 시인은 자위한다. 이 얼마나 쓰디쓴 체념인가. G선생의 마지막 날들을 지배했던 의식과 정서에도 이처럼 냉혹한 인식이 자리하고 있었던가? 모를 일이다.

늘 흐리멍덩한 미망 속에 있기 때문인가. 나에게 주 노인의 칩거는 드물게 신선한 충격이었다. 그럴밖에. 중도에 생을 접은 이들은 논외로 하고도, 인생 갑년을 앞뒤로 느닷없이 픽픽 쓰러진 지인들을 접할 때마다 나는 매양 가슴이 먹먹해지곤 했다. 이런 식으로 인생을 마감하는구나 싶어 새삼스레 주변을 돌아보게 만들었다. 하지만 그런 충격도 그나마 여러 날 가지 못했다. 홍수에 휩쓸리듯 내 탁한 의식은

일상 속으로 다시 젖어들고 말던 것이다. 결국 위하수증 환자처럼 내 안에 무지근히 자리 잡은 것은 늙음이나 질병에 대한 막연한 두려움 뿐…… 아니, 두렵다기보다 우울한 기분만 켜켜이 쌓여가고 있을 뿐 이다.

우리 텃밭에서 그 아이들을 발견한 것은 그러고 나서였다. 예닐곱 살쯤 나 보이는 두 사내아이가 방갈로 옆 앵두나무 아래에서 이쪽으로 천천히 얼굴을 돌렸을 때 나는 금방 그들을 알아보았다. 두 녀석에게서 주 노인과 궁촌댁 얼굴을 한꺼번에 읽어냈기 때문이었다. 특히 네다섯 살쯤으로 보이는 작은애는 머리털이나 눈썹이 노랬다. 할아버지의 백반증을 대물림한 것이 분명했다. 주 노인이 그랬듯이 이번에도 신기하게 격세유전이었다.

"너희들 누구니?"

아내가 물었으나 대답이 없었다.

"지금 뭐하고 있는 거지?"

다시 묻자 큰 녀석이 손을 앞으로 내밀어 보였다. 채 익지 않은 앵두 알을 가득 쥐고 있었다. 작은 녀석은 두 손을 등 뒤로 슬그머니 감추었다. 그러고 보니 녀석들 키와 비슷한 두 그루 앵두나무 중 한쪽은 이미 아작 나 있었다. 아내가 소리쳤다.

"아직 먹지도 못할 걸 뭣 땜에 죄 따고 그러니?"

하지만 이번에도 아무런 대꾸가 없었다. 뿐더러, 큰 녀석은 돌아서서 태연히 하던 짓을 계속했다. 뭔가 서늘하게 가슴에 와닿는 느낌 때문에 나는 입을 떼지 못했다. 뼈마디가 미처 아물기도 전인 그 애들에게서 나는 잡초 같은 거칠음과 질긴 저항 의지 같은 것을 섬뜩하게 느낄 수 있었다. 때마침 궁촌댁이 나타나지 않았다면 다음 상황이 어떻게 전개되었을지 알 수 없는 노릇이었다.

궁촌댁은 그다지 변한 데가 없었다. 점심을 챙겨 먹여야 한다면서 두 녀석을 치맛귀에 달고 돌아선 그녀에게서는 지난해 우리 내외가 마지막으로 보았을 때보다 오히려 편안함이 느껴졌다. 주 노인의 안부를 물었더니 병원에 들어 있노라고 했다. 마을 사람들이 나서서 완강히 뻗대기만 하는 노인네를 막무가내로 떠메고 간 거라고 했다. 새해 들면서였다니 이미 석 달을 넘어서고 있었다.

사연은 이랬다. 지난겨울 들면서부터 궁촌댁은 설상가상으로 한창 말썽부릴 나이인 다섯 살, 일곱 살짜리 손자 둘을 떠맡게 되었다. 두 녀석은 가까운 도시에서 빨래방을 한다는 둘째네 아이들이었다. 걔네 엄마가 일하러 다닙네 하고 한동안 밖을 나돌더니 기어이 집을 나가버렸다는 것이다. 농사를 작파하고 칩거 중인 늙은 사내 하나 감당하기에도 목구멍에서 신물이 올라올 지경인 궁촌댁으로서는 부모 없이 천방지축 날뛰는 손자 녀석들 역시 반가울 리 없었다. 그렇다고 집 나간 제 계집 찾겠다고 생업마저 팽개치고 눈알이 벌게져 쏘다니는 오쟁이 진 아들에게 나 몰라라 할 수도 없는 노릇이었다. 그러기에는 첫째는 세상이 더럽고, 둘째는 자식이 웬수인 것이다. 팔자 탓 신세

탓 하며 여러 날 속을 끓이던 끝에 궁촌댁은 주가네 남정 셋을 문제의 헛간방에다 한꺼번에 몰아넣었다. 내 등골을 빼먹고도 남을 인간들이기는 어리거나 늙었거나 매한가지라고 치부한 조치였다. 그러니까 일종의 화풀이였던 셈이다.

한데 결과가 좀 엉뚱했다. 역정을 내리라고 생각했던 주 노인이 의외로 애들을 순순히 받아들였던 것이다. 뿐더러 얌전해졌다. 헛간방에 틀어박혀 있는 것은 여전했으나 술을 찾는 횟수나 또 술 취하면 우는 버릇은 눈에 띄게 줄었다. 때로는 게걸스러운 두 애들 사이에 끼어서 젓가락질을 하기도 했다. 특히나 놀라운 일은, 작은애의 태도였다. 녀석은 할아비가 주정을 하며 훌쩍훌쩍 울기만 하면 그 코앞에 퍼질러 앉아서 서럽게 따라 울었다. 마치 할아비의 슬픔을 누구보다 잘 안다는 듯이 말이다. 끼니때면 밥상 앞으로 할아비를 끌어다 앉히는가 하면 또 때로는 목석처럼 드러누운 할아비를 목마 삼아 혼자서 한나절씩 놀고는 했다. 도무지 다섯 살짜리라곤 믿어지지 않을 행동거지였다. 궁촌댁은 생각하기를, 그래서 피는 못 속인다고, 조손간에 잘하고 사는구나 했다.

하지만 속단이었다. 하루 낮 품앗이를 나갔다가 돌아온 궁촌댁은 헛간방에서 허연 연기가 흘러나오는 것을 보고 기겁을 했다. 발칵 방문을 열어젖히고 안을 들여다보았다. 연기만 자욱할 뿐 사람은 보이지 않았다. 허겁지겁 부엌으로 달려간 그녀는 고무 함지박으로 물을 길어다 퍼부었다. 그러자 이불을 뒤집어쓰고 있던 주 노인과 작은손자가 얼굴을 내밀었다. 이게 뭐하는 짓거리냐고 궁촌댁이 닦달했더니 늙은 찍소는 말이 없고 대신 얼룩송아지가 울음 반 섞어, 할아비가 전쟁놀이 하자고 했다며 간신히 대꾸하는 품으로 보아 저도 겁에 질려 있었던 게 분명했다. 형아는 전쟁놀이 하기 싫다며 내뺐다고 했다. 이러다 큰일 낼 사람이라고 마을 사람들이 나선 건 당연한 노릇이었다.

아이들은 다음 날도 우리 텃밭으로 건너왔다. 그러고는 우리 내외의 존재 같은 건 안중에도 없다는 듯이 이 구석 저 구석 들쑤시고 다니며 장난질을 치더니 별 반응이 없자 다시 앵두나무에 달라붙어 남은 쪽마저 기어이 아작 낸 다음에야 돌아갔다.

"저 아이들을 어쩔거나!"

아내가 혀를 차며 탄식했다. 나는 입을 꾹 다물었다. 함부로 꾸짖거나 쉽게 내쫓을 수 있는 아이들이 아니란 생각 때문이었다. 특히 큰 녀석은 무엇으로 단단히 무장하고 있는 느낌이었다. 어쩌면 녀석들의 그 조그마한 가슴에는 잡초 같은 것이 무성히 자라고 있는지도 모른다고 나는 생각했다. 그러다가 또, 나야말로 아이들의 단순한 행위를 두고 지나치게 신경과민에 빠져 있는 건지도 모른다고 자책했다. 녀석들은 갑자기 따분한 산골 마을로 소개되었고, 등 굽은 노인네들 외에는 골목을 어슬렁거리는 잡종견밖에 없는 이곳에서 미처 다른 놀이를 찾아내지 못했을 따름이라고도 생각되었다.

그다음 날 녀석들이 다시 나타났을 때 우리 내외는 마실 거랑 비스킷을 챙겨 주고 적당히 말상대도 해주었다. 작은애는 금방 얌전해져서 아내 옆에 착 달라붙은 채 저녁이 되어도 돌아갈 생각을 하지 않았다. 큰 녀석은 멀찍이서 맴돌기만 했다. 그러나 며칠이 지나고 나자 녀석들은 숫제 제집처럼 예사로 냉장고문을 열어젖히는가 하면 끼니때엔 지들이 먼저 숟가락을 챙겨들고 상 앞에 나앉아서 아내를 곤혹스럽게 만들었다.

"여보, 여보, 정말 쟤들을 어떻게 해?"

아내가 자주 혀를 차고 탄식했다.

복숭아꽃이 환하게 피던 4월 끝 무렵, 주 노인은 귀가했다. 넉 달 만이었다. 된서리 맞은 풀처럼 폭삭 시든 몰골이었다. 두 아이가 달려가서 안기자 그는 퀭한 눈을 껌벅거렸다. 물기 없이 크기만 한 눈이었다. 흡사 겨울 들판의 허수아비를 동무하고 놀듯이 두 녀석은 얼이 쑥 빠져버린 할아비를 앞에서 매달리고 뒤에서 흔들어대며 한바탕 요란을 떨었지만, 정작 주 노인의 얼굴에는 이렇다 할 표정이 없었다. 마을 할머니들 셋이 똑같은 폼으로 꼬부라진 허리를 유모차에 의지하고 서서 먼발치로 그 광경을 지켜보며 주름이 자글자글한 입매로 고물고물 웃고 있었다.

잡초만도 못한 존재라고? 주 노인을 생각하며 나는 호미를 들고 이랑 앞에 쪼그리고 앉았다. 비 오기를 기다려 토마토며 고추, 오이, 호박 등 각종 모종을 내야 할 시기였다. 그러자면 잡초들을 뽑아내고, 퇴비를 넣고, 흙을 깊이 뒤집어야 한다. 봄볕 아래 기세 좋게 돋아나고 있는 풀들을 내려다보며 나는 다시 주 노인을 생각했다. 잡초만도 못한 인생, 더 살면 뭐하나! 그가 자주 내뱉었다는 말이었다. 그래, 난, 잡초만도 못한 인간이다아! 주사를 부릴 때는 목청이 찢어지게 악을 쓰며 소리소리 외쳤다고 한다. 그는 누구를 향해 외친 걸까? 세상 사람들 모두를 향해? 아니면, 삼팔선 넘어 고향 사람들에게? 모를 일이다. 그러나 한 가지 분명한 사실은, 대를 이어 생명을 과시하는 것만으로도 이 세상의 허무와 당당히 맞서는 일일 것이었다. 둘째 아이의 백반증은 그 징표이기도 하다고 나는 생각했다.

이제부터 잡초와의 전쟁을 시작해야 할 판이었다. 땀을 흘리며 풀과 씨름하다보면 세상 근심을 죄다 잊게 된다고 아내는 종종 말하곤 했다. 잡초와의 싸움이 징그럽지만 무심삼매의 기쁨도 있다고 했다. 그래서 아내는 텃밭에만 오면 무얼 심고 가꾸는 작업보다 잡초를 뽑는 일에 곧잘 빠져든다. 텃밭 한 귀퉁이라도 꽃밭처럼 말끔하게 정리된 것을 보노라면 그렇게나 마음이 개운할 수가 없다고도 했다. 비록 한두 주 후면 다시 잡초로 뒤덮일지라도 말이다. 흙에 대한 인류의 오랜 집단기억 때문인가. 아니면, 시멘트 정글에 대한 염증 내지 혐오감 때문인가. 모를 일이다. 어쨌거나 그 무심삼매경을 욕심내며 나는 호미 자루를 단단히 그러쥐었다.

그러자 문득 떠오르는 생각…… 잡초는 있다? 없다? 글쎄다. 진작 철학교수 직을 버리고 변산 바닷가에서 농사를 짓고 있는 모씨는 여러 해 전에 『잡초는 없다』라는 제목의 책을 낸 바 있다. 그 책에 의하면, 잡초가 따로 있는 게 아니란 거다. 모든 식물은 다 효용 가치가 있다는 것. 하긴, 에머슨이 말하지 않았던가. 잡초란 아직 그 미덕이 발견되지 않은 풀일 뿐이라고.

무심삼매경에 빠져 있던 나는 갑자기 소란스러운 소리에 깨어났다. 녀석들이었다. 주 노인을 앞에서 끌고 뒤에서 밀며 한 무리가 되어 이쪽으로 다가오고 있었다. 손자들에게 이끌려오면서도 주 노인은 여전히 텅 빈 얼굴을 하고 있었다. 그렇다고 애들의 극성을 성가셔 하는 것 같지도 않았다. 우리 내외 앞에 이르렀을 때 주 노인의 입가에 웃음기 같은 게 설핏 피어나는가 싶었다. 우리의 마음이 그래서던가. 그것은 여름날 아침 풀잎 끝에 매달린 이슬방울처럼 무척이나 신선하게 느껴졌다. 모종도 살 겸 읍내장에 가노라고, 서너 걸음 뒤처져서 따라오던 궁촌댁이 말했다. 올해에는 고추 말고도 토마토며 참외, 수박 따위를 골고루 챙겨 심을 작정이란 말도 했다. 아무렴! 나는 깊이 공감했다. 생의 끝자락에서 맞닥뜨린 저 도저한 허무 앞에 우리는 어떻게 맞설 것인가? 시인은 인간의 근원적 비극을 노래함으로써, 농부는 잡초 무성한 땅에 씨를 뿌리고 가꿈으로써 그것을 극복한다. 농부에게 파종은 미래의 기약이면서 강력한 자기 존재 증명인 것이다. 읍내 버스 정류소로 가고 있는 주 노인 일가를 보면서 나는 그런 생각에 젖었다.

그날 점심은 생채 비빔밥이었다. 두릅, 냉이, 달래순, 취나물, 돌미나리, 돌나물, 오가피순 등 죄다 텃밭에서 자생하는 봄나물들이다. 눈

을 찌를 듯 파고드는 봄볕을 피해 벚나무 그늘 평상에 마주앉은 아
내는 생채를 담은 커다란 그릇에다 고추장과 날된장을 함께 넣고 손
으로 버무렸다. 나는 저만치 산비탈 잡초 무성한 주 노인의 고추밭을
건네다 보며 천천히 밥을 씹었다. (2009)

---

* 두보 시는 이원섭 역 『두보시선』에서, 시 「저쪽 낭떠러지」는 이형기 선생의 마지막 시
집 『절벽』(1998)에서 인용함. 그리고 『잡초는 없다』는 윤구병 선생의 책임.

가족

갑자기 여자의 울음소리가 낭자하게 들려왔다. 이게 무슨 일인가 싶어 나는 벌떡 몸을 일으켰다. 장시간 책상 앞에 앉아 있었던 탓에 허리가 얼른 펴지지 않았다.

"여보, 여보, 빨리 좀 나와 봐요."

아내의 다급한 목소리였다. 나는 서둘러 고무신을 꿰어 신고 마당으로 내려섰다. 저녁거리인 듯 푸성귀가 몇 잎 든 소쿠리를 가슴에 보듬은 채로 아내가 울타리 너머 길 쪽을 가리켰다. 여자의 모습이 눈에 잡혔다.

"저게 누구야?"

내가 중얼대자 아내가 대답했다.

"대복이 각시 같은데?"

그랬다. 사방이 온통 불그레하니 물이 든 석양빛 아래였고 또 상당히 떨어진 거리여서 얼굴을 자세히 확인할 수는 없었지만, 그러나 한눈에도 대복이 각시가 분명하다 싶었다. 외양이든 분위기든, 유별나게 눈에 띄는 사람이 있다. 그녀도 그런 사람들 중 하나였다.

밤산골에서 호가 난 노총각 대복이를 따라 그녀가 처음 모습을 나타냈을 때를 나는 잘 기억하고 있다. 아내와 함께 텃밭에서 고구마 넝쿨을 뒤집고 있던 여름날 오후였다. 잠시 허리를 펴고 땀을 훔치다가 나는 마침 저만치 마을 어귀에 와닿는 버스를 발견했다. 하루에 세 차례 원주 시내까지 운행하는 공용버스였다. 고작 한두 사람이 타고 내리거나 아니면 빈 차로 오기 일쑤여서 볼 때마다 괜히 마음이 쓰이곤 하던 나는 버스가 머리를 돌려 다시 떠날 때까지 내처 눈길을 던져두고 있었다. 한순간 햇빛이 길게 날을 세웠다. 그리고 버스가 떠난 자리에 두 사람의 모습이 드러났다. 먼발치에서도 남녀가 분명하다 싶었다.

골짜기로 드는 좁은 길을 두 사람은 타박타박 걸어왔다. 그늘 한 점 없는 땡볕 아래 시멘트 길이었지만 둘은 꽤나 한갓진 걸음새였다. 얼굴을 알아볼 정도로 거리가 좁혀졌을 때 나는 금방 사정을 알아챘다. 남자는 예의 대복이었고 여자 쪽은 낯이 설었다. 그러니까 밤산골 노총각 대복이가 초행길임이 분명한 아가씨에게 주변 풍경이며 마을에 대해 이런저런 안내를 하고 있었던 것이다. 햇빛 탓이던가. 대복이의 얼굴은 벌겋게 달아올라 있었다.

"안녕하십니까, 반갑습니다!"

그가 특유의 과장스러운 어투로 인사말을 던져왔다. 그 말은, 일테면 "좋은 하루 되십시오!"라거나 또는 "결코 좌시하지 않겠다!" 따위의 말과 함께 그의 입에 밴 관용어구 중 하나였다. 앞말은 선거판에서, 뒷말은 시위 현장에서 그가 배워온 말이었다. 여전히 비쩍 마른 몸에 한참 철 지난 점퍼를 걸치고 새 농구화를 신고 있었다. 머리 위에는 W자가 커다랗게 붙은 야구모자가 비스듬히 놓여 있었다. 어느 모로 보나 그 기묘한 부조화가 참 그답다고 생각되었고 또, 그가 지금 어디에서 오는가도 대충 헤아려졌다.

"안녕하세요, 정말 오랜만이네요."

화답한 사람은 아내였다. 내가 거들었다.

"어딜 다녀오는 길인가?"

"촛불시위에 갔다 오는 길입니다."

거침없이 그가 대답했다. "어르신께서도 뉴스 보셨지요? 이번에도 아주 굉장했습니다. 엄청나게 많은 사람들이 참가했거든요."

나는 입을 다물었다. 그 일이라면 별로 궁금할 게 없었고, 자칫 말대접을 했다가는 이야기가 길어질 게 뻔했기 때문이었다. 정작 나의 관심은 여자 쪽에 있었다. 어딘가 앳된 티가 느껴지는 아가씨였다. 아내도 그랬던 것 같다.

"처음 보는 아가씨네."

무슨 감을 잡았던지 거두절미하고 아내가 물었다. "총각, 우리한테 소개 좀 해봐요."

약간 쑥스러워 하며 대복이가 대답했다.

"친굽니다. 여친……."

아! 우리 내외는 대번에 감격했다. 그가 드디어 면 총각을 하는구

나 싶어 와락 반가움이 앞섰던 것이다. 우리는 나지막한 쥐똥나무 울
타리를 사이에 두고 새삼 여자를 뜯어보았다. 우선 큰 키가 인상적이
었다. 대복이보다 머리통 하나는 더 있는 키였다. 당연히 두 팔도 길
어서 무릎에 닿게 축 늘어뜨린 모습이 엉뚱하게도 초원을 어슬렁거
리는 영장류 암컷을 떠올리게 만들었다. 그런데 어쩌자고 머리는 불
밤송이처럼 짧았다. 게다가 미용사의 숙달된 솜씨가 아닌, 누가 화풀
이 삼아 아무렇게나 가위질한 머리 같았다. 그러고 보면 얼굴이며 목
이며 손등 같은 곳에 크고 작은 상처와 멍 자국들이 남아 있었다. 입
성도 꾀죄죄하여 밋밋한 가슴을 가린 청조끼 앞섶이나 청바지 아랫
단은 땟국이 더께로 앉아 번들거렸다. 굽은 등에는 또, 꽤 부피가 있
는 등산백이 엉성하게 매달려 있었다.

왜인지 모르겠다. 아내와 나는 말없이 눈길을 주고받았다. 마음이
좀 짠하고 그랬다. 어쨌거나 뭐라고 한마디 해야겠다 싶어 나는 속으
로 이런저런 말들을 더듬어보던 중이었다. 그때, 무슨 생각에서였는
지 여자가 얼굴을 반짝 치켜들고 불쑥 말했다.

"엊그제 만났는데 요오, 오빠가 요오, 나더러 각시 하재요."

'요'에 강세를 둔 어린애들 어투로 말하고 나서 여자는 발쭉이 웃었
다. 땀방울이 보송보송하게 매달린 콧마루가 위로 살짝 치켜 올라가
고 얇은 입술이 갈라지면서 아직 유치를 갈지 못한 아이의 그것처럼
들쭉날쭉한 입속을 살짝 드러내며 웃는 얼굴이 꽤 예뻐 보였다. 그
래서일까. 나중에 생각해본즉 시위 현장에서, 그것도 불과 하루 이틀

전에 만난 사내를 무작정 따라왔다는 사연이었음에도 불구하고 나는 가슴이 다 먹먹했다. 아내인들! 돌아보니 그녀는 두 손을 맞잡은 채 중얼거리고 있었다. 할렐루야! 하나님, 감사합니다.

아내가 길 쪽으로 뛰어나갔다. 대복이 각시의 울음소리가 더 커졌다. 해종일 조용하던 골짜기를 발칵 뒤집어 놓고도 남을 만한 소동이었다. 몹시 서러운 일을 당한 어린아이처럼 목 놓아 엉엉 울며 내려오던 여자를 아내가 감싸 안다시피 하여 데려왔다. 그러고는 평상에 앉히고 냉수를 한 컵 마시게 했더니 그제야 좀 진정이 되었는지 불쑥 내뱉은 말이 이랬다.

"오빠가 쫓아냈어요. 각시 필요 없대요."

그러고보니 올 때 차림 그대로인데다 등에는 등산백까지 매달려 있었다. 등 떠밀려 나온 꼴이 역력했다.

"세상에!"

아내가 탄식했다. 참으로 어이없다는 듯이 한참 동안 말이 없더니 혼자서 중얼거렸다.

"대복이가 그랬다고? 그 인간이 쫓아내?"

상상할 수 없는 일이었다. 사람의 인연이란 알 수 없는 것 아니냐고, 우리 내외는 생각했던 것이다. 그런 식의 시작이 좀 뭣하고 여자쪽에 대해 아는 게 거의 없지만, 그래도 기왕 맺어진 인연이니 잘 다독이며 살기를 바랐다. 앞날이 구만리 같은 청춘 아니냐. 서로 흠은

덮어주고 빈 곳은 메워주며 정겹게 살아가기를 빌어준 사람이 비단 우리 내외만은 아닐 것이었다. 밤산골의 이 새 쌍도 그런 기대를 저버리지 않는 듯했다. 누구 못지않게 둘은 늘 붙어 다녔고, 지난 늦봄부터 여름 내내 우리 사회를 왈캉달캉 흔들어대던 그 촛불시위에도 곧잘 함께 쫓아다니곤 했던 것이다. 그 지겹던 여름이 끝나고 이제 멀지 않아 서리가 비칠 듯싶은 때였다. 그러니까 둘의 동거가 어언 네댓 달을 넘어서고 있는 시점이었다. 어찌 이런 경우를 예상했으랴.

여자의 울음보가 또 터졌다. 그 기다란 팔로 평상을 짚고 상체를 기울인 자세로 그녀는 대성통곡을 했다. 그야말로 장마에 둑이 터진 듯한 울음이었다.

"오빠가 때렸어요. 욕도 했고요. 싹 꺼지래요. 각시 없어도 좋대요……."

말없이 등을 쓸어주고 있던 아내의 눈빛이 점점 매워졌다. 흡사 소박맞고 온 딸과 마주한 듯 아내의 얼굴은 분노로 달아오르고 있었다. 깜짝 놀랄 만큼 뾰족한 목소리로 아내는 여자에게 물었다.

"왜? 왜 그랬지? 그 인간이 뭣 땜에 그랬어?"

쌀쌀맞게 추궁하는 어조여서 내 귀에도 많이 거슬렸다. 하지만 정작 여자는 그러거나 말거나 자기 설움에 겨워 말귀조차 제대로 알아들은 것 같지 않았다. 아내가 따지듯이 다잡아 물은 건 차라리 당연한 노릇이었다.

"말해봐. 그 인간이 왜 그런대?"

그제야 껵껵 숨 막히는 소리로 여자가 대답했다.

"말 안 듣는다고……."

"누구 말, 오빠?"

"아니고, 어머님 말……."

"뭐야? 그 늙은이 말?"

아내의 목소리가 튀었다. 그러나 금방 자제하며 목소리를 끌어내렸다.

"뭐라고 했는데 어머님이?"

"몰라! 몰라!"

여자가 갑자기 히스테릭하게 울부짖기 시작했다. 같은 울음이라고는 해도 사뭇 다른 감정이 담겨 있는 울음이었다. 그녀는 두 손으로 자기 얼굴을 쥐어뜯 듯하며 외쳐댔다.

"마귀할멈 같아. 죽었으면 좋겠어! 팍 죽어 없어졌으면 좋겠다고!"

아내는 그만 맥이 탁 풀리는 모양이었다. 눈에서 매운 기가 걷히면서 무너지듯 뒤로 물러나 앉았다. 그리고 무겁게 혀를 찼다.

"에그, 이 미련하고 죄 많은 인간아!"

나는 천천히 돌아서서 짐짓 하늘을 쳐다보았다. 골짜기 위 좁은 하늘에 유달리 짙은 주홍빛 놀이 번지고 있었고 왜가리 한 쌍이 저녁 마실을 나서듯 마을 위를 너울너울 날아갔다. 도무지 그럴 상황이 아닌데도 슬머시 웃음이 나왔다.

대복이 어머니 여주댁은 도무지 나이를 짐작하기가 어려운 여자였다. 마흔 넘은 아들을 두고 있어 적어도 육십은 넘었거니 할 뿐이었다. 시골 생활의 이력이 적지 않은데도 얼굴이 여전히 고왔다. 게다가 그녀 특유의, 톡톡 튀는 목소리도 젊었다. 우리 내외가 밭고랑에 엎어져 일을 하면서도 그녀가 마을 어디쯤 행차하고 있는지를 금방 알 수 있는 것 역시 그 색깔 있는 목소리 덕분이었다. 일을 하든 길을 가든 그녀는 쉬지 않고 늘 쟁쟁거렸기 때문에 위치 파악이 쉬웠던 것이다. 그것만도 아니었다. 그녀 옆에는 언제나 여주 양반이 있었다. 여주댁이란 택호가 붙은 까닭도 거기에 있었다.

여주 양반은 팔순이 넘은 노인이다. 여러 해 전에 풍을 맞아 쓰러졌다가 간신히 일어났다고 했다. 열녀인 여주댁 덕분이라고들 했다. 하지만 고령인데다 후유증이 남아 있어서 아직도 지팡이를 짚고 지척거리는 걸음새였다. 그처럼 불편한 몸인데도 불구하고 노인은 어디든 여주댁을 따라다녔다. 혹은 여주댁이 지성스럽게 그를 앞세우고 다니는 건지도 모른다. 어쨌거나 논이든 밭이든, 마을회관이든 읍내 장터든 두 사람은 예외 없이 늘 붙어 다녔기 때문에 그 연배에도 불구하고 잉꼬부부 소리를 들었다.

"정말 금슬 좋은 부부네요."

언젠가 아내가 먼발치로 두 사람을 보며 감탄한 적이 있었다.

"저 두 분을 보니까 그 말이 실감나요. 검은 머리가 파뿌리가 되도록 해로한다는 말…… 정말 한 폭의 명화처럼 아름다운 광경이네요."

그러자 자리를 함께했던 앞집 안 노인이 나섰다. "저 사람들한테 딱

들어맞는 말은 아닌 거 같아."

열아홉 꽃다운 나이에 이 골짜기 김씨 집안으로 시집 와서 지금까지 50년 넘게 붙박이로 살고 있다는 앞집 노인네였는데, 그녀 역시 친정을 여주 쪽에 두고 있었다. 그네에 의하면, 여주댁은 젊은 나이에 남편과 사별했다. 그 후, 아들 대복이 하나를 데리고 그럭저럭 살았는데 마흔 줄에 들어선 어느 날부터 여주를 들락거리기 시작했다는 것이다. 본인은 식당 일을 하러 간다고 했지만 소문에는 춤바람이 난 거라고들 했다. 두어 해 남짓 나들이가 잦던 그녀는 웬 도회풍의 말쑥한 노신사를 달고 돌아온 다음 날부터 딱 발길을 끊었다. 그리고 어언 20년 세월을 둘은 그렇게 살아온 것이라고 했다.

"듣고 보니 저 할아버지도 참 특별한 분이네요."

아내가 새삼 놀라워했다. "뭐 하던 분이었나요?"

"무슨 사업을 했다나 어쨌다나…… 잘은 알 수 없고, 공부도 좀 한 사람이래요. 워낙 입을 봉하고 살아서 그렇지 많이 유식하대요."

"자식은 없고요?"

"왜 없어. 이따금씩 와서 들여다보고 가요. 아들이고 딸이고 다 웬만큼은 하고 사는가보더구먼. 한번은 나이 든 여자가 젊은 운전수를 앞세우고 찾아왔어. 마침 집이 비어 있었는데 여자는 집 안팎을 휘휘 둘러보고 나더니 선걸음에 돌아서 가더래요. 그게 본마누라였다고 나중에 여주댁이 실토했는데, 그길로 끝이야. 두 번 다시 안 왔으니까."

"세상에, 세상에! 뭔 그런 인생들이 있대요 글쎄!"

아내는 거듭거듭 놀라워했다.

필경 아내는 대복이를 만나고 왔다. 여자를 앞세우고 가려 했지만 그녀가 한사코 거부했으므로 결국 아내 혼자서 골짜기 안에 있는 그네의 집을 방문하는 수밖에 없었다. 손전등 하나만 달랑 들고 올라갔던 아내는 깜깜해진 뒤에야 불빛을 흔들며 간 길을 되짚어 왔다. 그새 다섯 평 반짜리 원룸 안에서 좀 뻘쭘하게 앉아 있던 여자와 나는 화들짝 반기듯이 그녀를 맞았다.

하지만 아내의 입은 쉬 열리지 않았다. 단단히 삐친 아낙네처럼 입술을 내민 채 아내는, 그때까지 벽에 등을 대고 약간 방심한 듯싶은 포즈로 멍하니 앉아 있는 여자를 한참 동안이나 짯짯이 고누어 보기만 할 뿐이었다. 표정이 복잡했다. 아내의 눈에는 연민인지 분노인지 잘 분간이 가지 않는 감정이 진하게 담겨 있었다.

"그 친구가 뭐래?"

내가 물었다. 입이 쓰다는 듯이 아내가 내뱉었다.

"그만 살겠대."

"왜 그러는데?"

"엄마한테 불효해서래요."

뭐가 불효냐고 따졌더니 한다는 소리가, 도무지 어른을 어려워할 줄도, 공경할 줄도 모르는 막돼먹은 년이라고, 마구 성토하더라고 했다. 특히 시어미를 달갑잖은 친구 대하듯이 하는 통에 여주댁이 먹은 밥을 제대로 소화시키지 못한 지 오래라는 것이었다. 그런 여자를 데리고 사는 일은 자식으로서 곧 불효하는 짓이기 때문에 그런 년을 나는 결코 좌시할 수 없노라고, 딱 잘라 말하더라고 했다. 도무지 설득의 여지조차 보이지 않아서 악에 바친 아내는, 그래, 알았다, 다시 네 혼자 살아봐라, 악담하고 왔다며 한숨을 폭 내쉬었다.

"효자 났군."

"암요……."

우리는 입을 다물었다.

평소에 봐도 효심 하나는 인정해줘야 할 위인이기는 했다. 노동력은커녕 제 몸 하나 건사하기에도 점점 힘들어하는 여주 양반에 대해 불만이 없지 않으면서도 어머니에 대한 효심 때문에 겉으로 드러내는 법이 없었다. 저한테 딸린 식구가 달리 있는 것도 아닌데 그는 별 불평 없이 농사를 지었고, 외지 건설 현장에서 틈틈이 벌어들이는 노임도 술값만 빼고 고스란히 여주댁 손에 쥐여준다고 했다. 그 나이에도 말이다.

그렇다고 어머니 여주댁으로부터 좋은 소리를 듣고 사는 아들도 못 되었다. 그녀는 머리가 약간 모자라는 듯한 이 아들에 대해 깊은 원망 같은 것을 품고 있는 듯했다. 저 인간 때문에 내 인생이 고작 이것밖에 안 된다는 식의 푸념을 그녀는 곧잘 하고 다녔고, 특히 세상사에 대한 아들의 허황된 관심에 대해 이를 갈고 있었다. 한창 바쁜 농번기에 아무 상관도 없는 시위 현장으로 달아나거나 또는, 선거철마다 운동원으로 불려나가 아무 실속도 없이 코피 나게 뛰어다니는 아들을 그녀는 도통 이해할 수가 없었던 것이다.

그랬다. 다른 건 몰라도, 시국에 대한 그의 관심과 열의에 관한 한 나 역시 여주댁의 입장에 상당히 공감하는 바였다. 허황된 관심이라고까지는 치부하지 않더라도 좀 많이 엉뚱하다는 생각은 하고 있었다. 시골 구석에 박혀 짝도 없이 사는 노총각 처지에 툭하면 자기 일을 내던지고 멀리 시위 현장으로 달려가는 그 열성에는 단순히 정의감의 발로라고만 말할 수 없는 미진한 무엇이 느껴졌기 때문이다. 내가 그만치 불순한 건가. 거의 광적이라고 상상되는 그의 선거 운동 얘기는 더 그랬다. 후보를 가리는 것도 아니라고 했다. 특별히 그래야 할 이유가 있다거나 그렇다고 일당을 받는 것도 아닌데 그는 매번 선거판에 뛰어들어 죽을 등 살 등 미친 듯이 뛴다고 했다. 마침내 선거가 끝나면 그는 결과에 상관없이 몹시 지치고 풀이 죽은 모습을 하고 돌아온다는 것이었다. 그러고는 마을 사람들을 상대로 무슨 무용담처럼 자기 이야기를 한없이 뻥튀기하면서 다음 선거철을 기다린다고 했다.

어쨌거나, 효심을 함부로 탓할 수는 없다. 부모 자식 간의 관계가 날로 거칠어지고 있는 현실에 비추어 보자면 더 그렇다. 하지만 당장 처해진 상황이 실로 난감했다. 이 어두운 밤에 여자를 밖으로 내몰 수도 없고, 그냥 두자니 공간이 옹색했다. 아니다. 하룻밤이야 무릎을 맞대고 지새울 수도 있으리라. 문제는 그다음이었다. 도대체가 어디서 흘러온 건지도 모르는 여자인데다 갈 곳 역시 막막해 보였다. 여자만 인가. 딱하기는 사내 쪽이라고 다를 게 없었다. 마흔 살이 넘은 사내가 언제까지 노인네들의 곁방에서 홀아비로 뒹굴며 살겠다는 건지. 두 쪽 인생이 다 짠하고 갑갑하기는 매한가지다 싶어 마음이 무거워졌다.

"쪽마루 하나 없이 딱 방 둘에 부엌 하나뿐인 집이더라고요. 방들도 이거보다 훨씬 작아. 게다가 두 방 사이엔 엉성한 장지문 두 짝이 전부더구먼. 세상에! 그리고 어떻게 함께 사는지……."

짬을 두었다가 혼잣말하듯 중얼댔다.

"늙은이가 시샘도 났겠지 뭐. 시샘이 나니깐 심술이 도지기도 하고……."

갑자기 아내가 뾰족한 목소리로 불쑥 물었다. 나에게가 아니라 어느새 자울자울 졸고 있는 여자를 향해서였다.

"그랬지? 오밤중에 늙은이가 공연히 신경질 부리고 그랬지?"

여자는 놀란 눈만 치떴다. 하지만 그도 잠시일 뿐 짐승의 그것처럼 순하게 보이는 눈자위가 금방 안개로 몽롱해졌다. 민둥한 가슴께에 두 무릎을 모아 괸 채로 그녀는 자꾸만 무너지고 있었다. 아내가 혀를 끌끌 차며 베개를 던져 주었다. 그녀는 마침내 길게 드러누웠다. 역시나 큰 키였다. 얼굴을 위로 하고 반듯하게 누운 채 그녀는 금방 잠이 들었다. 아내가 무릎걸음으로 다가가더니 손을 들어 그녀의 배를 가만히 쓸어보고 있었다. 한 번, 두 번, 세 번, 그리고 무언가를 골 똘히 생각하며 다시 한 번, 두 번, 세 번……

"혹시나 했더니…… 역시 홀몸이 아니네. 달수도 꽤 찬 것 같고……."

아내의 목소리가 더 무거워졌다.

"난 오빠가 좋은데……."

다음 날 아침상 앞에서 깨지락깨지락 수저질을 하다 말고 여자가 혼자 말하듯 중얼댔다. 금세 눈물이 볼을 적셨다.

"정말 좋아?"

아내가 물었다. 여자가 어린애처럼 머리를 꺼덕꺼덕 했다.

"뭐가 좋아. 욕하고, 때리고, 내쫓고 했다며? 밉지도 않아?"

대답 대신 여자는 수저를 내려놓고 본격적으로 울 채비를 했다. 우리 내외도 슬며시 상에서 물러나 앉았다. 아내가 묵묵히 커피 석 잔을 만들었다. 그중 하나를 여자 앞에 놓으며 아내는 말했다. 결기가 묻어나는 어조였다.

"그럼 쫓겨 가지 마. 이거 마시고 나서 다시 올라가라고. 가서 말해. 죽어도 안 간다고, 못 간다고…… 그리고 버티라구."

여자는 울음을 그쳤다. 그러고는 아내의 얼굴을 쳐다보았다. 희망과 더불어 절망이, 기쁨과 더불어 두려움이 한데 뒤엉킨 눈빛이었다.

결국 아내는 두 번째 걸음을 했다. 대복이 각시가 혼자서는 도무지

나서려 하지 않았기 때문이었다. 가을 햇살이 환하게 쏟아져 내리는 시각이었다. 아내에게 등을 떼밀려 나온 대복이 각시는 길바닥에 딱 멈추어 선 채 거기서 더 이상 움직이려 하지 않았다. 또다시 울음을 터뜨릴 것 같은 얼굴을 하고 한사코 아내의 거동만 지켜보았다. 엉뚱한 곳에서 버티기가 시작된 느낌이었다.

"잘 들어. 거기서 위로 올라가든지 아래로 내려가든지, 새댁이 생각하고 결정해야 돼. 내 말, 무슨 뜻인지 알겠지?"

여자는 말 잘 듣는 아이처럼 머리를 끄덕거렸다. 하지만 그뿐, 발은 전혀 움직이지 않았다.

두 여자는 그런 식으로 아마도 한 시간 이상을 실랑이했으리라. 마침내 열을 받은 아내는 못난 딸에게 하듯이 한동안 거친 욕설을 퍼부어댔고, 그리고 종당엔 스스로 앞장서서 다시 골짜기 길을 허위허위 올라갔다.

비로소 나는 책상 앞에 가 앉았다. 노트북을 열고 내 문서를 클릭하여 전날 하던 작업을 계속하려 했지만 잘 되지 않았다. 대기 모드로 바꾼 다음 나는 창밖을 내다보았다. 청옥빛 하늘이 서늘하게 이마에 와닿고, 그 아래 세상은 온통 만산홍엽이었다. 겹겹이 늘어선 산등성이마다 단풍이 아직도 한창이었다. 맑은 햇살 때문일까. 모과나무 산뽕나무 감나무에 매달려 있는 크고 마른 잎사귀들이 너무나 정갈해 보였다. 고구마 토란 들깨 등 가을걷이가 끝나면 곧바로 겨울이 오리라. 그러면 바람의 길목인 이 골짜기는 내년 3월까지 꽁꽁 얼어붙은 동토가 될 것이었다.

꽤 시간이 흐른 뒤 아내가 돌아왔다. 혼자였다. 어제와는 달리 기분도 괜찮아 보여서 나 역시 마음의 짐을 던 기분이 되어 물었다.

"그 친구가 뭐래?"

"벌써 나가고 없더라구요."

"각시 찾으러 간 거 아닌가?"

서울 간다면서 새벽같이 나갔다고 했다. 그랬다면 아마도 광화문 쪽이 아니고 여의도 쪽일 듯도 싶다고 나는 생각했다. 이 지역구 출신 김 의원이 종종 그와 면담하기를 원했기 때문이었다. 물론 대복이 말이 그랬다. 선거철이야 말할 것도 없고, 평소에도 김 의원은 그를 자주 호출한다고 했다. 그러고는 손을 끌어 잡고 이런저런 문제들에 대해 의견을 구하고 부탁도 한다는 것이었다. 사실 많이 귀찮고 성가시긴 하지만 중학교 선후배 관계라 외면할 수가 없노라고 그는 말했다. 그는 또 말하기를, 김 의원 하나만도 아니라고 했다. 시의원, 도의원 중에는 초등학교 동창들이 네댓 명이나 있어 그자들도 툭하면 불러대는 통에 머리가 아프다고 했다. 다행이라면 고등학교나 대학 동창은 없다는 점이었다. 중졸이 그의 학력의 전부였기 때문이다. 하여간 어느 쪽으로 갔든지 나로서는 그다음 행적이 상상되지 않았다. 그가 어디서 누구를 만나 무슨 일을 하며 시간을 죽이는지에 대해서는 전혀 그림이 그려지지 않는 것이었다.

"여주댁은 뭐라고 하던가?"

나는 그녀의 태도가 자못 궁금했다. 아내의 입가에 웃음이 번졌다. 여자들, 특히 어머니들만 어떤 순간에 지을 수 있을 듯싶은 그런 혼자웃음이었다.

"첨엔 그러대. 내 알 일 아니란 듯이 팔짱을 끼고 대하더라고요. 그마귀 같은 늙은이가 글쎄. 새댁이 불쌍하지 않냐고 했더니 내가 내쫓은 거냐고 대꾸했고, 마흔이 넘은 아들인데 다시 혼자 살게 내버려둘 거냐고 따졌더니 무슨 악담이냐, 짚신도 제 짝이 있는 법인데 왜 혼자 사냐고, 거품을 물고 대들더라고요."

"여주 양반은 암 소리 않고?"

"빈 자루처럼 구석에 웅크리고 앉아 있기만 하대."

한심한 인간 어쩌고 하는 뒷말은 입속에서 웅얼거리고 말았다. 하지만 그 노인네들에 대한 아내의 감정이 어떠했는지는 족히 헤아릴 수 있는 어투였다. 마찬가지로 그때의 분위기 역시 짐작하고도 남았다.

아내의 말에 의하면, 그토록 냉랭하고 적대적이던 분위기가 극적으로 바뀐 계기는 새댁의 임신 사실을 밝히면서였다고 했다. 처음에는 믿지 않다가 새댁을 눕혀놓고 직접 눈으로 보고 다시 손으로 쓸어보고 나서야 여주댁의 표정이 확 달라지더라고 했다.

"세상에! 글쎄, 얼음장 같던 얼굴이 확 풀어지더니 금방 봄꽃이 만발하더라고요. 이 골짜기 드나들면서 난 정말 여주댁 얼굴이 그처럼 환해 보인 적이 없었다고요."

비로소 큰 짐을 벗은 듯 아내는 홀가분하다고 했다. 나 역시 이하

동문이어서 홀가분한 마음으로 오후 내내 아내의 일손을 도왔다. 올여름 가뭄 탓인가. 고구마들이 땅속에 유독 깊이 자리 잡고 있어 추수가 쉽지 않았다. 나는 호미 대신 괭이질을 했다. 딱딱하게 굳은 마사토를 힘들여 파헤치다보면 괭이 날 끝에 고구마가 찍혀 나오기 일쑤여서 나는 자주 아내로부터 주의나 경고를 받곤 했다.

그날 해거름 녘이었다. 마지막 버스가 반환점을 돌아나간 다음 한 사내가 골짜기로 올라오고 있었다. 우리 텃밭 앞에서 그는 걸음을 멈추었다. 대복이였다.

"안녕하십니까, 반갑습니다."

철 지난 점퍼 대신에 양복 상의를 걸친 것만 빼고는 똑같은 차림새였다.

"반갑구먼. 어딜 다녀오는 길인가?"

내가 묻자 그가 대꾸했다. 많이 지쳐 있는 목소리였다.

"서울 좀 다녀오는 길임다."

그는 또, 꽤 취해 있는 상태이기도 했다.

모를 일이었다. 하루 종일 어디를 헤매고 다녔는지, 그리고 또 누가, 왜 술을 먹인 건지 나로서는 도무지 헤아릴 길이 없었다. 어쨌거나 그는 많이 지쳐 있었고, 꽤 술에 취한 상태임이 분명했고, 그리고 왠지 그런 사실들이 내 마음을 무겁고 짠하게 만들었다. 내가 실없는 물음을 던진 것도 아마 그 때문이었으리라.

"무슨 중요한 일이 있었나 보지? 누굴 만났나?"

거침없이 그가 대꾸했다.

"네, 어르신. 중대한 문제로 김 의원을 만나러 갔습니다. 아시죠? 여의도……"

사이를 잠시 두었다가 목을 움츠리고 비 맞은 개 떨 듯하며 뒷말을 이었다. "앗다, 거기 강바람, 되게 쌀쌀하대요. 벌써 겨울 날씨더라고요."

콧물을 훌쩍거리면서 그는 돌아섰다. 중대 문제가 무엇인지 그래서 누구를 만났는지에 대해 이쪽에서 운을 떼주었는데도 그는 더 떠벌일 마음이 전혀 없는 듯싶었다. 전과는 사뭇 다른 태도여서 나는 마음속으로 놀랐다. 집을 향해 발길을 서두는 그에게 아내가 넌지시 일러둔다는 투로 말했다.

"얼른 가봐요. 각시가 기다리고 있을 거예요."

뚱한 얼굴로 우리를 잠시 돌아보았을 뿐 그는 이내 몸을 돌려 자우룩이 땅거미 지는 오르막길을 힘겹게 지척거리며 올라갔다. 아내가 한숨을 토했다. 눈빛이 흔들렸다.

소동은 그날 밤중에 일어났다. 119 구급차가 느닷없이 골짜기로 들이닥쳤던 것이다. 사이렌 소리에 놀라 깨고 보니 자정을 넘어선 시각이었다. 경광등 불빛이 어둠을 써레질하며 골짜기 안으로 파고들었다. 아, 여주 양반! 우리 내외는 그 노인네를 먼저 떠올렸다. 또 쓰러진 거구나. 두 번째 쓰러지면 가망이 없다는데, 하고 우리는 놀란 얼굴을 서로 멀거니 쳐다보았다. 그리고 생각했다. 진작 팔순을 넘긴 연세라니 굳이 유감스러울 것까지는 없을 성싶었다.

다음 날 우리 내외가 떠날 채비를 하고 있는데 앞집 안 노인이 건너왔다. 마을회관에서 점심을 먹고 오는 길이라고 했다. 어젯밤 소동 때문에 마을 사람들이 죄 놀라 밤잠을 설쳤다면서 그녀가 들려준 얘기는 엉뚱했다. 우선, 구급차에 실려 간 사람이 여주 양반이 아니고 대복이 각시였다는 말에 우리 내외는 놀란 입을 다물 수가 없었다.

"왜요? 어떻게 된 거래요?"

숨넘어가는 사람처럼 아내가 물었다.

"하혈을 했다나 어쨌다나…… 애기를 가졌던가 봐. 대복이 각시가……."

"세상에, 세상에!"

아내가 외쳤다. "그 인간이 여자를 또 쳤구먼!"

"그런 건 아닌 거 같고, 잠자리를, 같이하다가……."

"저 미련한 인간!"

그뿐, 아내의 입이 다물어졌다. 노인네가 주름투성이의 안면을 구깃구깃 일그러뜨리며 웃고 있었다.

"다행히 별 탈은 없더래요. 애기도 괜찮고…… 하지만 게우 일곱 달 채운 애니 조심은 하라고, 의사 선생님이 그랬다더만."

아내는 입을 열지 않았다. 일곱 달이나 됐다면 밤산골로 들어오기 두어 달 전에 생긴 녀석이다. 설마하니 아내가 그런 속셈을 하랴 생각하며 내가 우정 맞장구를 쳤다.

"정말 다행이네요. 아무렴요. 정말 다행이지요."

"우리 밤산골에도 곧 갓난쟁이 울음소리 듣게 생겼네." 노인네 말이었다. 주름투성이 얼굴이 또 한 번 구겨졌다.

우리 내외가 다시 밤산골을 찾은 것은 그로부터 몇 주 뒤였다.

텃밭은 초토화된 상태였다. 연일 서리가 내린 탓이었다. 절기는 이미 입동을 지나 소설을 코앞에 두고 있었다. 우리 내외는 깻단을 털고 고춧대를 뽑아내는 등 바쁘게 겨울 채비를 하면서도 울타리 너머 앞집을 자주 건너다보곤 했다. 집이 비어 있는 것으로 보아 두 노인이 다 출타한 모양이었다. 아내는 목을 빼고 골짜기 위쪽으로도 종종 눈길을 보내곤 했다. 거기도 인적이 없어 밤산골이 온통 텅 빈 것 같았다.

삶은 고구마와 땅콩을 담은 소쿠리와 김치 접시, 그리고 맥주 캔 따위를 늘어놓고 평상에 걸터앉았을 때였다. 저만치 마을 앞에 낮 버스가 와닿는 게 보였다. 혹시나 싶어 우리는 눈길을 보낸 채 기다렸다. 너무나 맑은 날씨여서 정류소 일대가 흡사 조명 속 무대처럼 잘 들여다보였다. 그랬다. 버스에서 내린 사람은 넷이었다. 둘은 남자였고 남은 둘은 여자였다. 뿐더러, 그들 면면이 누구인지를 우리는 금방 알 수 있었다.

아내가 먼저 길 쪽으로 달려 나갔다. 고무신을 꿰고 땅콩을 우물우물 씹으면서 나 역시 뒤를 좇았다. 저 쟁쟁거리는 목소리를 앞세우고 그들이 천천히 다가왔다. 이번에는 내가 먼저 인사말을 던졌다.

"안녕들 하세요. 오랜만에 뵙네요."

여주댁 모자가 거의 동시에 대꾸를 했다. 둘 다 높고 밝은 목소리였다. 어느새 아내의 손을 잡은 대복이 각시는 흡사 친정어미라도 만난 듯 반가워했다. 팔순의 여주 양반만 변함없이 지척대는 걸음걸이에 아둔한 표정이었다. 지팡이를 잡은 손이 전보다 더 잦게 떨리고 있었다.

"어디들 다녀오세요?"

아내의 목소리도 높아져 있었다. "일가가 함께 행차하셨네요. 너무 보기 좋아요!"

"우리 손자 보았다우."

여주댁 말이 톡톡 튀어 올랐다. 대복이가 냉큼 뒤를 댔다.

"병원에 있어요. 인큐베이터 안에……"

아내와 나는 입만 벌리고 있었다. 너무 놀라워서 얼른 대꾸할 말을 찾지 못했던 것이다. 하지만 금방 사정을 알아챘다. 우리가 텃밭을 떠나 있던 사이에 무슨 일이 밤산골에서 일어났는지 잘 헤아려졌다. 세상에, 세상에! 아내가 입속으로 거듭 중얼대더니 불쑥 물었다.

"얼마 동안이나 있어야 한대요, 그 속에?"

"두 달!" 하고 여주댁이 대답했고, "달포만 더……" 하고 대복이가 수정했다.

적어도 두 달이나 더 앞서 태어난 녀석임이 분명했다. 그만큼 세상 구경을 빨리 하고 싶었던 걸까? 앞으로 혹 기회가 주어진다면 녀석에게 물어보고 싶다는 생각이 들었다. 아가야, 이 세상이 어떻게 생겼나 궁금했니, 하고. 그와 동시에 한 가지 걱정이 앞섰는데 아내도 같은 생각을 한 모양이었다.

"어쩌나…… 병원비가 만만치 않을 텐데요?"

여주댁이 재빨리 대꾸했다. "저 냥반이 책임진다네요!"

유독 튀는 목소리였다. 그만한 여유가 있었던가 싶어 나는 여주 양반 쪽을 쳐다보았다. 그러나 남의 얘기라는 듯 노인의 얼굴에는 별다른 표정이 없었다. 아마도, 하고 나는 생각했다. 당신의 마지막 날을 위해 꿍쳐 두었던 장례 비용 같은 걸 내놓기로 작정한 게 아닐까.

"어르신께 부탁드리고 싶은 게 있는데요……"

대복이가 그답지 않게 머리를 조아리며 말했다. "제 아들 이름을 지어주셨으면 하고요. 예쁜 우리말 이름으로요."

나는 선선히 그러마고 약속했다. 그리고 일가의 곡진한 감사 인사를 선물로 받았다.

외가닥 시멘트 길이 골짜기를 향해 하얗게 기어오르고 있었다. 환한 대낮, 그 길을, 맑은 햇살을 받으며 그들은 앞서거니 뒤서거니 하며 천천히 멀어져 갔다. 문득, 그들 네 사람의 성씨가 다 다르다는 사실이 깨달아졌다. 내년 봄에 우리 내외가 다시 밤산골을 찾을 때쯤엔 그런 식구가 하나 더 늘어나 있을 것이었다.

일가의 뒷모습이 보이지 않을 때까지 가만히 지켜보고 있던 아내가 입속으로 중얼거렸다. 할렐루야! 감사합니다, 하나님! (2009)

아름다운,
그러나 조금은 쓸쓸한

청량산 자락 옥수골에는 두 노인네가 살고 있다. 김부돌 할머니와 양산댁이 그들이다. 빈 집만 서너 채 있을 뿐, 다른 이웃은 없다. 근년 들어 서울 사람 하나가 빈집 중 한 채를 사들여 한바탕 내부 수리를 했으나 일주일에 하루씩 묵고 가는 게 고작이다. 체구가 다부지게 생긴 쉰 줄의 그 사내는 서울 변두리 동네의 어느 재래식 시장 골목에서 직접 만두를 빚어 파는데 어쩌나 숙달된 솜씨인지 티브이의 달인 프로에도 나온 적이 있다고 했다. 그가 주중 딱 하루 와서 머물 때 말고는 늘 두 할머니가 옥수골을 독차지한 채 심심하게 산다.

김부돌 할머니는 신미년 생으로 양띠다. 그러니까 올해 여든둘이다. 열여덟에, 청량산 너머 진밭골에서 꽃가마 타고 시집온 이래 지금까지, 옥수골을 떠나 산 적이 별로 없다. 서울에 사는 아들딸들 집에 어쩌다 하루 이틀씩 다녀온 것과, 벌써 십 년도 훨씬 더 전에 노인회를 따라 4박5일간 제주도 효도관광을 다녀온 게 옥수골 밖 나들이의 거의 전부다. 아! 또 있다. 바깥양반이 이웃 도시의 종합병원에 보름 남짓 입원해 있던 동안, 그녀도 병상 옆에서 살았었다. 바깥양반의 명이 거기까지였는지 온갖 노력과 정성에도 불구하고 결과는 허망했다. 하늘이 무너진 줄 알았다. 하지만 이미 사십 년도 더 전의 일이라 이제는 기억조차 가물가물하다.

양산댁은 일흔넷, 기묘년 생, 토끼띠다. 슬하에 일점혈육이 없다. 남편도 대여섯 해 전에 먼저 보냈다. 내외가 다 타관 사람으로 옥수골에 흘러든 때는 이미 오십 줄이었다. 골짜기 초입의 마을에는 아직도 그때를 잘 기억하고 있는 어른들이 더러 남아 있다. 그들의 기억을 모아보면, 여자는 채 마흔도 안 볼 만큼 얼굴이 고왔는데 그 무렵 유행하던 물방울무늬 양산을 받고 있었다. 그래서 양산댁이란 택호를 얻었다. 남자는 훤칠한 키에 중절모를 썼고, 옛날식 가방을 들고 있었다. 그들은 이장댁 사랑에서 여러 날을 묵으면서 마을과는 외떨어져 있는 옥수골 지금의 자리에다 초가삼간을 얽었다. 마침 절기가 텃밭 파종하기에 좋은 사월이라 그들은 새집으로 옮겨 앉는 즉시로 밭농사를 시작했는데 흙을 처음 만져보는 사람들처럼 일이 몹시 서툴고 힘겨워 보였다고 한다. 그때로부터 어언 스물네 해 동안 양산댁이 옥수골 바깥세상과 담을 쌓고 살아오기는 김부돌 할머니나 다를 게 없다. 고작 한 달에 한번쯤 읍내 장터 나들이가 전부일 따름이었다.

양띠와 토끼띠니까 둘 다 양순한 초식동물인 셈이다. 겨울 한 철만 빼면 옥수골에서 편안하게 살아갈 수 있을 거라고 마을 사람들은 생각한다. 비록 간짓대 하나 폭의 좁은 골짜기지만 봄나물서부터 여름

푸성귀, 가을 열매에 이르기까지 온갖 먹을거리들이 다투어 나고 자라고 여물뿐더러, 골 안에는 맑은 물 흐르는 실개천이 감추어져 있어서 보자기만 한 그네들의 텃밭 농사에도 아쉬울 게 없었기 때문이다. 단지 겨울 추위가 좀 문제이긴 한데, 그것도 심야전기를 이용하면서부터 난방 걱정을 덜었다. 그러고도 한 가지 더 남은 걱정이라면 자잘한 안전사고 정도였다. 넘어진다거나 연장에 다친다거나 하는. 김부돌 할머니는 가는귀가 먹었고 양산댁은 건망증이 좀 심하다. 게다가 약간씩 치매기를 보이는 터라 전혀 예측할 수 없는 일을 저지를 가능성도 없지 않다는 게 마을 사람들의 생각이자 걱정이다.

김부돌 할머니의 아들딸은 모두 서울에서 산다. 그러나 이제는 길이 좋아 아들과 딸이 번갈아가면서 자주 내왕하는 편이다. 특히 딸쪽 걸음이 더 잦아서 마을 사람들은, 늙으면 딸이 더 살갑다는 말을 실감하곤 한다. 길이 좋아서인가, 아니면 김부돌 할머니가 팔순을 넘어서인가. 딸이 타고 다니는 카렌스인가 하는 가스차가 지난해부터 부쩍 더 자주 나타나는 걸 보면서 마을 어른들은 새삼스레 노파의 나이를 셈해보곤 하는 것이다. 그러고는 고개를 주억거린다. 아무렴. 팔순이 예사 나이던가. 저렇듯 멀쩡하다가도 어느 날 훌쩍 먼 길 떠나갈지 모를 일이지, 했다.

육이오전쟁이 터졌을 때 김부돌 할머니는 열아홉, 결혼 이듬해였고, 첫아이를 뱃속에 품고 있을 때였다. 그해 나뭇짐을 지고 십리 길을 걸어 장에 나간 남편이 장터거리에서 징집당해 입대했다. 그리고 전쟁이 끝난 뒤에도 돌아오지 않았다. 그러니까 두 해 전에 환갑잔치를 치른 딸은 유복자로 태어났던 것이다. 김부돌 할머니는 서른 넘어 재혼했다. 남자는 옥수골 태생의, 죽은 남편과는 불알친구였다. 며칠 사이로 징집 당해 갔던 그는 비록 몸은 상했을망정(다리 한 짝을 전쟁터에 묻고 왔다) 살아서 돌아왔다. 하지만 두 번째 남편과도 해로하지 못했다. 낡은 치마폭에 달랑 아들 하나 남기고 십 년 만에 사별했다.

올해 들어서는 한 달이 멀다고 드나들던 카렌스였다. 논밭에서 일을 하다 말고 그 차가 눈에 띄면 마을 사람들은 쉬기도 할 겸 허리를 편다. 그러고는 골짜기로 들어가는 차의 꽁무니를 한참씩 지켜본다. 어쩌다 경운기 같은 것과 마주치면 딸은 차를 멈추고 잠시 인사를 나누기도 했다. 그럴 때 슬쩍 보닛을 만져보면 깜짝 놀랄 만큼 뜨겁다. 바쁜 시간을 쪼개어 한달음에 달려온 탓이었다. 그런데 지난달에 왔을 때는 보닛을 포함하여 조수석 문짝이 움푹 짜부러져 있어 마을 사람들을 놀라게 만들었다. 고속도로를 나와 지방도로로 막 들어서다가 접촉사고를 냈다고 했다. 그만하길 얼마나 다행이랴 싶어 마을 사람들은 가슴을 쓸어내렸다. 그제야 운전석에 앉아 있는 여자를 찬찬히 내려다본즉 그녀도 진작 환갑을 넘어선 나이더라고 했다.

"너무 무리하지 마소. 할매가 옥수골에 한두 해 살았나. 우리도 있고……."

딸은 서울에서 골목 슈퍼를 한다고 했다. 매번 남편에게 가게를 떠맡기고 온다는 그녀에게 누가 한 말이었다.

그래도 딸은 마음이 놓이지 않았는지 궁리 끝에 노인의 목에 휴대폰을 걸어주고 갔다. 불과 며칠 전 일이었다. 자나 깨나 늘 매고 있으라고 신신당부를 하고 나서도 딸은 미덥지 않았다. 처음에는 노인네가 한사코 마다했기 때문이다. 괜히 비싼 요금 물게 된다는 이유에서였다. 요금은 내가 내준다고 해도 마찬가지였다. 누가 물든 낭비 아니냐, 그런 거 없이도 지금껏 잘만 살아왔는데 이제 와서 왜 그게 필요하냐고 옹고집이었다. 정히 필요할 때는 양산댁 전화를 쓰면 된다고 했다. 입씨름 끝에 딸은 거의 우격다짐으로 노친의 목에 휴대폰을 걸어두고 돌아갔다.

그다음 날 일이다. 아침녘에 딸이 시험 삼아 노친에게 전화를 걸었으나 잠시 받는 기척만 나고 대답이 없었다. 두 번 세 번 걸어봐도 마찬가지였다. 전화를 받는 듯싶다가 곧바로 끊어져버리곤 하더니 나중에는 아예 받지도 않았다. 이게 무슨 상황인가? 딸은 불안스러워졌다. 방정맞은 생각이 머리를 쳐들었다. 언젠가 세인들을 경악케 했던 사건이 불쑥 떠올랐다. 영육 간에 깊이 병이 든 젊은 사내 하나가 주로 시골 외딴 곳에서 혼자 사는 노인네들만 찾아다니며 몹쓸 짓을 저지른 사건이었다. 꼭 그런 일 말고도, 혼자 사는 팔순 노인을 걱정해야 할 일은 많았다. 화장실 출입도 그랬고, 깜빡깜빡하는 치매기도 그랬다. 어느 순간에 정신을 놓아버리지나 않을까 딸은 늘 조바심쳐졌다.

물론 옥수골 김부돌 할머니의 신상에는 아무런 변화가 없었다. 그녀는 새벽잠이 없어서 닭이 홰치는 소리를 내기도 전에 일어나 몇 번씩이나 어두운 밖을 내다보기는 했을망정 건강에도 이상이 없었다. 어둠이 걷히기를 기다려 식전에 채마밭을 손질했고 대문간도 말끔하게 비질을 했다. 혼자서 아침을 챙겨 먹으면서는 잠시 양산댁을 생각했다. 별일이 없으려나? 산채꾼들 손이 타기 전에 늘 가던 고사리 밭을 가봤으면 싶었다. 그때 휴대폰이 울렸다. 노파는 그 소리에 질겁했다. 처음에는 그게 무슨 소린지 몰라 허둥대다가 간신히 기억해냈다. 딸이 한사코 목에 걸어주고 간 그 물건이 내지르는 비명이었다. 일러준 대로 뚜껑을 열었더니 딸 같기도 하고 아닌 것 같기도 한 목소리가 말했다.

"엄마, 별일 없어?"

노파는 재빨리 뚜껑을 닫았다. 그리고 혼잣소리로 중얼댔다. 하모! 별일은 무신 별일…… 괜스레 놀란 가슴을 내려놓으려는데 또 그것이 방정맞게 울어 젖혔다. 처음만큼은 아니지만 그래도 놀라긴 마찬가지였다. 얼른 뚜껑을 열어젖혔더니 조금 전 그 목소리가 다급하게 말했다.

"엄마, 나야 나, 순자!"

재빨리 뚜껑을 닫으며 노파는 또 중얼댔다. 싱겁기는…… 내가 지 목소리도 못 알아들을 쭝 아나? 가는귀먹었다고는 해도 아직 새소리 바람소리 내 다 듣고 산다, 그렇게 자부하며 노파는 잔주름이 자글자글한 입 언저리를 무너뜨리고 설핏 웃음을 띠었다.

하지만 세 번째 네 번째부터는 더럭 겁을 집어먹었다. 아둔한 손으로 폴립을 여닫기 바쁘게 노파는 목에서 휴대폰을 벗어 내동댕이쳤다. 저놈의 기계가 요상도 하다 싶었고, 내가 뭘 잘못해서 탈이 났나 싶기도 했다. 내 그리 마다했건만! 노파는 혼자서 궁시렁대며 딸을 나무랐다.

　그 시간 서울의 딸은 수첩을 뒤져 양산댁 전화번호를 찾아냈다. 그새 무슨 일이 있으랴 싶으면서도 더럭 불안해져서였다. 그놈의 휴대폰 탓이었다. 읍내 목욕탕에 들어갈 때 말고는 꼭 목에 걸고 있으라고 신신당부한 말이 이제는 발목을 잡았다. 혹 무슨 일이 생긴 건 아닐까? 그게 아니라면 왜 전화를 받지 않는단 말인가? 양산댁에는 바깥양반이 살아생전에 유일하게 세상과 소통하던 구식 전화기가 유물처럼 남아 있었다. 혼자된 양산댁이 영감 생각하듯 그냥 매달아두고 이따금씩 이장댁에 자질구레한 부탁을 할 때 사용했다. 그런데 천만다행인 것은 이날 양산댁이 곧바로 전화를 받은 점이었다. 전에도 종종 이용한 적이 있지만 그때마다 통화는 쉽지 않았다. 하기야 노인네가 전화통 옆에만 노상 붙어 있는 것도 아닐 터였다.
　이날 아침에는 통화가 쉬 이루어졌지만 그렇다고 소통까지 쉽지는 않았다. 일흔넷 나이도 장난이 아닌 게다. 이쪽의 신분을 밝히고 나서 곁에 사는 어머니, 그러니까 김부돌 할머니 집에 좀 가보아 달라, 혹 무슨 일이 생긴 건 아닌지 걱정돼서 그러니 확인해서 서울로 전화를 좀 해주시라, 아니 한 시간, 아니 반시간쯤 뒤에 내가 다시 전화하겠다, 대충 그런 정도의 내용을 전달하는 데도 목이 잠길 지경이었다. 어쨌거나 양산댁이 알았다고 했으므로 딸은 그때부터 전화통을 지키고 있었다.

문제는 그다음부터였다. 반시간 뒤에 전화를 했지만 받는 이가 없었다. 그만큼 더 기다렸다가 다시 해보아도 마찬가지였다. 딸은 곰곰 생각했다. 두 집 사이는 넉넉하게 잡아도 고작 1백 미터 정도의 거리다. 거기 지형지물을 떠올려 봐도 노인네 행보에 장애가 될 만한 게 별로 없다. 게다가 지금은 봄, 복사꽃이 만개하여 골짜기가 온통 환한 계절 아니냐. 그러므로 아무리 칠순 노인네 걸음이라고 해도 삼십 분이면 족히 갔다 올 수 있다.

딸은 다시 반시간을 더 기다렸다가 전화를 했지만 역시 받는 사람이 없었다. 또다시 반시간을 더 기다렸다가 똑같은 짓을 되풀이해도 마찬가지였다. 아득한 거리 저쪽에서부터 전화벨 소리만 여리고 나른하게 울려올 뿐이었다. 덜컥 겁이 났다. 전화기 앞을 서성대며 가슴을 움켜쥐었다 손을 맞비볐다 했다. 당장 나서서 시동을 걸고 싶었지만 그놈의 카렌스는 수리 중이었다. 게다가 가게를 보아줄 사람이 없었다. 하필이면 남편이 산행을 간 날이었다.

딸이 119에 전화를 한 것은 그로부터 다시 한 시간이 더 경과한 뒤였다. 이장댁 전화번호라도 알아둘 걸 그랬다고 때늦은 후회를 하며 속만 태우던 중에 문득 119를 상기한 것이었다. 대번에 믿음이 갔다. 이럴 때 믿고 손 내밀 수 있는 국가기관이 하나라도 있다는 게 얼마나 다행인가 싶었다. 그녀는 지체 없이 전화를 걸어 상황을 설명했다. 바로 현장 확인을 해서 연락하겠노라는 명쾌한 대답을 듣고 그녀는 일단 가슴을 쓸어내렸다. 이 사람들을 위해서라면 세금을 얼마든지 써도 좋다는 생각을 했다. 저 여의도에 있는 돔형의 건물과 소방재난본부 건물을 맞바꿔야 한다는 생각도 했는데 그것은 결코 어제오늘의 생각만이 아니었다. 툭하면 국민의 이름을 들추곤 하는 위인들의 낯짝을 신문이나 방송에서 대할 때마다 항용 명치를 치받던 생각이었다. 어찌 건물 만이랴. 의원 수와 세비는 절반으로 줄이고 대신 소방대원 수와 생명수당은 배로 늘려야 한다는 생각도 함께였다.

119에 대한 그녀의 믿음은 옳았다. 결과를 통보받은 것은 그로부터 한 시간쯤 뒤였다. 그러나 내용은 조금 실망스러운 것이었다. 경광등을 번쩍이면서 옥수골로 달려간 지역 대원들이 두 노인네의 집 안팎을 두루 둘러보았지만 아무도 없더라는 것이었다. 그렇다고 무슨 불상사가 있었던 것 같지는 않으니 좀 기다려 보자는, 다소 나른한 어조의 답변이었다.

하긴 고사리를 캔다며 산속으로 들어갔을 수도 있고, 마침 읍내장이 서는 날이니 모처럼 나들이를 갔을 수도 있으리라. 어쨌거나 무슨 변고가 있는 건 아니다 싶었다. 그러나 딸은 어쩐지 마음이 놓이지 않아 필경은 동생에게 전화질을 하고 말았다. 이런 게 노파심인가?

스스로도 잘 납득되지 않는 심리였다. 그녀는 한사코 옥수골만 고집하는 노인네를 새삼 원망했다.

한참 나이가 아래인 남동생은 짜증부터 냈다. 동사무소의 만년 하급직에 있는 그는, 아무리 철밥통 신분이라고는 해도 윗사람 눈치 보기는 마찬가지인데 어찌 근무 시간 중에 사사로운 일을 보라는 거냐고 투덜댔다. 그러면 네 마누라를 대신 보내라고 윽박질렀더니 되돌아온 답은, 나보다 더 바쁘신 몸이더라는 것이었다. 하지만 노모가 걱정되기는 아들 쪽도 마찬가지였든지 결국은 제백사除百事하고 다녀오마고 승낙했다. 딸은 그제야 말이 순해졌다. 노인네 안부 확인하면 나한테 곧바로 전화해 달라고 신신당부했다.

딸은 그 시간부터 다시 전화를 기다렸다. 옥수골까지 가는 데는 두어 시간 남짓이면 될 것이었다. 하지만 정작 통화가 이루어진 것은 점심때가 훨씬 지나서였다. 그나마 기다리다 못해 이쪽에서 먼저 호출한 결과였다. 저쪽의 대꾸는 지금 되짚어 돌아가는 길이라면서 첫마디부터가 퉁명스러웠다. 그럼 엄마를 만난 거냐고 물었더니 대답인즉 당연히 만났지, 웬 수다냐, 숫제 시비조였다. 모르는 척 그녀는 다시 물었다.

"별일은 없고?"

대꾸가 또 퉁명스럽다. "별일 있기를 바라?"

목에서 꿀꺽 소리가 나게 침을 삼키고 나서 그녀는 다시 물었다. "도대체 뭐하고 있대?"

"뭐하기는…… 두 노인네가 툇마루에 나란히 앉아서 해바라기하고 있더구먼."

"그래서?"

"그래서는 뭐가 그래서야? 화딱지가 나서 암 소리두 않고 그길로 돌아선 거지 뭐."

그녀는 입을 다물었다. 기다리는 사람 생각해서 전화 한 통 해주지 그랬냐 하는 말은 꺼내지도 못했다. 세상에, 세상에…… 그녀는 혼자서 조그맣게 중얼댔을 따름이었다.

그럼 양산댁은 뭐했나? 전화를 끊고 나니 그 사연이 궁금해졌다. 기다리는 사람 생각 않기로는 양산댁이나 동생이나 매한가지다 싶어 딸은 적잖이 서운한 마음이 들었다. 그러니까 나 혼자만 발을 동동거렸단 말이지?

유감스러우나 사실이 그랬다. 양산댁은 그 즉시로 집을 나서기는 했지만 정작 김부돌 할머니의 얼굴을 대하는 순간 그만 깜빡했던 것이다. 깜빡거리는 건 낡은 형광등만이 아니다. 마침 부엌을 나서던 김부돌 할머니가 동상, 마침 잘 왔네, 고사리 꺾으러 가세, 어쩌구 하는 통에 양산댁 머릿속 낡은 회로 한 가닥이 그 순간 가뭇없이 끊어져 버린 것이었다.

다음다음 날로 딸은 고향 옥수골을 찾았다. 미심쩍은 일이 한두 가지가 아니었기 때문이다. 게다가 어머니와는 여전히 통화가 되지 않은 채였다. 엊그제와 똑같은 현상만 되풀이되고 있었다.

그녀가 어머니 집에 닿은 것은 점심때가 한참 지나서였다. 봄볕이 따스하게 들이치는 툇마루 위에 두 노인네가 마주보고 앉아 있었다. 오랜 세월을 이웃으로 살아온 때문이리라. 흡사 피를 나눈 자매 같았다. 고사리, 두릅, 취나물 등 산나물에 혹해 끼니를 놓쳤다며 때늦은 점심식사를 하던 중이었다. 둘 사이에는 양은냄비 하나만 달랑 놓여 있고 그 안에 날된장으로 버무린 산나물 비빔밥이 푸짐하게 담겨 있어 입맛을 당기게 했다. 양산댁이 제 집인 양 부엌으로 가더니 숟가락을 챙겨다주었다. 마침 시장하던 판이기도 했다. 딸은 두 노인네 사이로 얼굴을 들이밀고 아귀아귀 퍼먹었다. 산나물과 날된장과 참기름이 찬밥과 어우러져 입안 한가득 씹히는 이 맛! 어쩐지 오래고 아련한 그리움 같은 것에 옴팍 젖게 만들었다.

식후에는 함께 커피를 마셨다. 한 봉만으로는 싱겁다면서 두 노인은 한 잔에 커피 믹스 두 봉을 넣었다. 큰 잔에 물도 넉넉히 부었다. 커피를 숭늉 마시듯 하는 모습이 그렇게 편안하고 행복해 보일 수가 없었다.

그제야 하나하나 풀어본 사연인즉 그랬다. 참 어처구니가 없었지만 딸은 노인네를 탓하지 않기로 했다. 그러고 나니 웃을 일밖에 없었다. 그녀는 눈물이 그렁그렁하게 웃었다.

"119가 왔을 땐 산에 있었겠네?" 딸이 물었다. "소방차 말이야."

"한창 고사리 꺾고 있었지. 어데서 방야방야 소리가 나데."

두 노인네 중 한쪽이 말하자 다른 쪽이 채갔다. "육니오전쟁이 또 터졌능갑다 했지."

두 쪽의 말이 얽히기 시작했다. "아이고 무시라, 꽁꽁 숨어서 가마이 내다봤재, 들키지 않을라고……."

"젊은 사나 둘이서 왔다갔다 하더만,"

"그라더니 내려가대, 번쩍번쩍 불 키고……."

마지막 말은 입을 맞추듯 동시에 내뱉었다. "아이고, 간 떨어질 뿐했다네!"

딸은 또 한바탕 소리 내어 웃었다. 육이오전쟁이라니, 육십 년도 더 전의 기억과 벌인 숨바꼭질이 아닌가! 그렁그렁 차오르는 눈물을 훔치면서 그녀는 생각했다. 그래. 그 전쟁의 기억조차도 어린애들 숨바꼭질처럼 가벼워진 나이구나. 그래서일까. 늘 어깨를 짓누르고 있던 삶의 무게가 터무니없이 가벼워진 기분이 들었다.

툇마루에 나란히 앉아 봄볕을 받으며 동무하고 있는 두 노인네의 모습이 너무나 한가롭고 아름답게 보였다. 그러나 조금은 쓸쓸한 풍경이기도 하다고 그녀는 생각했다. 산비둘기 울음소리가 골짜기를 휘저으며 낭자하게 울려왔다. (2012)

연민과 자성의 소설 미학

이숭원

1. 회상의 서술 방법

지나간 일의 회상은 여러 가지 복합적인 기능을 자아낸다. 우선 그것은 과거의 사실에 대한 객관적 거리감을 확보해 준다. 어떤 일을 체험하는 당시에는 미처 알지 못했던 사실이 시간이 지남에 따라 형세와 전후 사정이 뚜렷해짐으로써 과거의 상황을 더욱 포괄적이고 객관적인 측면에서 파악하게 해준다. 그런 반면 모든 추억은 시간의 흐름에 의한 미화를 허용한다. 지난날 뼈아픈 상처를 안겨준 사건도 시간이 지나면 고통은 용해되어 사라지고 인간적 정감과 훈기가 담긴 아련한 그리움의 사연만 남는다. 그런데 아름다웠던 과거의 추억은 이와 또 반대의 작용을 한다. 과거의 일이 아름답고 영광스러울수록 현재의 처지는 더욱 추하고 쓸쓸하게 인식된다. 과거의 짧았던 사랑은 더욱더 아름다운 환영으로 떠오르지만 그것을 추억하는 사람의 내면은 허전하기 그지없다. 결론적으로 말하면, 명확한 지성에 바탕을 둔 과거 사실의 반추는 객관적이고 포괄적인 이해를 가능하게 하지만, 일반적 차원의 추억은 일면 아름답고 일면 허전한 이중적 정서를 환기하는 경우가 많다.

이동하의 소설집 『매운 눈꽃』에 수록된 10편의 작품 중 5편이 과거를 회상하는 내용으로 되어 있다. 나머지 5편은 농촌에서 일어나거나 관찰한 사실을 토대로 한 작품들인데 여기에도 과거 사실에 대한 서술이 부분적으로 개입된다. 이것은 소설 자체가 인간과 삶의 내력을 보고하는 양식이기 때문에 당연한 현상이기도 하다. 그러면서도 이러한 추억의 구성 형식이 작가가 선택한 의도적인 방법론의 하나라는 생각이 드는 것은 작품마다 과거의 시점을 지칭하는 지문이 상당히 비중 있게 배치되어 있기 때문이다. 이미 문학사와 문학 교육의 정전으로 자리 잡은 이동하의 대표 소설들이 자전적 요소를 지니고 있음은 많은 사람들이 언급한 바 있다. 작가의 자전적 체험이 많이 용해되어 있다 하더라도 소설의 주인공은 대부분 일인칭이나 삼인칭의 허구적 인물로 설정되어 있었다. 그런데 이 소설집의 서술자는 작가 자신의 모습을 거의 그대로 반영하고 있다.

요컨대 작가는 회상의 서술 방법을 통하여 자신의 뿌리를 확인하고 자아의 변화와 현재의 위상을 탐색하는 실존적 기투를 벌이고 있는 것이다. 거의 변형되지 않은 사실 자체를 그대로 이야기함으로써 자신의 삶이 어디서 출발하였는지 살피고 유년의 상처와 청춘의 방황과 중장년의 허탈과 그 이후 보이는 안정과 극복의 기미까지 소상히 드러내는 생의 축도를 보여주려 했다. 그러므로 추억의 환기는 이러한 작가 의식을 실현하는 중요한 방법론이 된다. 과거에 대한 객관적 거리감의 확보, 아픈 상처를 완만하게 미화할 수 있는 여유, 현재적 낭패감에 대한 솔직한 고백 등을 균형 있게 유지할 수 있는 방법을 그는 택한 것이다. 이러한 미학적 방법론에 의해 그가 무엇을 말하려 했는가를 이해하는 것이 우리의 몫이다.

2. 허탈과 낭패의 기억

작품집 서두에 수록된 작품은 「천수 아재를 추억함」이다. 작가의 출생과 성장에 관한 이야기가 나오는 작품은 「감나무가 있는 풍경」이지만 「천수 아재를 추억함」을 앞에 둔 데는 그만한 이유가 있을 것이다. "그 시절을 돌아보면 무엇보다 먼저 떠오르는 기억이 있다"로 이 소설은 시작한다. 이 첫 문장은 이 소설집 전체를 관통

하는 주제이기도 하다. 가장 먼저 떠오르는 기억은 무엇보다 먼저 '노래'이며, 그 노래와 함께 떠오르는 인물이 바로 '천수 아재'다. 사람의 기억은 무엇으로 유지되는가? 일제 강점기의 시인 백석은 음식 먹는 이야기와 어릴 때 노는 이야기로 그의 시를 엮어 갔다. 먹는 것과 노는 것. 이 두 가지가 어린 시절을 떠오르게 하는 본능적 매개물이기 때문이다. 먹는 것을 기억할 수 없을 정도로 궁핍에 시달렸던 육이오 시절, 회상의 매개 역할을 하는 것은 놀이뿐이다. 그 놀이도 제대로 된 유희가 아니라 그 시대의 분위기에 맞게 일탈과 조롱으로 엮어진 파격의 노래다.

갓댐 구루마 발통 누가 돌렸노
집에 와서 생각하니 내가 돌렸네

천수 똥구멍엔 노랑물이 잴잴
천수 똥구멍엔 노랑물이 잴잴

앞의 노래는 유엔군이 타고 다니던 자동차 핸들에 장난삼아 손을 댔을 때 이국 병사가 던진 욕설과 관련된 노래고, 뒤의 노래는 이 소설의 대상 인물인 천수 아재를 놀릴 때 아이들이 부르던 것이다. 이 두 노래에는 이상스러운 세상에 대한 아이들의 숨길 수 없는 경이감과 그것을 자기 마음대로 조종하고 싶은 모험심이 함께 담겨 있다. 아이들이 놀리던 천수 아재는 어떤 인물인가? 그는 육이오 때 급조된 국민방위군 소속 장정이었다. 1·4후퇴 이후 피난민들과 함께 남하하던 후송 장정들은 몰골이 말이 아니었다. 정식으로 계급장도 달지 못한 그들은 굶주림과 병고에 시달렸고 먹을 것만 보면 달려들어 입속에 쑤셔 넣었다. 그중 한 장정이 포악한 인솔자에게 걸려 모진 구타를 당하다가 인솔자를 밀치고 도망가고 결국 인솔자가 쏜 총에 맞아 쓰러졌다. 허겁지겁 도망가는 장정의 모습을 작가는 "그토록 잔약한 뒷모습이라니!"라고 서술했다. 스무 살 전후의 장정이지만 고통과 기아가 그를 가장 약한 존재로 전락케 한 것이다. 죽은 줄 알았던 젊은이가 기적적으로 목숨을 건졌는데 그만 얼이 빠져 바보가 되었다. 사람들은 그를 천수 아재라 불렀고 아이들은 그가 지나가면 위와 같은 노래를 부르며 놀려댔다.

육이오의 상징적 후유증을 그대로 물려받은 천수 아재는 거의 본능만으로 살았다. 배가 고프면 먹고, 먹기 위해 일하고, 고단하면 쓰러져 자는 것이 그의 일과다. 한겨울에 정신을 잃고 굶은 채 자다가 죽을 뻔한 일도 몇 번 겪었다. 그래도 한번 나간 정신은 돌아오지 않았다. 그렇게 바보로 살면서도 솟아오르는 본능적 성욕은 주체하지 못해 몸부림쳤고 그와 관련된 일로 사람들에게 반죽음이 되도록 멍석말이를 당한 적도 있다. 그는 몇 년을 그렇게 살다가 그가 살던 오두막에서 죽은 채로 발견되었다. "꽁꽁 얼어붙은 물 사발을 머리맡에 둔 채 시신은 흡사 덕장의 황태처럼 바짝 말라 있었다"고 했다. 육이오전쟁이 남긴 상처와 고통을 고스란히 안고 살다 죽은 불행의 상징이 바로 천수 아재다. 그의 고통과 불행은 너무 뿌리가 깊어 사라지지 않고 오늘 우리들에게 묵중한 통증을 일으킨다. 시인의 기억에 남아 있는 그 두 노래는 유희의 노래가 아니라 떠올리기 싫은 전쟁의 고통을 그대로 간직한 허탈과 낭패의 노래다. "잔약한 뒷모습"으로 상징되는 그 피폐한 시대는 우리에게서 무엇을 앗아간 것일까? 작가는 그의 기억에 남아 있는 아름다운 과거의 장면을 다음과 같이 묘사했다. 그것은 그의 내면에 남아 있는 거의 유일한 낙원의 모습 같기도 하다.

봄날 아침, 잠에서 깨어나자마자 뒤란 감나무 아래로 나가보면 밤새 떨어진 감꽃이 땅바닥을 하얗게 뒤덮고 있었다. 아이들은 작은 대바구니나 꼴망태를 끼고 다니며 그것들을 열심히 주워 담았다. 감꽃은 갓난애의 볼처럼 보드랍고 정갈하다. 자그마하면서도 탐스러운 꽃잎을 씹으면 여린 향기와 더불어 달콤한 물이 혀를 적신다. 그래서 아이들은 아침 한때 일삼아 고샅을 뒤지고 다녔다. 담 밖으로 떨어져 있는 감꽃을 줍기 위해서였다.

이러한 감나무의 풍경은 이것을 제목으로 삼은 「감나무가 있는 풍경」에 더 구체적인 모습으로 재현된다. 이것이 그의 유년기에 체험한 유토피아의 모습이기에 그 묘사와 서술은 아름다울 수밖에 없다. 추억의 미화와 현재의 환멸이 함께 작용하는 장면이기에 더욱 그러하다.

그의 유년 시절은 이 감나무를 빼놓고는 이야기할 수가 없다. 한 해의 시작도, 하루의 시작도 늘 그 나무와 함께였다고 해도 좋다. 그랬다. 대여섯 살 무렵부터 그는 봄을 기다릴 줄 알았다. 유독 추위를 타고 콧물 마를 날 없는 그가 겨우내 조바심치며 기다리는 건 해토의 봄이었는데 그것은 늘 감나무에서부터 왔다. 귓불을 간질이는 따끈한 봄볕과 느닷없이 몰아치는 꽃샘바람이 두어 차례 실랑이를 하고 나면 어느 날 돌연 감나무 어린 가지에 와자하게 감꽃이 붙었다. 황백색의, 무수히 많은 작은 종들처럼. 그러면 어느새 봄의 한가운데에 와 있었다. 그보다 더 확실한 계절의 전령사는 없었다. 그는 비로소 움츠렸던 고개를 쳐들고 새벽부터 밖으로 내달리는 것이었다. 골목마다 감꽃이 허옇게 떨어져 있었다. 어른들의 무심한 발길에 짓밟히기 전에, 또는 부지런한 농부의 비질에 쓸려 시궁창 속으로 떨어지기 전에 아이들은 그 작고 연약한 것들을 열심히 줍곤 했다. 그는 작은 대바구니 한가득 주워온 것을 맷돌 위에 앉아 해바라기를 하면서 야금야금 먹었다. 부드럽고 달착지근한 맛이 참 좋았다.

그는 이 인용문 다음에도 많은 분량을 들여 감나무의 사계의 아름다움과 정겨움과 고마움에 대해 서술했다. 무엇 하나 더하고 덜할 것이 없는 완벽한 충족의 대상이 바로 감나무를 둘러싼 풍경이기 때문이다. 이 충족의 공간을 깨트린 것이 바로 육이오다. 육이오는 앞에서 본 천수 아재만 파멸시킨 것이 아니다. 그의 삼촌은 전쟁 전에 자원입대를 하였으나 정작 전쟁이 시작되자 "금방 쓰러질 정도로 지쳐빠진 몰골"로 돌아왔다. "이미 몸도 마음도 심하게 망가진" 삼촌은 결국 드러누워 일어나지 못했다. 얼마 후 삼촌이 일으킨 사고 때문에 가족들은 감나무가 있는 고향 마을을 떠나게 되었고 "그때부터 길 위의 삶이 시작된" 것이라고 작가는 적었다. 그야말로 여러 곳을 전전하며 뿌리 뽑힌 삶을 살았던 것이다. 대구 달성공원 앞 길갓집에서 대구 태평로 판자촌으로 또 어디로 어디로, 서울로 와서도 떠돌이 삶을 산 것은 마찬가지였다. 어릴 때 그의 마음을 달래주던 감나무가 없는 한 어느 곳도 그의 마음을 잡아주지 못한다. 고향의 감나무도 이미 베어진 지 오래고 높다란 텔레비전 안테나들만 앙상한 숲을 이루고 있다. 정지용의 시 「고향」에서 노래한 "고향에 고향에 돌아와도 / 그리던 고향은 아니러뇨" 구절 그대로 고향 상실인 것이다.

그래서 여주 지나 문막읍 밤산골에 마련한 시골집에 감나무 묘목을 사다 심어 놓았다. 그러나 그 묘목이 언제 자라 무성한 잎을 이루고 구새 먹은 둥치를 보여주겠는가? 그의 마음의 지향을 감나무 묘목에 담아 적적한 마음을 달래볼 따름이다. 고향을 잃은 그의 마음에 지워지지 않는 또 하나의 기억이 있다. 그것은 일찍 세상을 떠난 삼촌과는 다른 인물에 대한 기억이다. 역시 육이오 때 가족을 잃고 혼자 허위허위 가던 어느 남루한 피난민 아이에 대한 기억이다. 어머니가 내어준 먹을거리로 허겁지겁 허기를 때우고 가족을 찾는다고 집을 나서던 그 아이의 모습이 오십 년이 지났는데도 지워지지 않고 떠오른다. 그 아이나 나나 고향을 잃고 떠도는 것은 마찬가지라는 생각 때문이다. "다만 그의 머릿속에는 그 아이가, 지금도, 감나무가 있는 낯선 마을들을 지나 지척지척 걸어가고 있는 것만 같은 것이다"라는 소설의 마지막 문장은 그 떠돎의 동질성을 직설적으로 드러내고 있다.

3. 매운 눈꽃 혹은 아름다운 환멸

고향을 잃고 길 위를 떠돌던 '나'는 이십대 중반의 나이로 대학에 들어가 늦깎이 문학도가 되었다. 고향을 잃은 예민한 젊은 이가 문학의 길을 걷게 된 것도 어쩌면 운명에 속하는 일이었는지도 모른다. 「매운 눈꽃」은 대학생 때 잠시 마음을 나누었던 한 여성에 대한 추억이다. 여성과의 사연이어서 그런지 이 작품에는 꽤 많은 허구적 요소가 개입되어 있다. 그녀와의 첫 만남은 물론 대학 강의실에서다. 모든 만남이 우연으로 시작되듯 만남의 첫 장면은 다음처럼 평범한 상황으로 제시된다.

내가 그녀를 마음에 두기 시작한 것은 3학년 가을, 국전에 그녀의 그림 한 점이 내걸리고 나서부터였다. 〈나의 구두〉란 제목의 그 작품은 그해 많은 입선작들 중의 한 점이었다. 덕수궁이었나? 참 엉뚱하고 미심쩍은 기억이다. 어쨌거나, 전시 장소는 분명치 않다. 기대했던 것만큼 마음에 썩 와닿는 그런 그림은 아니어서 나는, 꼭 자기 같은 그림을 그렸구먼 하고 혼자 중얼댔을 따름이었다. 어쨌거나 우리는 함께 몰려가 국전을 관람했고, 점심은 건너뛰고 늦은 저녁에 명동 칼국수집에서 허기진 배를 채웠고, 그리고 다시 전차를 타고 돈암동 종점까지 왔는데 내리고 본즉 달랑 그녀와 나 둘뿐이었다.

육십 년대 중반 미아리 채석장 밑 돌산 위의 황량한 캠퍼스 아래로는 먹빛 정릉천이 흘렀다. 그 옆 줄기부터 산 정상까지 무허가 건물이 다닥다닥 붙어 있는 달동네의 을씨년스러운 모습은 그 무렵 대학을 다니던 젊은 세대들의 내면 풍경이기도 했다. 하루 세끼를 잇는 것 자체가 힘들었던 결핍의 시대에 문학을 공부하고 연애를 한다는 것도 어떻게 보면 사치로 보이는 시절이기도 했다. 소설에 여러 번 나오는 "가슴은 뜨겁고 발끝은 시린"이라는 말은 그 시절 문학 공부를 하던 청년들의 내면을 가장 잘 대변하는 말이다. 늘 발끝이 시렸고 시린 발끝을 녹일 방도도 딱히 내보이지 않았으나 그래도 싸구려 백양 담배를 피우며 그 시절을 견딜 수 있었던 것은 뜨거운 가슴이 있었기에 가능한 일이었다. 결핍의 시대에 그래도 뜨거운 가슴만으로 할 수 있는 일이 글쓰기와 연애가 아니겠는가?

천천히 걸으며 이야기도 나누지 않고 서로를 멀거니 바라본 것으로 시작된 어설픈 첫 만남이 그래도 연정 비슷한 상태로 승화될 수 있었던 것은 두 사람이 신고 있었던 구두의 촉매 작용 때문이다. '나'는 빗물이 스며들어 걸을 때마다 절뚝거리는 소리가 나는 낡은 구두를 신고 있었고, 박선희라는 여학생은 흰 양말에 예쁜 에나멜 구두를 신고 있었다. 그 구두는 전시회에서 본 그녀의 그림 〈나의 구두〉를 떠오르게 했다. "유리알처럼 맑은 구두코에는 구름일 듯 혹은 주인의 얼굴일 듯싶게 모호한 상이 얼비치고" 있던 그 구두. 그 구두에서 "이제 막 길을 나서려는 주인의 순정한 마음"이 느껴졌던 것이다. "두말할 것 없이 그 마음은 그녀의 것일 터였다"라는 데 생각이 미치자 그 그림이 좋아지기 시작했고 그림의 주인도 의미 있는 존재로 마음에 들어왔다. "앞쪽에 리본이 붙어 있고 약간 통통한 느낌을 주는 에나멜 구두"로 상징되는 그녀의 모습은 강의 시간에 혹은 밤늦은 술자리에 나의 눈에 자주 띄

게 된 것이다. 내성적인 주인공은 그것이 연정이라는 느낌도 갖지
못한 상태로 방학을 맞았고 방학 때 그녀와 편지를 여러 통 교환
하는 것으로 마음의 움직임을 전달했다. "가슴은 뜨겁고 발끝은
시린" 시절의 고전적 연애라 하더라도 너무도 소극적인 마음의 표
현이라 아니할 수 없다.

시골에서 서울로 올라와 비가 새는 헌 구두를 신고 풀이 죽어
사는 이 내성적 자아가 간신히 붙들고 있던 소극적인 연정의 끈은
지극히 사소한 농담 때문에 덧없이 끊어지고 만다. 방학 중의 편지
왕래를 통해 한껏 부푼 순정한 연정의 꿈은 개학을 하자마자 태우
라는 입심 센 친구의 요설에 의해 여지없이 깨어지고 만 것이다.

"가아 억시기 화사해졌다 아이가. 마, 이쁘게 꾸민 꽃돼지더라."

그게 태우였다. 녀석은 무심히 담배 연기를 토해내고 있었다.

나는 태우를 쏘아보았다. 그러나 녀석은 내 시선을 전혀 의식하지 못
했다. 자신이 방금 내뱉은 말이 양날의 검처럼 무엇을 베어 쓰러뜨렸는
지조차 도무지 알지 못하고 있는 얼굴이었다. 녀석의 낯짝이 그렇게 미
련스러워 보일 수가 없었다. 그 아둔함 속에 감추어진 폭력성을 나는
실감했다. 한데도, 잘난 듯이 녀석은 또 말장난을 이었다.

"뚱뚱이와 뚱뚱이 사이에 뚱뚱이가 있는 기라. 그라고, 뚱뚱이들 중
에 달거리하는 짐승이 바로 꽃돼지꽈 아이것나."

나는 내 앞에 놓인 막걸리 잔을 집어 들어 단숨에 비웠다. 그러고는 아무 말도 않고 자리를 떴다.

　우리 같으면 막걸리 잔을 얼굴에 집어던지고 자리를 박차고 나와도 시원치 않을 것 같은데, 우리의 주인공은 막걸리 잔을 단숨에 비우고 아무 말 없이 자리를 뜨는 것으로 자신의 분노를 표현했다. 헌 구두를 신은, 발이 시린 연약한 자아의 지극히 자연스러운 행동이었다. 태우의 그 발언 이후 그녀를 보는 것이 서먹서먹해졌고 점차 그녀와의 사이가 멀어져 갔다. 그녀는 당황해 하며 의구의 눈빛을 보냈지만 그는 자신도 모르게 입을 다물게 되었다. "그녀를 보면 녀석의 말이 생각났고, 그때마다 그녀에 대한 나의 환상은 여지없이 박살나곤 했던 것이다"라는 그의 고백은 한 치의 거짓이 없는 사실 그대로일 것이다. 작은 것이 원인이 되어 삶의 맥락이 갈라지고 찢어지는 경우를 우리도 얼마나 많이 경험해 보았던가? "그 애가 오리걸음을 걷더라"라는 친구의 말에 사실 확인도 안 하고 마음에 두었던 여학생에게 연락을 끊었던 기억을 나도 갖고 있다. 삶이란 그렇게 우연과 비약이 범벅이 되어 어처구니없이 흘러가는 것이 아니던가?

　주인공은 졸업 전에 취직을 하고 얼마 후 같은 직장의 선배 직원과 친해져 동거를 하고 결혼을 했다. 곤고한 객지 생활에 누군가에게 기대고 싶은 생각에 그렇게 했노라고, 친구들은 꽤나 놀라워했다고, 신혼여행 길에 문득 선희의 예쁘고 통통한 에나멜 구두와 그녀의 순한 모습이 떠올랐다고 모든 것을 간단히 언급했다. 그로부터 십오 년 이상 세월이 흘러 사십 줄에 들어선 어느 해 겨울 그녀를 다시 만났다. 아내와 이혼하고 갈팡질팡 지내온 지 몇 해가 되는 때였다. 느닷없이 만난 그녀와 폭음을 했고 여관에서 동숙을 했고 다음 날 출근을 했다고 역시 간단히 적었다. 그녀와의 만남이 준 의미에 대해 "나로서는 전혀 뜻밖의 우연한 만남이었다. 하지만 그녀와의 단 한 번의 만남이 그 무렵의 나에게는 커다란 위안과 힘이 되었던 게 분명했다. 그날 이후 나는 정상적인 생활을 되찾았다"고 적었을 뿐이다. 그렇게 마음에 안정을 준 그녀를 왜 더 찾지 않은 것일까? 그녀를 찾는 것 대신에 그는 "다음다음 해 겨울에 두 번째 결혼을 하여 오늘에 이르렀고, 그런대로 안정된 인생을 살아왔다"고 적었다. 우리의 궁금증은 조금 사건이 지난 후에 풀리게 된다. 그는 재혼하기 직전 지방 도시로 그녀를 찾아갔고 남편과 사별한 그녀에게 단도직입적으로 청혼했던 것이다. 그러나 그녀는 남편의 병상에서 개가하지 않고 아이들과 살겠다는 약속을 했다고 하며 청혼을 완곡히 거절했다.

그로부터 다시 십오 년 정도의 세월이 흐른 어느 날 그녀의 딸에게서 연락을 받고 주인공은 그녀의 병실을 방문한다. 그를 마중 나온 딸은 미아리 캠퍼스에서 마주하던 그녀의 모습을 단숨에 떠올리게 했다. 더욱 놀라운 것은 그녀 역시 "콧등에 예쁜 리본이 달린, 굽이 낮고 통통한" 에나멜 구두를 신고 있었다는 점이다. 의식을 잃은 지 여러 날이 지난 후 보고 싶은 사람이 없느냐는 딸의 우연한 물음에 그녀는 기적처럼 입술을 움직여 시집의 표지에서 본 한 시인의 이름을 댄 것이다. 삼십 년 세월 저편 미아리 황량한 캠퍼스에서 잠시 만나 수줍은 웃음을 나누었던 그 사람, 이유도 알 수 없는 냉담함에 의구의 눈빛을 보낼 수밖에 없었던 그 사람, 다시 십오 년의 세월이 흘러 남편의 죽음을 앞두고 젊은 날의 편지 묶음을 돌려주러 갔으나 다시 허전하게 헤어져야 했던 그 사람. 의식을 잃은 상태에서도 그녀는 그 사람에게 자신의 마음을 전하고 싶었던 것이다. 꼭 해야 할 말이 있었던 것이다. 작가는 그것을 "매운 눈꽃"이라고 명명했다. 사람들의 마음 깊은 곳에 비밀스럽게 숨어 있는 순정한 진실을 그렇게 말한 것이리라. 그것이 저 황량한 미아리 돌산 기슭 결핍의 공간에서도 우리의 가슴을 뜨겁게 했던 눈꽃이 아니겠는가? 예쁘고 통통한 에나멜 구두에 얼비치던 순정한 마음의 온기가 아니겠는가? 그것 때문에 발이 시린 그 동토에서 뜨거운 가슴을 지키며 우리가 살 수 있었던 것이 아닌가? 이것을 자인한 주인공은 자신의 뒤늦은 깨달음과 회한과 자책을 다음과 같이 터뜨리며 이야기를 끝맺는다.

하얀 시트 위에 그녀의 손이 놓여 있다. 세월도 나이도 잊게 할 만큼 통통하고 귀여운 손이다. 나는 가만히 그 손을 잡아본다. 그러자 잠든 듯 누워 있는 그녀에게서 어떤 힘이 손끝을 타고 나에게 전해지는 것을 느낀다. 불시에 가슴이 뜨겁다.

나는 황급히 창쪽으로 돌아섰다. 정문을 쪼개듯 하는 날카로운 통증이 등줄기를 타고 내렸다. 내 몫의 인생을 온통 잘못 살아왔다는 때늦은 회한 때문만이 아니었다. 어쩌면 남의 인생까지도 온통 그르치게 했는지 모른다는 뼈아픈 자책감 때문이었다.

작가가 그의 벗 임영조 시인의 삶을 「아름다운 환멸」이라는 소설의 형식으로 재구성한 것도 이 "매운 눈꽃"을 다른 차원에서 조감하기 위해서였을 것이다. 임영조 시인 역시 결핍의 슬픔을 뜨거운 가슴으로 승화시키고 결핍의 상처가 뜨거운 창작의 불꽃으로 부활하는 순간 운명처럼 산화해버린 상징적 존재이기 때문이다. 그와 만난 것도 바로 미아리 돌산 위 겨울에도 난방이 없는 그 운명의 강의실에서였다.

여러 가지로 닮은 데도 많고 또 다른 점도 많은 그 친구와 이런저런 인연으로 얽히며 등단도 하고 직장 생활도 하며 서울에서 십여 년을 함께 지내다가 80년대 중반에 과천에서 한동네 사람이 되었다. 그는 등단을 했지만 작품 활동은 하지 않고 직장 생활에 충실해서 생활인으로 든든한 기반을 잡았다. 아파트 베란다에 각종 난을 재배해 작가를 놀라게 하기도 했다. 그러나 작가에게는 그의 난 애호가 어쩐지 엉뚱한 호사 취미로 여겨지고 시인의 길에서 비켜선 허세로 보였다. 그로부터 얼마 후 다시 시작 활동을 재개하고 시집을 연이어 간행하는 등 창작에 열의를 보이면서 "한때 그의 사랑을 독차지했던 고가의 난들은 길섶의 흔한 풀처럼 방치"되기 시작했고, "시인의 마음은 차라리 청계산 자락의 흔한 조팝나무꽃이나 원추리꽃, 미치광이풀이나 애기똥풀, 또는 산책로에서 발견한 풀쐐기 집이나 도꼬마리 씨 하나에 더 기울어져" 가는 것을 예리하게 포착하여 지적해 놓았다. 작가는 시인의 창작의 재개와 생활의 변화를 주시하여 정신의 부활 과정을 포착하려 한 것이다. 결국 시인은 직장을 그만두고 이소당이라는 집필실을 만들어 전업 시인의 길로 들어섰다. 작가는 시인에게서 "발은 시렸으나 가슴은 뜨거웠던" 이십대의 모습을 떠올렸던 것이다. "결핍투성이 인생을 살아온 그의 어디에 저렇듯 오연한 기개가 남아 있었던가 싶어 나는 몹시도 그가 부러웠다"고 작가는 분명히 적었다.

그런 그가 큰 병을 맞이하게 되었다. "뜨거운 태양을 향해 거침없이 날아오르던" 그의 시혼이 운명처럼 죽음에 직면하게 되었다. 작가는 시인의 죽음이 그의 시업과 무관하지 않다고 생각한다. 끙끙 앓으며 간신히 진주 몇 알을 내려놓던 이소당에서의 그 면벽

정진이 그의 생명을 연소시켰을 수 있다고 조심스럽게 진단한다. "이소당 시절 십 년 동안 흡사 생명을 연소시키듯 하던 그의 시작 모습을 잊을 수 없기 때문"이라고 그는 적었다. 소설은 무엇이며 시는 무엇인가? 조개탄 난로 앞에서도 발이 시리던 그 결핍의 시대부터 우리를 이끌어 온 창작의 동력은 도대체 무엇인가?

이후 서술되는 투병과 종말의 기록은 그 과정을 함께 지켜본 우리의 마음을 아프게 울린다. 시인이 떠난 이후 우리들은 시인을 잊었으나 작가는 그를 잊지 않고 그의 예술과 창작과 죽음의 의미를 다시 반추해 본 것이다. 결핍의 시대를 넘어 시린 발끝을 뜨거운 가슴으로 연소시킨, 결국은 자신의 생명까지 연소시킨 그의 창작의 열기가 끊임없이 연민과 회한과 자책을 불러일으키기 때문이다. 박선희만 매운 눈꽃이 아니라 임영조도 매운 눈꽃이다. 박선희가 아련한 추억의 영상으로 남아 있는 눈꽃이라면 임영조는 생생한 상징의 표상으로 서 있는 눈꽃이다. 그 눈꽃의 의미를 작가는 다음과 같이 표현했다.

비가 오는 날이면 내 안의 어딘가가 축축하게 젖어드는 기분을 항용 느끼곤 했었다. 나는 곰곰이 생각한 끝에 아마도 그 정서의 뿌리는 내 성장기의 가난에 닿아 있는 거라고 이해했다. 온통 결핍뿐이던 성장기였다. 특히 판자촌에 살았던 열두어 살 무렵이 그랬다. 장마철이면 루핑 조각으로 누덕누덕 기운 지붕 틈새로 빗물이 흘러들어 판자벽이며 방바닥을 척척하게 적시곤 했다. 옷도 이부자리도 사람도 속수무책으로 젖고 있을 뿐, 장마가 끝나기만을 기다리는 게 고작이었다. 하지만 언제부터인가 나는 그 상처를 잊고 살았다. 그런데 이제 되살아난 것이다. 예의 환상까지 거기에 덧입혀진 채로 말이다. 그날 이후, 비만 오면 마음 한구석이 젖고, 그리고 어김없이 저 환상이 떠오르는 것이었다.

요컨대 그는 창작이, 예술이, 뜨거운 가슴에서 창조되는 "아름다운 환멸"임을 일깨워 준/주는 벗이다. 작가는 친구의 죽음을 통해 예술의 본질과 생의 본질을 통찰한다. 그래서 그를 떠올리면 마음 한쪽이 허전하면서도 한편으로는 마음이 조금씩 푸근해지는 것을 느낀다. 그래서 이 소설집도 그에게 바치는 "매운 눈꽃"의 하나일지 모른다.

4. 축복의 공동체

여주 지나 문막읍 밤산골 시골집 주변의 풍경을 다룬 소설은 훈훈하고 여유가 있다. 주워온 개가 잔혹하게 병아리를 물어 죽이는 야성을 보이기도 하고, 하루 종일 음산하게 우는 개에 대해 이웃이 불평을 하자 그 개를 목매달아 죽이기도 하고, 별로 다정하게 지내지도 않던 마누라가 죽자 얼마 후 목매달아 죽는 노인 이야기가 나와도 그것은 살벌하지 않고 훈훈한 인정의 훈기를 풍긴다. 농촌의 상쾌한 바람이 있고 자라는 밤나무의 기대가 있고 문명에 훼손되지 않은 토속적 인간미가 살아 있기 때문이다. 「아름다운, 그러나 조금은 쓸쓸한」은 밤산골 이야기가 아니라 청량산 자락 옥수골 이야기지만 서사의 맥락은 유사하다. 그것 역시 정겹게 살아가는 인간의 이야기다. 그중 가장 인간적인 주제를 인상적으로 돌파한 작품은 「가족」이다.

밤산골 노총각 대복이는 마흔이 넘었는데 육십 넘은 어머니(여주댁)와 팔순 넘은 아버지(여주 양반)를 모시고 산다. 그러나 아버지는 친아버지가 아니다. 젊은 나이에 사별한 어머니가 마흔이 넘어 여주를 들락거리다가 "도회풍의 말쑥한 노신사"를 데리고 와서 이십 년 넘게 산 것이다. 그 노신사는 처자가 있는 사람인데 무슨 사연인지 가족과 떨어져 여주댁과 함께 살게 되었다. 어느 날 대복이가 촛불 시위에 나갔다가 약간 모자라 보이는 젊은 여성을 데리고 왔다. 대복이도 그런 쪽이어서 둘은 잘 어울렸고 사이가 좋은 듯했다. 그러나 정상적인 대인 관계에 서투른 그 여인은 시어머니에게 함부로 대하다가 대복이에게 매 맞고 쫓겨나기도 하고 이웃집에 와서 푸념을 하기도 한다. 우연히 그 여인이 임신한 사실을 알게 되었고 그 사실이 알려진 얼마 후 조산의 기미가 있어 병원에서 응급으로 아들을 출산했다. 그 아이는 분명 대복이를 만나기 전에 임신한 아이였다. 그러나 여주댁과 대복이는 어느 때보다 밝은 목소리로 아들을 보았다고 기쁨을 표현한다. 대복이는 평소의 그답지 않게 화자인 '나에게 머리를 조아리며 아들 이름을 예쁜 우리말 이름으로 지어달라고 부탁한다. 대복이의 아이가 아니라 하더라도 같이 사는 여자의 아이니 손자고 아들임에 틀림없다는 표정이다. 핏줄과 상관없는 새로운 가족이 탄생하는 장면이다. 그것은 피할 수 없는 인정의 끈으로 묶인 다정다감한 축복의 공동체다. 작가는 마지막 장면을 다음과 같이 따스한 인정의 어조로 마무리 지었다.

외가닥 시멘트 길이 골짜기를 향해 하얗게 기어오르고 있었다. 환한 대낮, 그 길을, 맑은 햇살을 받으며 그들은 앞서거니 뒤서거니 하며 천천히 멀어져 갔다. 문득, 그들 네 사람의 성씨가 다 다르다는 사실이 깨달아졌다. 내년 봄에 우리 내외가 다시 밤산골을 찾을 때쯤엔 그런 식구가 하나 더 늘어나 있을 것이었다.

일가의 뒷모습이 보이지 않을 때까지 가만히 지켜보고 있던 아내가 입속으로 중얼거렸다. 할렐루야! 감사합니다. 하나님!

이 장면은 건강한 노동으로 살아가는 순박하고 정 많은 사람들의 생활사를 따뜻한 시선으로 그려내고 있다. 생각만 조금 바꾸면 세상 모든 것이 축복의 은사다. 같은 혈육인데도 재산 때문에 또 무엇 때문에 죽기 살기로 싸우는 가족들을 우리 주위에서 얼마나 많이 보는가? 결점이 있어도 서로 감싸주고 아껴주는 것이 진정한 가족이다.

김태용 감독의 〈가족의 탄생〉(2006)이란 영화에는 혈연관계가 없는 사람들이 모여 사는 한 가족이 나온다. 말썽꾼 남동생이 데리고 온 이십 년 연상의 여인이 있고, 그 여인이 데리고 온 전남편의 전처의 딸이 있다. 그 여인과 딸은 아무런 혈연관계가 없고, 그 여인과 남동생의 누나 역시 아무런 혈연관계가 없다. 남동생은 다시 집을 나가고 누나와 여인과 딸이 한 가족을 이루고 산다. 처음에는 싸움이 잦았지만 여성 특유의 친화력으로 다정한 두 엄마와 딸이 되었다. 그리고 그 딸이 사귀는 남자는 나이 든 엄마가 연하의 유부남과 사귀어 낳은 아이로 엄마는 죽고 동복 누나가 키웠다. 일상적 기준으로 보면 엉망진창인 것 같지만 그들에게는 그 나름의 질서가 있고 사랑과 친화의 방식이 있다. 어느 누구보다 소중하고 아름다운 가족을 그들은 지켜간다. 밤산골 대복네 가족도 그럴 것이라고 믿어 의심치 않는다.

5. 문체의 힘

추억의 형식으로 구성된 작품이건 현재의 사실을 기록한 작품이건 모든 작품은 작가의 자기 성찰로 수렴된다. 나는 지금까지 어떻게 살아왔으며 그 과정에서 어떠한 연민과 회한과 자책을 가져왔는가가 작가의 관심사다. 농촌 노인들의 정황을 보여주면서도 그 이야기가 우리에게 궁극적으로 던지는 것은 당신들은 지금까지 어떻게 살아왔느냐는 물음이다. 인간적인 가치는 멀리 던져두고 헛된 것을 꿈꾸며 산 것은 아닌가라는 물음을 우리에게 던진다. 같이 둘러앉아 날된장에 풋내 나는 산나물을 넣고 밥을 비벼 먹으면 격의 없는 이웃이 될 사람들이 덧없는 갈등에 휘말려 울분으로 사는 것이 아니냐는 물음이다. 이 모든 물음은 연민과 자성으로 귀결된다. 연민과 자성은 작가 자신의 것이자 우리들 모두에게 권하는 작가의 선물이기도 하다.

이러한 작가 정신을 빛내는 문체적 특징 두 가지만 지적하고 이 글을 끝내려 한다. 하나는 문장의 논리성이요 또 하나는 유머감각이다. 전자는 사건 구성의 치밀함과 사색의 견고함을 확보한다. 문장의 주술 관계나 작은 부사어의 배치 하나도 절대로 어그러지지 않는 정확한 문장력은 이 작품들이 오랜 사색과 숙련의 배양물이라는 사실을 단적으로 알려준다. 흘러가는 세태 풍속을 흥미 위주로 관찰 묘사한다는 생각으로는 도저히 나올 수 없는 작품들이다. 유머감각은 여러 편의 소설에 감도는 슬픔의 정조를 달래고 삭히는 역할을 한다. 여러 차례 언급했듯 이 작품들은 생의 연민과 회한과 자책을 많이 드러낸다. 그것은 자칫 사건의 배면에 감상의 색조를 드리울 수 있다. 그러나 견고하고 정확한 문장에 양념처럼 배치되는 유머감각은 작품의 격조를 한 단계 더 고양시킨다.

세월에 장사 없다는 말처럼 망가진 사람은 남호만이 아니었다. 동기한 녀석은 멀쩡하던 입이 눈에 띄게 옆으로 돌아가 있었다. 지난해 여름, 생일상을 받은 끝에 잔뜩 취한 채로 곯아떨어졌다가 일어나본즉 입이 귀밑까지 마실 가 있더라고 했다. 찬 바닥에 낯짝을 처박은 채로 장시간 엎어져 잔 탓일 테지만 그는, 욕지거리를 하도 많이 하고 살아서 벌 받은 게지 뭐, 그래도 지금은 많이 좋아진 거라며, 속 좋게 히히거리고 웃었다. 이태 전에 가볍게 풍을 맞았다는 한 친구는 왼쪽 수족을 아직 제대로 쓰지 못했고 말조차 심하게 어눌했다. 그 밖에도, 부실한 어금니들을 솎아내고 임플란트를 해 박느라 입안에 한 재산 착실히 들어앉혔다는 동기도 있었고, 하필이면 왕년의 장발 스타가 민둥머리에 가발을 뒤집어쓰고 나타나기도 했다.

인용한 부분은 「내 안의 슬픔」에 나오는 장면으로 친구 상가에 모인 동기들의 망가진 모습을 묘사하는 대목이다. 이 유머러스한 장면은 뒤에 이어질 친구 남호의 그칠 줄 모르는 눈물과 주인공이 벌이는 만취의 기억 상실을 예비하는 역할을 한다. 웃음과 눈물이

교차하고 기쁨과 슬픔이 섞어 피는 것이 인생이라는 것을 알면 이러한 희극적 장면의 배치가 갖는 기능적 역할을 이해할 수 있을 것이다. 유머감각이 생의 회한과 자책을 어루만질 때 연민이 자성으로 승화하는 화학변화가 더 용이하게 일어날지 모른다. 아리스토텔레스의 사라진 『희극론』에 이런 논리가 담겨 있지 않을까 이동하의 소설을 읽으며 혼자 생각해 보았다.

일곱 번째 창작집 『우렁각시는 알까?』를 출간한 것은 2007년 6월
이었다. 꼭 10년 만의 일이라 기쁨보다는 게으름을 스스로 질책하는
마음이 앞섰다. 그로부터 5년 만에 여덟 번째 창작집을 내놓는다. 욕
심 같아서는 전작 장편도 쓰고 산문집도 한 권쯤 묶고 싶었지만 역
시 능력 밖의 일이었다.

그간에 퇴직하고 시골로 이사를 했다. 문막의 산골마을로 옮겨 앉
은 게 지난 2009년 9월의 일이다. 내가 살던 분당에서 차로 한 시간
반 남짓한 거리다. 공기 맑고 조용한 곳으로, 특별한 연고는 없다. 돌
아보면 초등학교 4학년 때 도시로 이주한 이래 거의 60년 만의 귀촌

이다. 새 환경에 적응하는 일이 쉽지만은 않았다. 또, 건강상의 문제도 있어 지난해 9월부터 상당 기간 병원 신세를 졌다. 내 나이 어언 일흔 고개였다. 지금은 웬만큼 건강을 회복한 것만 감사할 따름이다. 인명은 재천이라 했으니 마음 다스릴 일만 남은 셈이다.

그래서일까. 이번 수록작품 열 편을 들여다본즉 위의 영향이 짙다. 소설은 허구의 세계지만 그 본질은 일상적 삶의 성찰이라는 평소 생각을 고수한 결과다. 더 정직하게 말하자면 '의도적 고수'라기보다 그런 묵은 생각에 여전히 '발목 잡혀 있는 꼴'이다. 상전벽해의 세태에도 불구하고 몽니 부리 듯하는 자신의 모습이 딱하다는 생각도 든다. 하지만, 그게 바로 나라는 생각도 없지 않다.

해설을 써 주신 이숭원 선생께 감사를 드린다. 또한, 이번에도 출간을 맡아준 현대문학 양숙진 대표께도 진심으로 감사드린다.

2012년 10월
硯池堂에서 이동하

매운 눈꽃

지은이 이동하
펴낸이 양숙진

초판 1쇄 펴낸날 2012년 10월 27일

펴낸곳 (주)현대문학
등록번호 제1-452호
주소 137-905 서울시 서초구 잠원동 41-10
전화 02-2017-0280
팩스 02-516-5433
홈페이지 www.hdmh.co.kr

ISBN 978-89-7275-616-3 03810

* 책 값은 뒤표지에 있습니다.